KB235286

중국 출판과 인터넷문학

중국 출판과 인터넷문학

중국 출판과 인터넷문학

김택규 지음

차이나하우스

목차

1

중국 선봉파_{先鋒派} 소설의 대표 작가 찬쉬에_{殘雪}는 2005년 「중화독서신문」_{中華讀書報}의 한 칼럼에서 순문학의 본질에 대한 자신의 변함없는 관점을 재확인했다.

> 우리는 작품에서 일종의 '순수한'(純)것, 투명한 것을 찾는다. 작가가 묘사하는 제재와 방법이 어떻게 다르든, 이것만 있으면 우리는 좋은 작품이라고 생각한다. 아마도 우리가 찾는 것은 바로 예술의 이상, 인간성의 이상일 것이며 그것은 진정한 문학의 핵심이다. 새로움의 창조가 가장 중요한 까닭은 어떠한 예술이든 그 표현의 전제는 바로 새로움의 창조이며 중복 불가능한 독특함이기 때문이다. 여기에서 말하는 새로움의 창조란 결코 유행하는 '잔재주'같은 것들이 아니다. 그것은 본질에 대한 부단한 인식, 자아에 대한 부단한 발굴이다.

새로움의 창조와 중복 불가능한 독특함을 핵심으로 갖는 순수한 문학은 서양 모더니즘 문학의 이상이자, 그것이 이식, 발전된 동아시아 순문학의 이상이기도 하다. 또한 그 이상의 목적은 위에서 언급한 대로 본질과 자아에 대한 부단한 인식이다. 하지만 이러한 이상과 목적은 그녀가 '우리'라고 지칭하는 중국 순문학 진영의 공유물이며 그 '우리'의 정신적, 물질적 기반과 창작 활동은 중국문학의 상업화가 본격화되었던, 지난 세기 1990년대 이후로 나날이 위축되어 왔다.

우선 많은 신진 작가들이 상업문학과 대중독자들의 확대에 힘입어 중국작가협회와 문학잡지, 그리고 관영 문학상을 외면함으로써 기성문단의 제도화된 정신적 권위가 크게 훼손되었다. 아울러 마위엔_{馬原}이 「소설과 우리의 시대」_{小說與我們的時代}에서 자조적으로 술회하였듯이 급속한 순문학 독자의 감소로 말미암아 많은 순문학 작가들이 물질적 궁핍 때문에 창작을 포기하거나, 타락하여 작가의 철학이 결여된 자극적인 '베스트셀러'를 쓰거나, 아니면 영상물 작가로 전업해야 하는 상황에 처하고 말았다.

어쩌면 우리는 위와 같은 현상을 일종의 순환론적 관점으로 관조할 수도 있을 것이다. 즉, 순문학과 대중문학이라는 해묵은 이분법에 기초하여 특정 시대, 특정 시점에서의 어느 한쪽의 발흥은 일시적인 현상일 뿐이며 차후에 모종의 계기가 닥치면 다른 한쪽이 발흥할 차례가 돌아온다고 예단할 수도 있다는 것이다. 그러나 현재 중국의 출판산업과 문학의 장場에서 벌어지는 갖가지 상황을 종합해보면 이런 관점은 단순하고 무책임하기 그지없다. 기업화, 시장화, 그룹화로 대표되는 출판산업의 변화, 그 변화와 직결되는 디지털출판산업의 대두와 인터넷문학의 발전 등은 어느 것 하나도 순문학의 미래에 우호적이지 않기 때문이다. 중국문학을 둘러싼 이런 거시적 환경의 변화는 기존 문학 관념과 문학의 생산, 소비, 유통 채널을 완전히 뒤바꾸는 코페르니쿠스적 전환에 해당된다. 어쩌면 지금은 문학사적으로 문학의 전통적 패러다임이 새롭게 바뀌는 임계점이라고 할수 있다.

우리는 이러한 임계점의 도래를 불러온 중국 출판산업의 변화와, 그 하위 범주인 디지털출판산업의 총아 인터넷문학을 깊이 살펴볼 필요가 있다. 아마도 혹자는 앞으로 필자가 기술할 중국 종이책 시장의 위축, 이북e-book 시장의 활성화, 그리고 인터넷 문화의 발달 및 이에 따른 모바일 유료열람 서비스, 문학사이트 같은 새로운 문학매체의 대두가 전 지구적 문화현상의 일부일 뿐이라고 평할 수도 있을 것이다. 그러나 '중국 특색의 사회주의'라는 세계 유일무이의 이데올로기 체제와, 빈부 격차, 도농 격차를 수반한 고속성장은 오늘날 중국 문화의 변화에 고유한 성격을 부여하고 있다. 이 고유성을 간과하면 외견상 전 지구적 보편성을 띠는 중국의 문화현상에 숨겨진 특수성을 놓치게 될 뿐만 아니라, 아직도 엄존하는 중국의 검열제도나 국영-민영의 이원적 출판시스템, 그리고 인터넷문학의 폭발적인 인기 같은 예외적 문화현상들도 객관적으로 분석하기 어려울 것이다.

따라서 현재 전 지구적 범위로 전개되고 있는 출판산업의 변화가 중국에서는 어떻게 전개되고 있는지, 그리고 그와 함께 성장한 인터넷문학이 어떤 양태로 기존 문단의 지형과 일반 문학 관념에 영향력을 미치고 있는지를 특히 중국의 사회주의적 출판정책에 관한 명확한 성찰을 바탕으로 살펴보려고 한다.

2009년 4월 25일, 중국 국영출판그룹 중 매출액 1위 매년 200억위엔 이상인 쟝쑤펑황출판미디어그룹(江蘇鳳凰出版傳媒集團) 산하의 쟝쑤런민출판사(江蘇人民出版社)는 베이징에 소재한 대중도서 전문 민영출판기업 궁허롄둥문화미디어유한공사(共和聯動文化傳媒有限公司)와 1억위엔을 공동 출자해 베이징펑황롄둥문화미디어유한공사(北京鳳凰聯動文化傳媒有限公司)를 설립했다. 이는 중국출판시장에서의 본격적인 국영-민영 합작을 독려한, 중국 신문출판총서(新聞出版總署)의 「신문출판체제 개혁의 진일보한 추진에 대한 지도 의견」(關於進一步推進新聞出版體制改革指導意見)의 공포 후 이뤄진 첫 번째 성과로서 이후 각 국영출판그룹들과 주요 민영출판기업들의 연이은 합작회사 설립을 이끌어내는 도화선이 되었다.

위의 사건은 두 가지 상징적인 의미를 갖는다. 첫째, 국영출판사와 민영출판기업이라는, 철저히 이원화된 중국 출판시스템에 변화의 계기가 마련되었다. 지금까지 출판 콘텐츠의 확보와 기획력에서 월

등한 능력을 가졌으면서도 회사명에 '출판'이라는 이름조차 쓰지 못할 만큼 철저히 국가 언론출판 정책에서 소외되었던 민영출판기업들로서는 한 단계 도약을 위한 물질적, 정책적 자원을 확보할 수 있게 되었다. 반대로 정부의 특혜와 수익사업으로 인해 부를 축적했지만 경직된 시스템으로 인해 대중도서 시장에서는 전혀 주도권을 행사하지 못했던 국영출판사들은 민간의 뛰어난 기획, 마케팅 인재들과 그들의 축적된 노하우를 합작회사의 틀 안에서 활용하게 되었다.

둘째, 언론출판 정책에서만큼은 민간 개방을 철저히 불허해온 중국 당국이 이런 국영-민영 합작을 권장하게 된 것은, 출판산업의 가파른 환경 변화로 인하여 국영출판사의 경직된 체질과 민영출판기업의 날로 열악해지는 생존조건을 개선하지 않을 수 없게 되었기 때문이다.

여기에서 출판 환경의 변화란 곧 종이책 매출의 정체, 도서 유통에서의 인터넷서점 비중 확대, 모바일 기기와 PC를 통한 이북e-book 판매 및 문학콘텐츠 유료연재의 활성화 등을 뜻한다. 국가 지정 교재 출판, 세금 감면, 전국적인 신화서점新華書店 유통채널의 독점 등 정부 정책의 특혜로 외형적 규모만 방대해진 국영출판사들로서는 이런 변화에 기민하게 적응하는 것이 불가능하다. 반대로 민영출판기업들은 적절한 대응력과 기획력을 갖고 있기는 하지만 새로운 형태의 비즈니스를 추진하기 위한 대규모 자본과 정책 지원이 부재하다. 중국 당국은 바로 이러한 난관을 타개하기 위해, 그리고 민간의 콘텐츠 역량을 국가 언론출판 제도의 틀 안에 수용하고 이데올로기적 통제 아래 두기 위해 국영-민영 합작을 권장하게 된 것이다.

그러면 중국 출판 환경의 급속한 변화를 불러온 주된 요인은 무엇일까? 역시 인터넷의 지속적인 보급과 그로 인한 이른바 '스크린 리딩 세대'의 확대를 꼽지 않을 수 없다. 2010년 6월 30일 현재, 중국 네티즌의 규모는 4.2억 명, 인터넷 보급률은 31.8%에 달하며 모바일인터넷 사용자는 무려 2억 7700만 명이다. 그리고 더 주목해야 할 것은 그 성장 속도다. 2009년 연말에 비해 네티즌의 숫자는 3600만 명이 늘었고 모바일인터넷 사용자 숫자는 4334만 명이 늘었다. 6개월 만에 각기 8.6%와 18.6%의 성장세를 기록한 것이다.

위의 수치는 어쩌면 단순히 인터넷 노출 인구의 규모만을 보여주지만 중국식 트위터인 웨이보微博의 사용자가 2010년 연초의 400만 명에서 연말에 4천만 명으로 늘어난 것을 감안하면, 능숙하게 인터넷을 사용하고 '인터넷문화'를 창출할 능력을 갖춘 네티즌도 상당한 규모에 이르렀다고 추측할 수 있다. 나아가 2010년 중국의 디지털출판산업의 총생산액은 750억위엔을 넘어서서 600억위엔에 그친 전통 도서출판산업의 총생산액을 처음으로 추월하였다. 물론 이 수치는 음악과 영상 관련 콘텐츠의 생산액을 포함하는 것이어서 단순히 도서의 생산액만 비교한다면 이북과 유료연재의 생산액은 종이책을 넘어서지 못한다. 하지만 이것만으로도 우리는 현재 중국 출판산업이 인터넷의 절대적인 영향력 아래 종이책출판에서 디지털출판으로 비중이 옮겨지는 추세이며 디지털출판산업의 핵심인 인터넷문학이 기존의 문학 지형을 뒤바꿀 만한 파괴력을 잠재하고 있음을 추측할 수 있다.

그리고 「장편소설선간」長篇小說選刊의 편집부 주임이자 중국작가협회 내의 손꼽히는 인터넷문학 전문가인 마지馬季는 2010년 「신민석간」新民晚報과의 인터뷰에서 인터넷문학의 유형에 관해 묻는 기자의 질문에 "장르소설을 골간으로 하는 인터넷 작품은 대체로 현환玄幻, 기환奇

幻류, 가공역사류, 시공초월穿越류, 무협, 선협仙俠류, 도시 로맨스류, 괴기, 공포류, 군사류, 게임류, 스포츠류와 SF류로 나뉩니다."라고 답했다. 그의 이 발언을 통해 오늘날 중국에서 인터넷문학은 장르소설이 주류인 인터넷소설 작품들을 뜻한다는 것을 알 수 있다. 따라서 이 책에서 '인터넷문학'은 거의 '인터넷소설'과 동의어임을 밝혀둔다.

그런데 중국 인터넷문학 시장의 활황과 거대한 발전 가능성은 간접적으로 전통 종이책 시장에서의 순문학 작품의 부진을 시사한다. 실제로 2010년 5월의 중국 아마존 문학 분야 베스트 100을 검색해보면 현재 비교적 활발히 활동하고 있는 순문학 작가의 작품은 단 두 권뿐이다. 바로 위화餘華의 『살아간다는 것』活著과 류전윈劉震雲의 『휴대폰』手機이다. 그나마 이 두 작품은 각기 1993년과 2003년에 발표된 구간으로서 전자가 명작 스테디셀러에 속하지 않았다면, 그리고 후자가 2010년에 드라마로 개작, 방영되지 않았다면 역시 베스트셀러 순위에 이름을 올리지는 못했을 것이다.

한편, 같은 시기 중국 아마존 국내소설 베스트 10을 보면 더 놀라운 결과를 확인할 수 있다. 1위인 리커李可의 『두라라 3권-그 전투에서의 나의 일 년』杜拉拉3: 我在這戰鬥的一年裏이 직장소설職場小說인 것을 비롯해 1위부터 9위까지가 모두 로맨스소설, 심리성장소설, 미스터리소설 등의 장르소설이다. 10위가 장아이링張愛玲의 자전적 소설 『소단원』小團圓이긴 하지만 역시 로맨스소설의 성격을 띠고 있다. 더구나 상위 9명의 작가들 중 상당수는 본래 인터넷 공간에서 데뷔한 인터넷작가 출신으로서 정규 문학제도 안에서 작가 수업을 받은 경력이 전무하다. 이런 사실은 오늘날 인터넷문학의 글쓰기와 독법이 단지 네티즌 사이에서뿐만 아니라 일반 종이책 독자들에게까지 광범위하게 영향을 끼치고 있음을 시사한다. 인터넷문학의 대명사인 장르소설이 전통 출판시장에서도 맹위를 떨치고 있는 것이다.

이런 현상을 목전에 둔 중국 순문학 진영은 현재 부산한 움직임을 보이고 있다. 우선 평단에서는 현실을 인정하고 기존 순문학 작가들도 우수한 장르소설 창작에 뛰어들어야 한다는 입장과, 반대로 고전적인 비평 기준을 사용해 장르소설의 영향력을 부정하고 향후 장르소설 진영에 더 높은 예술적 수준을 요구해야 한다는 입장이 맞서고 있다. 동시에 제도적 차원에서는 인터넷작가들과 문학사이트 편집자들을 대상으로 연수프로그램을 개설하고 인터넷문학을 주제로 하는 연구토론회를 개최하는 한편, 일부 유명 인터넷작가들의 중국작가협회 입회를 추진하였다.

그러나 순문학 진영의 위와 같은 움직임은 일종의 패권주의와 엘리트주의를 전제로 한다. 처음부터 순문학을 '완전한 문학'으로, 인터넷문학을 '불완전한 문학'으로 위계화하고 '풍부한 인도주의적 감정과 국가, 민족, 인류의 운명에 대한 깊은 관심과 우려를 가진' 순문학의 지도 아래 '창조력이 부족하여 내용, 구조, 소재가 중복되고 오락성에만 치중하는' 인터넷문학을 포섭, 교정하는 것을 주요 목표로 삼고 있다. 간혹 인터넷문학의 독자성을 인정하고 그것을 평가하는 새로운 미학적 기준을 마련해야 한다는 주장이 나오기도 하지만, 모두 선언적 주장에만 그칠 뿐 구체적인 방안은 제시하지 못한다. 이는 그들이 여전히 엘리트문학의 개념 틀 안에 갇혀, 근본적으로 인터넷문학이라는 '신매체문학'을 평가할 새로운 평가체계를 마련할 능력도, 의지도 부족하기 때문이다.

오늘날 사람들은 대부분 네티즌이며 웹2.0 시대의 도래로 네티즌은 이제 새로운 미디어 주체로서 전통적인 문학 소비자들과 비교하여 훨씬 더 적극적인 독자들이다. 그들은 웹에서 이야기가 펼쳐지는 동시에 반응하고 때로는 참여를 원하며 나아가 이야기를 바꾸는 역할까지 담당한다. 그들 중 일부는 일종의 프로슈머로서 문학콘텐츠의 소비에 만족하지 않고 직접 생산자로 변모하기도 한다. 인터넷문학은 바로 이런 새로운 독자들의 출현에 부응하는 신매체문학이다.

따라서 중국 순문학의 옹호자들은 리얼리즘의 문학관이든 모더니즘의 문학관이든, 아니면 설익은 중국 포스트모더니즘이나 포스트콜로니얼리즘의 문학관이든 간에 기존의 어떠한 문학 사조의 미학도식으로도 인터넷문학을 제대로 평가할 수 없음을 인식해야 할 것이다. 인터넷문학의 창작―소비―유통과 그것을 둘러싼 문학콘텐츠산업의 지형은 순문학과는 다른, 완전히 새로운 패러다임에 속해 있기 때문이다. 지금의 추세를 감안한다면 어쩌면 조만간 순문학과 인터넷문학은 각기 주류 문학과 비주류 문학의 위치를 맞바꿔야할지도 모른다.

따라서 우리의 목적은 위와 같은 중국 출판산업의 혁명적 변화와 그 변화의 중심에 자리한 인터넷문학의 현주소 및 가치를 규명하는 데에 있다. 이와 함께 급속한 입지의 위축을 겪고 있는 순문학과 인터넷문학의 새로운 관계 설정도 모색하게 될 것이다. 이런 작업은 중국 인터넷문학의 거대한 발전 가능성과, 이로 인한 중국 당대문학 전체의 향방을 가늠하는 데에 도움이 될 것이며, 나아가 유독 인터넷문학 분야에서만큼은 물량 면에서나 제도의 완전성 면에서나 중국에 비해 부진을 면치 못하고 있는 한국 인터넷문학의 종사자들에게도 의미 있는 작업이 될 것이다.

「중국도서상보」(中國圖書商報) 2012년 7월 13일자의 2011년 중국 출판산업 추세에 관한 기사를 보면, 총 7가지 추세 중 '출판그룹의 영향력 증대'와 '디지털출판의 쾌속 성장'이 눈길을 끈다. 우선 2011년 전국 도서와 정기간행물, 유통 관련 출판그룹의 영업수입은 총 2094억 6천만위엔으로 전년 대비 20.4% 증가했고 이는 중국 출판산업 총 영업수입의 55%에 해당한다고 한다. 또한 자산 총액은 3680억 1천만위엔으로 전년 대비 16.8% 증가해 출판산업 전체 자산 총액의 73.4%를 차지하는 것으로 집계되었다. 이는 중국 출판산업에서 쟝쑤펑황출판미디어그룹이나 후난출판투자그룹(湖南出版投資控股集團) 같은 거대 출판그룹의 영향력이 갈수록 커지고 있음을 보여준다.

디지털출판의 영업수입 증가 수치는 더욱 두드러진다. 2011년 총 영업수입이 1377억 9천만위엔으로 진년 대비 31%나 성장했다. 이것은 출판산업 전체 영업 수입 중 9.5%에 해당하며 전년 대비 1% 증가했다. 이처럼 연간 영업수입 증가 속도가 30%가 넘는 경우는 여타 산업에서는 거의 찾아보기 힘들다.

디지털출판의 성장은 IT기술의 발전으로 인한 전 지구적 추세라고 볼 수 있지만 출판그룹의 영향력 확대는 21세기 진입 이후 중국 정부의 점진적인 출판산업 체제 개혁이 낳은 결과이다. 그리고 오늘날 중국 출판산업의 일련의 변화는 디지털출판 시대의 도래를 맞이하는 중국 출판업계의 적극적 대응의 결과이기도 하다.

중국출판산업의변화와인터넷문학

2

중국의 출판산업은 줄곧 정부의 엄격한 관리 아래에서 유지되어 왔다. 이것은 당연히 사회주의 중국의 정치적, 사회적 성격 및 경제 체제의 발전 과정과 밀접한 관련이 있다. 사회주의 인민공화국 설립 후 1978년 개혁개방 직전까지 중국 출판사들은 국가 이념 및 당과 정부의 정책을 선전하는 문화기관으로서 계획경제 체제 아래 전적으로 정부 지원을 받으며 운영되었으며 현재까지도 내부 조직과 운영 방식에 그 영향이 남아 있다. 그래서 중국 출판사들의 시장화 역사는 비교적 짧은 편이고 시장화의 수준도 낮으며 경쟁력도 높지 않았다. 이런 상황은 이미 시장경쟁 체제가 확립된 중국 대중도서 시장에서 출판사들의 활동 공간을 극도로 위축시키고 디지털출판 시대에 대비한 대규모 자본과 고급 인력의 확보도 난항에 빠뜨렸다. 이에 출판산업 경쟁력 강화를 위한 개혁의 방안이 정부 차원에서 검토, 시행되기에 이르렀다.

중국 출판산업 개혁의 대상 중 가장 중요한 것은 역시 재산권의 불명확함, 정부 사업단위적인 성격과 기업적 성격의 혼재 등의 문제를 안고 있는 출판사의 낙후된 체제였다. 이로 인해 오랫동안 중국 출판사들은 경쟁력을 높이지 못하고 진정한 의미의 시장경쟁 주체가 될 수 없었다. 그래서 중국 출판산업 개혁의 구체적인 방향은 기존 출판사 체제의 기업화, 시장화, 그룹화로 정해졌다.

1) 기업화

중국 출판업계의 총괄 주관부서인 신문출판총서는 2006년 7월 발표한 「출판유통체제 개혁업무 실시 심화 방안에 관하여」關於深化出版發行體制改革工作實施方案에서 공산당 위원회의 영도, 정부 관리, 업계 자율, 기업 및 사업 단위의 준법 경영으로 이뤄진 신문출판관리 체제를 확인하고 법률, 경제, 행정 조치와 산업정책 등의 수단을 종합적으로 활용해 신문출판산업의 발전을 추진할 것임을 강조했다. 이 내용은 중국 출판산업의 기본 관리체제를 요약적으로 제시하고 있다. 더 구체적으로 보면 국무원 출판행정 관리부서인 신문출판총서와, 지방의 각급 신문출판관리국이 도서와 정기간행물, 디지털출판물의 출판과 유통 단위에 대해 관리를 전담하고 공산당 중앙선전부와 지방 선전부, 그리고 공상국工商局과 세무국稅務局 등 기타 부서도 각각의 업무 성격에 맞게 출판산업에 대한 행정 관리에 참여한다.

하지만 전통적으로 중국 출판사의 관리를 전담해온 조직들의 총체는 이른바 '출판주관부서'라고 불린다. 이 '출판주관부서'는 중국 공산당 중앙선전부 내의 출판국, 각 성 선전부 내의 출판처, 국무원 직속 기구인 신문출판총서, 그리고 각 성 정부 안에 설치된 신문출판관리국을 망라한다. 최근에는 일부 시까지 신문출판처를 설립하는 추세이다. 그런데 이런 주관부서의 감독과 통제의 강도가 지나치게 높아서 출판사의 자율적 정책 결정 능력과 상황 대응력을 감소시켰다. 하급 단위인 출판사는 모든 사안마다 상급 주관부서의 '지도'를 받아야 했으므로 정책 결정과 책임 부담의 자주권이 부족했다. 내부에 재무부서와 인사부서가 있어도 실제 재무관리 권한과 인력관리 권한은 주관부서에 속해 있는 식이었다.

그런데 주관부서에게 출판사 관리는 수많은 업무 중 하나일 뿐이어서 관리 과정 중에 출판사의 실제 상황과 출판산업 고유의 운영 방식을 소홀히 하기 쉬웠다. 그 결과, 관리 업무가 출판사의 실제 업무와 괴리되어 효율이 떨어지고 효과도 안 좋은 경우가 많았다. 어쨌든 주관부서의 총체적인 관리 하에서 출판사는 자율권도, 권한도, 상응하는 책임도 부족해서 생산성을 높일 원동력과 조직 발전의 동기가 부족했다. 동시에 출판사의 조직구조도 문제시되었다. 중국 출판산업 발전 초기, 공산당의 선전기구로서 중요한 기능을 담당한 탓에 출판사는 공산당위원회 직속의 출판사위원회社委會를 내부에 설치하고 집단책임제로 운영되었다. 공산당 선전물 출판을 전담하는 중앙과 지방의 인민출판사에서 아직도 유지되고 있는 이 조직구조는, 출판사가 당과 정부로부터 거리를 두고 독자적으로 합리적인 경영행위를 하는 데 있어 큰 장애 요소가 되었다.

중국 출판사들의 기업화는 이처럼 경직된 관리체제와 조직구조를 개선하는 것이 급선무였다. 그러나 관리체제는 중국 공산당의 엄격한 언론출판 정책을 감안할 때 그 기본 골격은 거의 변경될 여지가 없다. 따라서 출판사가 현대적 기업제도를 수립해 조직구조와 운영 시스템을 변화시킴으로써 이른바 '업계 자율'의 정도를 확대하고 업무 효율성을 제고하는 것만이 유일한 방법으로 떠올랐다.

결국 대부분의 출판사들은 현대적 기업제도에 맞춰 조직구조를 바꾸는 한편, 장려시스템과 경영전략 면에서도 구체적인 조치를 취했다. 첫째, 조직구조에 있어서는 이사회와 그 밑의 사장社長 책임제를 수립했다. 이사회는 거시적 관리정책의 제정, 기업의 발전과 생존을 좌우하는 중대 사항의 결정, 사장과 고위 간부의 임명, 기업의 총체적 경영 정책과 계획을 비준하고 사장은 일상적인 경영 관리 업무를 책임진다. 그리고 출판사의 규모와 시장 포지셔닝 등 실제 상황을 고려해 하부에 구체적인 부서들을 배치한다. 편집부와 사업부는 각기 생산과 마케팅을 책임지는 핵심 부서로서 반드시 필요하며 기획, 재무, 인력관리 부서도 현대적 출판기업 조직의 중요한 구성요소이다.

둘째, 장려시스템의 도입은 계획경제 체제에서의 인사시스템을 탈피하여 현대화된 인력관리 체계를 구축하고 인재들의 경쟁 메커니즘을 구축하는 것이 목표였다. 구체적으로 보면 한 직원이 서로 다른 성격의 여러 업무를 겸하던 관행에서 탈피해 직원 업무의 전문화를 꾀했고, 종신고용제를 경쟁에 의한 승진제로 대체해 장려시스템의 기능을 활성화하고 생산과 경영의 효율성을 높이려 했다.

셋째, 경영전략을 보면, 현대적 기업제도 수립 후의 출판사는 시장에 더욱 집중하여 약육강식의 시장법칙에 적응하는 것을 목표로 삼고 있다. 정부가 경영의 지속성을 보장해주던 과거와 달리, 경쟁에서 패배하면 시장에서 퇴출되어 사라질 수도 있다는 사실을 명확히 인지하여 경쟁업체가 모방하기 힘든 핵심 경쟁력을 확보하기 위해 노력하고 있다.

중국 출판산업에서 이상과 같이 재산권과 권한, 책임의 소재를 명확히 하고 행정 간섭과 기업 행위를 분리시키며 시장경쟁을 위해 효율적으로 조직을 관리하는 현대적 기업제도의 수립은 이미 1990년대 후기에 시작되어 아직까지도 계속되고 있다. 그 과정에서 2003년 6월 '문화체제 개혁 시범업무'가 시작되어 21곳의 출판, 유통그룹이 확정될 때 새로운 사업체제와 기업화의 개혁 조치가 채택되어 강도 높게 실시되었고, 2006년 '전국 문화체제 개혁 업무회의'가 열린 후로는 기업화 개혁이 가장 크게 진전되어 한꺼번에 23개 출판그룹이 기업화를, 100여 개 출판사가 제도 개혁을 완수하였다. 그리고 현재는 당 선전물을 만드는 각 지역 인민출판사를 제외하고는 거의 모든 출판사가 기업화되었고 또 많은 출판사들이 외부 자금을 조달해 다원화된 주주제 회사로 변신하면서 기업 규모를 확대하고 경제력을 높이고 있다.

2) 시장화

중국 출판산업의 시장화를 위해서는 무엇보다도 출판산업 발전을 위한 대규모 자본의 활발한 수급과 집행이 가능해야 한다. 그런데 과거에는 두 가지 원인으로 인해 이것이 여의치 않았다. 먼저 첫 번째 원인은, 중국 출판사들의 소유제 형식이 전적으로 공유제이기 때문이다. 보유 자산이 대부분 국유자산이므로 이를 운영하는 과정에서 정부의 통제와 간섭을 받고 책임과 권한의 소재가 불분명하다는 약점이 있었다. 따라서 출판사들이 자산을 활용해 새로운 성장 분야에 투자하고 규모의 확대와 발전을 꾀하는 데에 제약이 많을 수밖에 없었다. 국유자산을 처분하려면 정부 주관부서의 허가가 필요하고 투자 전후에도 번거로운 심사와 감사가 뒤따르기 때문이다.

하지만 경쟁이 치열한 오늘날의 출판시장에서 출판사가 발전하려면 우선 많은 자금을 확보하고 투자도 다원화해야 한다. 그러기 위해서는 출판사와 정부 주관부서 사이의 행정적 예속관계가 시정되고 출판사가 독립적인 경제 실체로 변신해야 한다. 이런 까닭에 중국 출판사들은 출판산업 시장화 과정에서 속속 법인화를 이루고 재정적 독립을 꾀하고 있다. 이제는 정부 보조금에 전적으로 의지하는 대신, 보유 자산과 다양한 방식의 융자로 운영과 투자 자금을 충당하여 기업 자본의 다원화를 이뤄가고 있다. 물론 이와 관련해 스스로 경영하고 이익과 손해를 책임지는 시장주체로서 생산과 재생산 활동에 있어 완전히 시장의 수요에 따라 무엇을, 얼마나 생산할지 결정하는 쪽으로 경영전략도 수정해나가고 있다.

다음 두 번째 원인은 민간자본과 외국자본의 출판업계 진입에 대한 중국 정부의 일관된 불허 방침이었다. 중국 정부는 줄곧 국유자본과 국가 사업단위만 출판업계 진입을 허용하고 기업자본, 개인자본, 외국자본의 진입은 허가하지 않아 출판산업의 자본 결핍을 초래했다. 본래 중국에서의 출판사 설립은 출판 주관부서의 심사, 비준을 통해 이뤄지며 출판사 설립 신청을 위해 구비해야할 기본조건은 아래의「출판관리조례」出版管理條例 제11조 항목에 근거한다. 제11조 출판사 설립을 위해서는 아래의 조건을 반드시 갖춰야 한다.

1. 출판사의 명칭, 장정이 있어야 한다.
2. 국무원 출판행정 주관부서가 인정하는 주 실행단위 및 주관기관이 있어야 한다.
3. 확정된 업무범위가 있어야 한다.
4. 30만위엔 이상의 등록자본과 고정된 업무장소가 있어야 한다.
5. 업무 범위의 수요 적응에 필요한 조직기구와, 국가 규정에 부합하는 자격조건을 갖춘 편집, 출판 전문 요원이 있어야 한다.
6. 법률과 행정법규가 규정하는 기타 조건. 설립 심사를 받는 출판

사는 앞의 조건 외에 출판사 총량, 구조, 배치에 관한 국가 규정
에도 부합해야 한다.

이런 엄격한 허가제는 다른 나라의 출판 등록제와는 본질적으로 차이가 있으며 정부의 영향력 아래에 있는, 한정된 숫자의 기존 국영출판사 외에는 사실상 새로운 출판사가 설립될 수 없게 만들었다._{이밖에도 심지어 출판사의 총량, 출판물의 규모, 출판물의 가격까지 출판 주관부서의 통제 범위 안에 있다}

그러나 개혁개방 이후 중국 출판산업 안에는 오직 공유제 국영출판사만 존재했던 것은 아니다. '출판사'가 아니어서 실체를 공식적으로 인정받지는 못하지만 출판사처럼 도서의 기획, 편집, 제작, 유통을 모두 수행하는 사유제 민영출판기업이 계속 존재했고 심지어 지속적으로 영향력을 확대해왔다. 즉, 중국 출판산업은 국영출판사_{현재 중국에서는 '출판사'라는 명칭은 국영출판사에게만 허용되므로 '출판사'로 약칭하겠다}와 민영출판기업, 이 두 가지 출판 주체로 이뤄진 이중구조인 것이다.

좀 더 구체적으로 살펴보면 2009년 중국 출판사의 숫자는 580곳으로 집계되었고 그 중 중앙 출판사가 221곳, 지방 출판사가 359곳, 통합을 완료한 출판그룹은 23곳이었다. 한편 무려 천여 곳에 달하는 민영출판기업은 비록 기업 명칭과 기업 영업범위 어디에도 '출판'이라는 단어조차 기재하지 못하지만, 여러 출판사들과 음성적으로 합작계약을 체결하여 ISBN 사용과 도서 유통, 인쇄 위탁 자격을 획득해 실질적인 출판 업무를 진행해왔다.

물론 민영출판기업의 이런 활동들은 공식적으로는 전혀 실체가 없었다. 민영출판기업이 출판한 도서의 표지와 판권부에는 ISBN을 제공한 출판사의 명칭만 기재되고 매년 열리는 '전국도서교역박람

회'의 참가 자격도 오직 출판사에만 부여되었다. 그래서 출판사의 전시 부스에 실제로는 민영출판기업이 만든 도서만 즐비하게 전시되는 촌극이 계속 빚어졌다.

다행히 2003년 신문출판총서의 「출판물시장관리규정」出版物市場管理規定이 발표된 후로 먼저 도서유통 영역에서부터 민간기업의 규모 확대와 자본 투자가 원활해졌다. 민간 도서유통기업이 국영 도서유통기업과 동등한 지위를 인정받아 연쇄점 경영이 가능해졌고 총 유통권 획득 경쟁까지 참여할 수 있게 되었다. 그래서 원더광원유통그룹文德廣運發行集團과 다중서국大衆書局이 총 발행권을 획득하였고 시수서옥席殊書屋이 전국 연쇄점 경영 자격을 허가받음으로써 신화서점과 우체국 등 국영 유통기업의 오랜 시장 독점구조를 깨뜨렸다. 이처럼 민간자본이 출판유통 영역에 대량 유입되면서 출판산업에 생기와 활력이 불어넣어졌다.

이어서 출판 영역의 대 민간자본 개방도 2009년 4월, 신문출판총서의 「신문출판체제 개혁의 진일보한 추진에 대한 지도 의견」을 시점으로 현실화되었다. 이 문건은 신문출판산업 전 영역에 걸쳐 "비공유 자본이 여러 가지 형식으로 정책이 허가하는 영역에 진입하는 것을 지지, 격려한다."고 밝혔다. 그 후 여러 출판사들이 기업 체제로 전환하며 민간자본을 대량으로 유입하고 상장을 준비했고, 그 결과 2011년 말, 중국 신문출판업에서 상장회사 49곳이 탄생하고 총 융자액 2천억위엔을 기록하기에 이르렀다.

그러나 출판산업 시장화의 마지막 과제인 외국자본 도입은 아직까지 성과가 미미하다. 2003년 신문출판총서와 상무부商務部는 「외상투자 도서, 신문, 잡지 판매기업에 대한 관리 방법」外商投資圖書、報紙、期刊分

銷企業管理辦法을 실시하여 정식으로 외국자본의 중국 출판시장 진입을 허용함으로써 중국 출판시장의 대외 개방 시대를 열었다. 그 결과 푸젠민타이도서유한공사福建閩台圖書有限公司, 21세기진슈도서연쇄유한공사21世紀錦繡圖書連鎖有限公司, 쟝쑤닝이문화실업유한공사江蘇寧誼文化實業有限公司, 베이징커원수예자문기술유한공사北京科文書業咨詢技術有限公司 네 곳이 중외 합자기업으로 처음 설립되어 도서 및 정기간행물 소매 사업을 하게 되었지만, 현재까지 중국 출판시장에서 뚜렷한 성과를 낸 외국 기업이나 중외 합자기업은 거의 찾아볼 수 없다.

이것은 역시 중국의 폐쇄적이며 관 주도적인 언론출판 정책에 주된 원인이 있다. 이미 1995년에 상하이에서 최초의 서점을 열고 2002년에는 18개 도시에 36개의 서점을 운영하며 도서 유통 부문에서 150만위엔의 영업이익을 냈던 독일의 다국적 출판기업 베텔스만도 결국 그 정책의 벽을 넘지 못하고 2008년 본국으로 '패주'했다. 회원제 북클럽이 주된 수익모델인 베텔스만은 정기적으로 회원들에게 추천도서 목록을 보내고 할인 판매하는 방식을 취한다. 그런데 이 수익모델이 정상적으로 작동하고 시너지 효과를 내려면 반드시 유통과 출판이 결합되어야 한다. 하지만 중국 정부는 국영출판사가 독점하는 출판권을 끝내 허용해주지 않았고, 여기에 유통 부문에서 당당넷當當網과 중국 아마존 같은 인터넷서점이 강력한 경쟁상대로 떠올라 베텔스만은 중국 시장을 포기하기에 이르렀다.

2010년, 이번에는 프랑스 최대의 출판그룹 아셰트Hachette가 쟝쑤평황출판미디어그룹과 손잡고 중외 합자출판기업 평황아셰트문화발전유한공사鳳凰阿歇特文化發展有限公司를 베이징에 설립했지만 중국의 출판 정책과 제도를 이해하고 적응해 첫 책을 내기까지 1년 이상의 시간을 들여야 했다. 이런 예들로 볼 때, 중국 출판시장의 대외 개방이 효과를 거두고 유수한 외국 출판사들이 활발히 중국에 진출하는 것은 아직 요원한 일이라고 할 수 있다. 출판산업 개혁의 속도가 빨라지긴 했지만 정부 출판정책의 근본 구조는 변하지 않았고 이것은 외자 도입에 있어 치명적인 약점이 되고 있다.

3) 그룹화

그룹화는 출판산업 구조조정을 위해 반드시 필요한 과제였다. 중국의 출판산업은 계획경제 체제 아래 형성되면서 '균형 발전'의 특징을 띠었다. 전국의 행정구역에 따라 출판사들이 분산 배치되고 자원도 균등하게 배분되면서 경쟁의 필요도, 능력도 없는 상태가 오랫동안 지속되었다. 이런 산업구조는 특정한 역사적 조건의 산물로서 중국 출판산업 발전 초기에 긍정적인 작용을 하기도 했지만 지역별 발전의 불균형과 다양성을 무시한 측면이 없지 않았다. 예를 들어 각 성마다 천편일률적으로 인민출판사, 문예출판사, 교육출판사, 미술출판사, 아동출판사가 존재하는 것만 봐도 그렇다.

결국 계획경제 체제가 남긴 이 균형 발전의 산업구조 모델은 개혁개방 후 각 지역 출판 품종을 동일화하고 브랜드 구축마저 어렵게 하여 출판사들의 발전을 막는 장애 요소가 되었다. 바로 이런 점을 배경으로 중국 출판산업은 강력한 그룹화 추진으로 탈脫 지역 발전, 다매체 경영을 특징으로 하는 대형 출판그룹을 조성해 새로운 시장 경쟁의 주체로 부각시키는 방안을 모색하게 되었다. 출판그룹화는 출판산업 구조조정의 일환으로서 자원의 비효율적 배치를 개선하고 산업의 집중도를 높이며 규모의 이점을 확보하게 하는 개혁 조치이기 때문이다.

다시 말해 그룹화는 출판산업 경쟁력 강화를 위한 전략적 목표였다. 출판산업이 발전하려면 시장경쟁 속에서 경쟁력을 형성해야 하며 출판사가 발전하려면 역시 고유한 핵심 경쟁력을 갖춰야 한다. 그런데 출판산업의 발전을 위해서는 무엇보다도 업계의 선두 주자가 규모의 경제면에서 절대적인 우세와 경쟁력을 갖추고 업계 전체를 이끌어나갈 필요가 있었고 대형 출판그룹이 그 선두 주자 역할을 담당해야 했다. 따라서 그룹화는 출판그룹이 자원 통합을 통해 경쟁의 우세를, 나아가 경쟁력까지 확보하게 만드는 과정이기도 했다. 요컨대 이 그룹화 전략의 핵심을 더 자세히 부연한다면 바로 '출판그룹'이라는 자율 경영과 독립 채산제의 시장경쟁 주체를 양성하고 업계의 리더로 만들어냄으로써 중국 출판산업의 경쟁력을 한 단계 위로 끌어올리는 것이었다.

중국 출판산업 그룹화의 시작은 2001년 8월 공산당 중앙 사무청辦公廳을 통해 발표된 중앙선전부, 국가광전총국國家廣電總局, 신문출판총서의 「신문출판, 방송, 영상산업 개혁 심화에 관한 약간의 의견」關於深化新聞出版廣播影視業改革的若幹意見. 이하 「의견」이었다. 이 문건을 통해 신문출판총서는 그룹화를 기업화, 시장화와 함께 21세기 중국 출판산업 발전의 3대 전략으로 잡고 매체의 그룹화와, 매체의 업계 및 지역적 한계의 초월, 그리고 경영성 자산의 상장이 가능하다고 명확히 제안했다.

사실 과거에도 출판그룹화 움직임이 있기는 했지만 그것은 도서 판매 증대나 브랜드 효과 창출을 위한 협의체 구성에 그쳤을 뿐 시장 경쟁력 확보나 기업체제 전환과는 무관했다. 하지만 2001년 「의견」

의 반포 이후 새롭게 그룹화 시험 대상이 되었거나 이미 그룹을 이루고 있던 출판사들은 기존의 행정관리 조직을 개혁해 현대적 기업 제도를 시행하는 한편, 독립적 자산 경영을 실현하며 본격적으로 시장경쟁에 나설 채비를 서둘렀다. 또한 지역과 업종의 경계를 허무는 방향으로 경영전략을 조정했는데, 그래야만 자본의 자유로운 배치와 유동성을 확보하고 기술 설비와 인력 자원을 융통성 있게 안배할 수 있기 때문이었다. 이것은 출판그룹이 지역과 업종을 초월한 '규모의 경제'를 실현하고 도서, 잡지, 전자출판물, 영상, 오락, 인터넷 등 다기능, 다매체 사업을 아우를 수 있는 바탕이 되었다.

그리하여 2003년 6월 '문화체제개혁 시범업무'가 시작되어 21곳의 출판, 유통그룹이 최종 확정되었다. 여기에는 새로운 사업체제와 기업화, 탈脫 지역, 업종의 발전 등의 개혁 조치도 포함되었다. 그래서 2004년 4월 초, 중국출판그룹이 중국출판그룹공사中國出版集團公司로 개명하고 기업으로 체제 전환을 한 것이 앞선 그룹화 개혁 과정의 최초의 완성 사례가 되었다. 그리고 2012년 현재 전국의 중앙과 지방 출판그룹은 모두 33곳으로서 정부가 주도한 출판산업의 그룹화 개혁은 거의 완성되었다고 볼 수 있다. 물론 출판산업의 기업화, 시장화 추세가 심화되면 규모가 작고 경영 수준이 낮은 출판기업이 자연히 규모가 크고 경영 수준이 높은 출판기업에 합병되어 진정한 의미의 출판그룹이 또 형성될 수도 있을 것이다. 하지만 현재의 중국 출판그룹들은 아직까지는 모두 정부 출판정책의 인위적 산물이다.

이상과 같은 세 가지 방향에서의 중국 출판산업 개혁은 종합적으로 볼 때 어느 정도 시장경쟁에 임할 수 있을 만큼 출판사들의 체질을 개선했다. 실제로 과거에는 매년 할당되는 ISBN의 대부분을 민영출판기업에 판매하고 수익이 보장된 기관 납품도서만 출판하던 출판사들이 새롭게 외부에서 기획과 영업 부문 인재를 영입해 직접 시장도서를 출판하는 예를 심심치 않게 볼 수 있다. 일례로 기업화, 시장화의 경험에서 가장 앞서는 중국출판그룹 산하의 셴다이출판사現代出版社는『주더융 만화 시리즈』朱德庸漫畫系列,『지미 만화 시리즈』幾米漫畫系列,『차이즈중 만화 시리즈』蔡志忠漫畫系列 등 타이완과 홍콩의 유명 만화가의 작품을 번역, 출간하고 두펑杜彭, 여우서우右手, 리이黎毅 등 중국 내 우수 만화가를 발굴하여 거의 독자적인 기획력으로 중국 성인용 만화의 선두 주자로 자리를 굳혔다. 또한 자본 축적에 성공한 일부 출판그룹들은 자회사 설립과 인수합병을 통해 전통 출판 영역을 넘어 디지털출판, 영상, 애니메이션, 심지어 호텔 경영, 부동산, 금융업에까지 거침없는 사업 확장을 시도하고 있다.

　오늘날 중국의 출판산업 개혁은 이미 상당한 성과를 거두며 계속 진행되고 있지만 두 가지 원인으로 인해 시장 경쟁력 제고와 사업 추진의 효율성에서 차질이 빚어지고 있다. 첫 번째 원인은 계획경제 시기 정부의 지도, 관리의 '관성'에서 비롯된 출판사의 관료주의다. 오랫동안 계획경제에 길들여진 출판사 간부들은 개인의 지위 보전에 급급하고 적극적인 시장 공략 정책을 취하는 데에 소극적이다. 그리고 두 번째 원인은 출판콘텐츠에 대한 정부의 검열시스템이다. 중국 출판산업 개혁은 정부의 관리체제와 출판사 조직은 대폭 바꾸었지만, 창의적인 출판 기획과 유연한 출판 프로세스를 저해하는 검열시스템만은 거의 손대지 못했다. 아마도 이것은 사회주의 중국 출판산업의 거대한 변화에서 유일하게 벗어나 있는 성역일 것이다.

1) 관료주의

　개혁의 과정에서 출판사 간부들이 책임을 전가하고 일을 중복해 업무 처리의 지연을 초래하는 한편, 간부들 간의 갈등으로 정책 방향에 혼선이 오는 일이 자주 벌어지곤 한다. 또한 통제력과 결정권이 출판사 상층부에 집중되고 규칙과 정책이 경직되게 운영되기도 하며 업무 성격에 비추어 인력 규모를 과다하게 보유하는 등 자원이 비효율적으로 쓰이기도 한다. 이 모든 문제들은 한 마디로 관료주의의 폐해라고 할 수 있다. 현재 중국 출판사 조직의 관료주의는 개혁의 세 방향인 기업화, 시장화, 그룹화에 모두 부정적으로 작용하여 한계를 노출시키고 있다.

먼저 관료주의로 인한 출판사의 비효율적 조직 문화와 경직된 시장 전략에 대해 알아보자. 현재 중국 출판사의 내부 조직은 업무량에 비해 지나치게 많은 직원들을 채용하고 있는 것이 눈에 띈다. 이것은 주로 출판사와 상위 주관부서, 그리고 기타 협력 업체 간의 관계 때문이다. 일례로 저장성浙江省 항저우시杭州市 시정부 산하 지방 출판사인 항저우출판그룹은 공식적으로 직원 숫자가 백여 명에 달하지만 대부분 출근을 하지 않거나 실질적인 담당 업무가 없다. 항저우출판그룹은 『사고전서』四庫全書 영인본, 『중국부녀사』中國婦女史 등 정통 학술서와 『시후전서』西湖全書, 『남송 명인과 임안』南宋名人與臨安, 『항저우 운하문집집성』杭州運河文獻集成 등 항저우시 선전물을 주로 출판하고 따로 소형 잡지 3종을 발간하는 소규모 출판그룹이다.

활발히 시장도서를 기획하고 마케팅하지 않으므로 대규모 인력이 필요 없다. 실제로 매일 정시에 출퇴근하고 담당 업무가 확실한 직원들은 단행본 및 잡지 편집부와 재무부, 그리고 재고와 인쇄를 관리하는 발행부의 30여 명뿐이다. 이름만 걸어두고 자리에 없는 나머지 직원들은 항저우출판그룹의 경영과 밀접한 관계가 있는 정부 주관부서와 협력 업체, 투자 업체의 친인척 자제들이다. 이들은 형식적으로 최소 임금을 받으면서 출판사 직원 신분을 유지하고 항저우출판그룹은 그 반대급부로 물질적, 정책적 혜택을 받는다.

한 가지 예를 들면 항저우출판그룹의 만화잡지 「둥만싱쿵」動漫星空의 편집장은 공산당 항저우시위원회 선전부 부부장의 딸이다. 그리고 항저우시위원회 선전부는 그 산하에 항저우출판그룹을 비롯한 수십 개 문화기업을 두고 투자와 감독을 진행하는 기관이다. 바로 이 대목에서 항저우출판그룹이 변변한 베스트셀러 하나 없이 어떻게 경영을 유지하고 있는지 알 수 있다. 위에서 언급한 항저우출판그룹의 서적들은 모두 중앙 정부와 시 정부의 지원금을 받아 출판되었다. 뛰어난 출판콘텐츠를 개발하지 않고도 '관계'만으로 출판사를 경영하는 전형적인 예라고 할 수 있다.

한편, 정부 지원금으로 출판되는 서적들은 유통과 판매를 위해 굳이 복잡한 시장 전략을 동원할 필요가 없다. 이른바 '특판', 즉 공공기업 및 기관 납품을 통해 상당한 부수가 소화되기 때문이다. 물론 대중도서 시장에서도 많은 부수를 팔 수 있다면 더할 나위 없겠지만, 정부 지원금이 지급되는 책들은 항저우출판그룹의 경우처럼 학술서이거나 공공 목적의 선전물이므로 대량 판매의 가능성이 거의 없다. 그런데도 수금이 어려운 민영도매상이나 공급가가 낮은 온라인서점에 책을 공급하는 것은 불필요한 전략으로 간주된다. 그래서 항저우출판그룹은 오직 일원화된 국영유통체인인 신화서점에만 책을 공급한다. 역시 높은 판매량을 기대하기는 어렵지만 일단 수금이 보장되고 대형서점인 신화서점 매대에 책이 비치됨으로써 '전시 효과'를 거둘 수 있기 때문이다.

이상과 같은 항저우출판그룹의 예는 관료주의가 출판산업 기업화를 저해하는 가장 극단적인 사례이다. 그러나 비교적 성공적으로 기업 제도를 실현하여 활발하게 시장경쟁을 벌이고 있는 출판사들도 정도의 차이가 있을 뿐 아직은 비슷한 문제를 안고 있다. 이 문제는 정부 출판 주관부서와 출판사들의 수직적 상하 관계와, 국영출판사의 정부 출판 지원금 독점 현상이 근절되지 않는 한 쉽게 해결되지 않을 것이다.

두 번째로, 관료주의는 출판산업 개혁의 시장화 방향에도 영향을 끼친다. 출판산업의 시장화는 본래 출판사가 보유한 국유 자산과 외부의 민영 자본을 독립적으로 처분하거나 유치하여 출판 규모를 확대하고 디지털출판 같은 신성장 분야에 투자하게 하는 데에 목적이 있다. 실제로 많은 출판사들이 거액을 투자해 실력 있는 민영출판기업을 합병하기도 하고 그룹화 노선으로 상장에 성공해 엄청난 자본을 축적하기도 했다. 그러나 출판산업의 침체로 인해 출판활동으로는 주관부서의 고과 산정 기준에 부합하는 투자 대비 수익을 거두지 못하게 되자, 일부 출판사들은 편법적인 투자를 단행하기에 이르렀다.

그룹 일 년 매출의 70% 이상을 비출판 부문에서 기록하고 있는 쟝쑤펑황출판미디어그룹이 대표적인 경우이다. 자산 200억위엔, 연 매출 200억위엔 이상의 중국 출판그룹 중 1위 기업인 펑황그룹은 산하에 출판사 9곳, 인쇄소와 인쇄물자 조달회사 각 1곳, 전문 잡지 23종, 그리고 소매서점 1천여 곳 등의 출판 관련 기업을 보유하고 있지만 따로 부동산회사를 열어 난징펑황문화광장鳳凰文化廣場 등 대규모 오피스 빌딩과 쇼핑센터를 개발함으로써 엄청난 분양 및 임대 수익을 거둬들이고 있다.

본래 출판사는 출판이나 문화 관련 사업을 하지 못하게 규정되어 있지만 펑황그룹은 건물 일부에 컨벤션센터와 대형서점을 배치해 건물 전체를 '문화시설'로 등록하는 편법을 사용했다. 물론 이런 편법은 주관부서와의 '관계'가 있기에 통할 수 있을 것이다. 이밖에 펑황그룹은 지난해 증시 상장 이후 남아도는 자본으로 무차별적인 인수 합병에 착수해 이미 애니메이션 제작사, 드라마 제작사 등 백여 곳의 다양한 회사들의 경영권을 획득했다. 이 회사들은 펑황그룹이 51% 이상의 지분을 확보하고 본 소유주에게 경영을 위탁하는 방식으로 운영되는, 펑황그룹의 투자회사다. 향후 이 회사들의 매출은 펑황그룹 전체 매출에 합산되어 상장회사로서의 지위 보전과 정부 출판 주관부서가 시행할 고과 산정에 기여할 것이다.

이와 같은 비출판 분야 투자는 중국 출판계에서 흔히 볼 수 있는 현상이다. 위에서 언급한 항저우출판그룹도 구 사옥을 처분한 자금에 정부 지원금을 보태 조만간 대형 빌딩을 건립할 예정이다. 그 빌딩은 사옥의 용도로 지어지겠지만 대부분의 공간은 임대될 것이다. 이밖에 후베이창장출판그룹湖北長江出版集團도 다원화 경영을 빌미로 역시 대도시 우한武漢에서 고층 빌딩을 건설해 거액의 부동산 수익을 취하고 있다. 실로 중국 출판산업 시장화의 왜곡된 단면이 아닐 수 없다.

마지막으로 관료주의 특유의 위계구조가 출판산업 그룹화에 끼치는 부정적 영향을 살펴보기로 하자. 2011년 펑황그룹 산하 쟝쑤인민출판사江蘇人民出版社와 한국 J출판사의 합작출판기업 설립 무산 건이 좋은 예가 될 것이다. 이 두 출판사는 펑황그룹의 승인 아래 3개월간의 조율을 거쳐 합작 조건을 상호 승인하고 합작회사 설립 계약서 조인을 눈앞에 두고 있었다. 그런데 마지막 단계에서 그룹 회장 사무실의 짧은 통고에 의해 합작이 무산되어 버렸다. 2010년 펑황그룹과 프랑스 아셰트 출판그룹의 합작회사 설립 과정에서 아셰트 쪽의 요구에 의해 해외 출판합작에 대한 배타적 독점권이 아셰트에게 주어졌다는 것이었다. 즉, 중국 대륙 내에서 펑황그룹과 합작출판기업을 세우고 경영할 수 있는 권한은 오직 아셰트에게만 있는 것이었다. 마지막 만남에서 쟝쑤인민출판사 사장은 한국 측에게 자신도 그 사실을 며칠 전에야 알았다고 토로했다. 그룹 회장 사무실은 지난 3

개월간 한국과의 합작 논의가 진행되고 있음을 알면서도 그런 결정적인 정보를 인지하지 못했거나 알면서도 통고하지 않은 것이다.

샹쑤인민출판사 측은 비출판기업 형태로라도 합작회사를 만들고 샹쑤인민출판사의 출판 자격을 활용해 출판사업을 진행하자고 제의했지만 한국 측은 그런 편법을 받아들일 수가 없었다. 결국 그룹과 자회사 간의 어처구니없는 소통 부재로 인해 합작이 무산된 것이다. 이처럼 그룹 상층부가 중요 정보를 하부 조직과 공유하지 않는 상태에서 모든 중대 사안의 결정권을 쥐고 있는 중국 출판그룹의 조직문화는 어떤 면에서 정부 출판 주관부서와 출판사의 수직 관계를 그대로 이식해온 것과 같다. 산업의 집중도를 높이고 규모의 이점을 확보하게 하기 위해 추진된 중국 출판산업의 그룹화는 내적으로 이런 관료주의적 문제를 안고 있는 것이다.

2) 검열시스템

관료주의가 중국 출판산업 개혁을 저해하는 시스템적인 한계라면 검열시스템은 이데올로기적 한계에 속한다. 이데올로기적 한계는 국가의 공식적인 이념과 원칙에 근거하는 것이므로 검열시스템은 관료주의보다 더 심층적이며 개선하기 힘든 한계라고 볼 수 있다.

먼저 중국 검열시스템의 존재 기반인, 사회주의 중국의 출판산업이 지향하는 총체적인 목표와 이념을 살펴보자. 이것은 「출판관리조례」 제1장 총칙의 제1조와 제4조에 아래와 같이 명확히 규정되어 있다.

제1조 출판활동에 대한 관리를 강화하고 중국 특색의 사회주의 출판 사업을 발전, 번영시키며 국민의 합법적인 출판 자유권 행사를 보장하는 동시에 사회주의 정신문명과 물질문명 건설을 위하여 헌법에 근거, 본 조례를 제정하였다.

제4조 출판활동의 종사는 반드시 사회적 이익을 최우선으로 하고 사회적 이익과 경제적 이익의 결합을 실현해야 한다.

'사회주의 정신문명과 물질문명 건설'을 지향하고 '사회적 이익'을 최우선으로 하는, 출판활동에 대한 이 성격 규정은 「출판관리조례」와 함께 중국 출판산업의 방향타 역할을 하는 「도서출판관리규정」 제1장 총칙 제3조에서 "도서출판은 반드시 인민과 사회주의를 위해 복무하는 방향을 견지하고, 마르크스-레닌주의, 마오쩌둥 사상, 덩샤오핑 이론과 '세 가지 대표성' 등 주요 사상을 견지하고, 과학적 발전관 및 정확한 여론 인도와 출판 방향을 견지하고, 사회적 이익을 최우선으로 하면서 사회적 이익과 경제적 이익을 통일시킨다는 원칙을 견지해야 한다."고 더 구체적으로 부연되고 있다.

이와 같이 목표와 이념을 사회주의 국가 이데올로기와 동조화시킨 상태에서 중국 출판산업은 '3심제'와 '심독제'로 대변되는 검열시스템을 엄격히 운용하여 도서 원고의 품질 관리뿐만 아니라 원고 내용으로 인해 빚어질 수 있는 예기치 않은 '정치적 위험'을 미연에 방지하고 있다. 「출판관리조례」는 제3장 제26조에서 그 '위험한'내용의 한계까지 제시한다.

제26조 어떠한 출판물도 아래와 같은 내용을 담아서는 안 된다:
헌법에 규정된 기본원칙에 반대하는 내용; 국가의 통일과, 주권과 영

토의 완전함에 위해가 되는 내용; 국가 비밀을 누설하고 국가의 안전
에 위해가 되거나 국가의 명예와 이익에 해를 끼치는 내용; 민족 감정
과 민족 차별을 선동하고 민족 단결을 파괴하거나 민족의 관습과 풍속
을 해치는 내용; 사이비 종교와 미신을 선양하는 내용; 사회 질서를
교란하고 사회 안정을 파괴하는 내용; 외설, 도박, 폭력을 선양하거나
범죄를 교사하는 내용; 타인을 모욕하거나 비방하고 타인의 합법적
권익을 침해하는 내용; 사회의 공중도덕이나 민족의 우수한 문화적 전
통에 위해가 되는 내용; 법률, 행정법규, 국가 규정이 금지하는 기타 내
용을 담은 내용.

위의 조항에서 가리키는 내용은 매우 추상적이며 그런 까닭에 포
괄하는 범위가 상당히 넓다. 이 조항을 엄격히 적용한다면 아마도
출판될 수 있는 소재의 원고가 거의 없을 것이다. 따라서 실제로는
정부 검열 정책의 기조와 출판 현장의 관행, 도서시장의 내용적 추
세 등을 참작해 안전한 원고와 그렇지 않은 원고를 가늠하는 다소 임
의적 기준이 3심제와 심독제를 통해 작용할 수밖에 없다.

중국 출판산업 검열시스템의 주체는 출판사와 출판 주관부문, 즉
신문출판총서와 성, 자치구, 직할시의 신문출판관리국이며 3심제는
출판사 영역에서 진행되는 하위 검열 프로세스다. 저자의 원고가 출
판사에 입고되면 먼저 담당 책임 편집자가 '초심'을 보고, 그 다음에
편집실 주임이 '복심'을 마치면 사장이나 총편집이 '종심'을 진행한
다. 이 3심제는 각 단계별로 책임 인원이 지정되어 심사 과정에서 순
차적으로 상호 보완과 제약의 방식으로 원고를 검토한다. 그 자체로
만 보면 한 편집자가 단독으로 모든 편집과 심사를 진행할 경우 생길
수 있는 실수나 업무 소홀을 방지하고 보다 엄격하게 원고 품질을 검
사할 수 있는 시스템이다.

그런데 이 3심제에서 원고를 심사할 때 가장 중요한 기준은 오탈자와 비문의 유무나 가독성 같은 것이 아니다. 저우뎬푸周殿富와 궈쥔펑郭俊峰의 『청년 편집자 실용독본』青年編輯實用讀本을 보면 원고 판정 시에 따라야 할 5가지 기본 원칙에 관하여 중요도에 따라 순서대로 정치성, 사상성, 창조성, 지식성, 과학성을 꼽았다. 정치성은 곧 원고 내용의 정치적 입장과 관점, 경향을 뜻하며 사상성은 사상적 내용과 경향을 뜻하는데, 당연히 전자는 마르크스-레닌주의와 마오쩌둥주의와의 일치를, 후자는 '사회주의 정신문명 건설'과 관련된 민족주의, 애국주의, 집단주의, 사회주의 등의 선양을 가리킨다. 흔히 출판 원고에서 중시되는 창조, 지식싱情報性, 과학성體系性은 부차적인 원칙으로 취급되고 있다. 심지어 위의 책은 원고에 당과 국가의 기본 노선과 정책 방침 등 정치적 문제를 건드리는 내용이 있을 시에는 반드시 정확한 처리 방법을 분명히 첨부할 것을 편집자에게 주문하고 있다.

3심제는 단지 출판사 원고에만 적용되는 것이 아니다. 실질적으로 중국 대중도서 출판의 80%를 담당하고 있는 민영출판기업이 처리하는 원고도 어쩔 수 없이 3심제의 대상이 될 수밖에 없다. 원고의 기획, 편집, 제작, 유통을 전담하는 민영출판기업이라 해도 초심을 마친 원고를 ISBN을 제공한 출판사에 보내 복심과 종심을 위탁해야 하기 때문이다. 출판사 측도 비록 기획 자원이 없어 어쩔 수 없이 민영출판기업에 ISBN을 판매하긴 하지만 복심과 종심의 임무는 꼭 완수해야 한다. 왜냐하면 출간된 도서로 인해 혹시 문제가 생기면 그 책임은 ISBN과 출판사 명칭을 제공한 자신들에게 고스란히 돌아오기 때문이다. 이때는 복심, 종심 담당 편집자는 물론이고, 민간출판기업의 초심 담당 편집자도 신문출판총서의 「출판 전문기술인원 직업자격 규정」_{出版專業技術人員職業資格規定}에 의거한 초급 이상의 편집자 자격증을 소지하고 있어야 한다. 이 자격증은 초급, 중급, 고급으로 나뉘며 정부가 시행하는 '전국 출판 전문기술인원 직업자격 시험'을 통해 취득한다. 검열시스템 그 자체뿐만 아니라 검열 프로세스에 참여하는 전문 인력의 소질 교육까지 정부가 장악하고 있는 것이다.

다음, 심독제는 출판사, 각급 신문출판관리국, 신문출판총서로 구성된 3급 구조와 출판 전 심독과 출판 후 심독의 2단계 구조를 갖고 있으며 출판 전 심독은 주로 '중대기획'에 대해 실시된다. 「도서출판관리규정」 제3장 제22조를 보면 중대기획에 대해 "국가 안보, 사회 안정 등과 관련된 중대기획, 중요한 혁명제재와 중요한 역사제재와 관련된 기획은 반드시 신문출판총서의 관련 기획접수관리의 규정에 따라 접수 수속을 밟아야 한다. 접수하지 않은 중대기획은 출판할 수 없다."고 규정하고 있다. 더 구체적으로 보면 신문출판관리국은 출판사가 보고하는 풍속과 미신, 민감한 사회 이슈와 관련된 7가지 종류의 기획에 대해 심사 의무가 있으며 신문출판관리총서는 신문출판관리국이 출판사의 보고를 받아 보내오는 당과 국가의 정책, 민족과 종교, 문화대혁명, 공산당사와 중국사의 중요 사건 및 인물 등과 관련된 15가지 종류의 기획을 심사하게 되어 있다. 그리고 각 출판사는 연도별, 분기별로 출판계획을 신문출판관리국과 신문출판총서에 보고하면서 따로 중대기획에 해당되는 도서 기획을 '심독보고표'를 첨부해 접수해야 한다. 한편 출판 후 심독은, 출간된 도서에 대하여 출판사와 신문출판관리국이 주로 위의 「출판관리조례」제26조에 규정된 내용에 위반되는 내용이 없는지 검사하는 것으로 완료된다.

심독제의 중대기획 관련 프로세스는 정치적으로 민감한 주제의 도서가 출간되는 것을 미리 효과적으로 방지하는 데에 목적이 있지만, 중국 정부의 문화정책을 시의 적절하게 실현하는 경로가 되기도 한다. 신문출판총서가 '줄거리가 연속되는 시리즈 만화'를 임시로 중대기획 범위에 집어넣은 것이 대표적인 사례이다. 취약한 중국 만화 산업을 보호하기 위한 이 조치로 인해『슬램덩크』,『테니스의 왕자』등 정식 판권 계약을 통해 수입된 대표적인 일본 만화들이 중대기획 대상이 되었고, 이후 2~3년간에 걸친 신문출판총서의 지루한 심사를 거쳐 출판되기는 했지만 이미 출판 시기를 놓쳐 기대 이하의 판매고를 기록했다. 이것이 선례가 되자 출판사들은 장편 일본만화 출판은 엄두도 내지 못하게 되었으며 심지어 일부 한국 학습만화 시리즈까지 저작권 계약이 미뤄졌다.

지금까지 서술한 3심제와 심독제로 이뤄진 검열시스템은 중국 출판산업의 급격한 변화 속에서도 변함없이 준수되고 있는 철의 규율이다. 그러면 이처럼 견고하게 검열시스템이 유지되는 원인은 무엇일까? 그것은 바로 규정 위반 시 가해지는 가혹한 법률 조치이다. 「도서출판관리규정」제5장 제46조를 보면 출판사가 검열 규정을 위반했을 때 취해지는 다양한 행정 조치들이 열거되어 있다.

제46조 도서출판단위가 본 규정을 위반하면 신문출판총서나 성, 자치구, 직할시 신문출판 행정부문은 아래와 같은 행정조치들을 취할 수 있다.

(1) 경고 통지서 하달

(2) 비판 통보

(3) 공개비판 명령

(4) 시정 명령

(5) 중국 표준 ISBN 수량 감축

(6) 도서의 인쇄와 유통 정지 명령

(7) 도서 회수 명령

(8) 상급 단위에서 해당 도서출판단위의 정리, 개혁을 책임지고
감독하게 함.

(1)~(5)는 비교적 경미한 조치이지만 (5)는 매년 할당 받는 ISBN을 민영출판기업에 판매하거나 스스로 도서를 출판해 수익을 얻는 출판사들에게는 곧 매출의 축소를 의미한다. (6)과 (7)도 당연히 출판사 경영에 큰 타격을 입히는 조치이며 특히 (8)은 사실상 출판사 면허 취소를 의미한다. 실제로 1997년에 하이난미술촬영출판사海南美術攝影出版社, 1995년에 산시촬영출판사陝西攝影出版社, 1989년에 쓰촨사회과학원출판사四川社會科學院出版社가 엄중한 규정 위반으로 면허 취소 처분을 받은 바 있다. 물론 면허 취소 처분까지 받을 만큼 엄중한 규정 위반은 보통 정치적 문제와 관련이 있기 마련이다.

2011년 6월 주하이출판사珠海出版社 사건이 가장 최근의 심각한 규정 위반 사례이다. 당시 주하이출판사는 홍콩 언론계의 거물 리즈잉黎智英의 자서전 『나는 리즈잉이다』我是黎智英를 출간해 물의를 일으킨 후 곧장 면허 취소를 당했다. 리즈잉은 1994년 7월, 천안문 사태에 관한 공개 서신을 신문에 올려 당시의 중국 총리 리펑李鵬을 모욕적으로 비판했다. 그 서신의 제목은 「개자식 리펑에게 보내는 공개 서신」給王

八蛋李鵬的公開信이었다. 또한 리즈잉은 최근에도 우방궈吳邦國 등 중국 공산당 고관들을 차례로 공격했으니 그런 인물의 자서전을 냈다는 것은 정부 당국으로서는 결코 용납할 수 없는 과오였다. 그래서 1993년 설립되어 1,600여 종의 책을 출간하고 1995년『구룽작품집』古龍作品集을 전국적인 베스트셀러로 히트시켰던 이 출판사는 하루아침에 공중분해 되고 말았다. 물론 공식적으로 이 사건은 주하이출판사가 민영출판기업과의 합작 과정에서 ISBN을 불법 판매하고 1개의 ISBN으로 시리즈물을 출간한 탓에 면허 취소를 당한 것으로 포장되었다.

검열시스템은 중국 출판산업 개혁의 구조적 한계로서 출판 기획과 편집의 능률과 창의성을 서해하는 독립변수로 작용하고 있다. 사회 동향과 독자들의 콘텐츠 수요를 기민하게 포착하고 재빨리 도서 출간으로 연결시켜야 하는 출판산업의 특성상 검열을 의식하고 검열 프로세스에 상당한 시일을 소요하는 것은 자원의 낭비가 아닐 수 없다. 특히 출판 과정에서 필수적인 ISBN과 출판 주체의 명의를 모두 상당한 대가를 주고 출판사로부터 빌려야 하는 민영출판기업들에게는 더욱 큰 부담이 된다. 실제로 많은 출판사가 'ISBN 관리비'외에 3심제의 복심과 종심을 진행하는 편집자 인건비까지 민영출판기업에 청구하고 있다. 그래서 민영출판기업은 정작 출판도 하기 전에 ISBN 비용과 3심제 진행비, 그리고 지속적으로 ISBN을 확보하기 위한 출판사 로비 비용까지 지출을 해야 한다. 여기에 출판사와 달리 세금 공제 혜택도 받지 못하는 것을 감안하면 최근 민영출판기업이 출판사와의 합작회사 설립에 공을 들이는 이유를 짐작할 수 있다. 물론 합작회사 설립에 성공하는 경우는 오직 출판사가 기획력과 마케팅 능력을 인정해 합작 가치가 있다고 판단하는 소수의 우수한 민영출판기업뿐이다.

하지만 이런 열악한 조건 속에서도 2011년 통계를 보면 전국 신문출판업에서 민영 경제의 비중은 계속 상승 중이다. 15만 3천 개에 이르는 전국 신문출판 관련 기업들 중 민영 기업의 수는 81.2%로 전년대비 5.1% 증가했다. 이것은 상대적으로 소규모인 민영 기업의 특성이 반영된 수치이기는 하지만, 도서출판 영역의 영업수입과 이윤총액에서도 민영출판기업은 각각 전체의 62.9%, 68.7%를 차지해 전년대비 1.1%, 2.7% 증가하였다. 이것은 기업화, 시장화, 그룹화의 개혁에도 불구하고 여전히 출판사의 역량이 민영출판기업의 활력을 따라잡지 못하고 있음을 반영한다. 특히 새롭게 디지털출판산업이 전체 출판산업 발전의 핵으로 부상하고 있는 시점에서 출판 기획력과 IT 기술력을 겸비한 인재풀은 대부분 민영출판기업들 안에 존재한다.

이런 상황 아래 중국 출판사와 민영출판기업의 합작은 더욱 활성화될 전망이다. 출판사는 자본과 정책자원에서, 민영출판기업은 기획력과 인적 자원에서 우위를 갖고 상대방의 장점을 서로 강력히 원하기 때문이다. 또한 중국 정부는 개혁개방 이래 점진적으로 추진해 온 출판산업 자율화를 계속 진행할 수밖에 없을 것이다. 단지 정부 출판 규제의 핵심인 출판사 총량과 ISBN 수량 규제, 3심제와 심독제, 민영출판기업의 출판 자격 불허 정책의 완화는 이데올로기 통제력과 출판산업 발전이라는 두개의 가치 중 후자만을 택하는 것이므로 아직은 요원하다고 판단된다.

디지털출판산업은 이미 미국에서는 출판산업의 대세로 자리를 잡았다. 현재까지 미국 내 이북 매출은 종이책 시장의 10% 수준이었지만 성장 속도로 봐서는 수년 내에 역전될 전망이다. 2010년 미국 이북 시장은 2008년 대비 1,274% 성장했지만 같은 기간 하드커버 도서 시장은 0.9% 성장하는 데 그쳤고 보급판인 페이퍼백 시장은 14%나 축소되었다. 더욱이 이북 대중화를 위해 필수적인 보급형 단말기로서 아마존의 '킨들 파이어'가 2011년 11월 출시되어 600만 대가 팔렸다.

현재 우리는 향후 온라인화되고 디지털화된 출판 방식이 단순히 전통 출판 방식을 대체할 뿐만 아니라 대규모의 세분화된 독서 수요를 만족시키는 출판 상품과 최적의 독서 환경을 제공하게 될 것임을 감지하고 있다. 디지털출판산업은 이미 출판의 상품 형태와 산업 형태를 크게 확장하고 향상 시키고 있으며 문학사이트와 모바일 유료 열람 서비스 등의 인터넷문학산업도 그 일부로서 독자들에게 새로운 문학적 체험을 제공하고 있다. 그리고 이런 디지털출판산업 발전의 바탕은 당연히 인터넷기술의 탄생과 대중 보급이었다.

1) 중국 디지털출판산업의 발전 현황

1969년 11월 21일 정오, 6명의 미국 과학자들이 캘리포니아대학교 로스앤젤레스 분교 컴퓨터실험실 안의 컴퓨터와 수십 킬로미터 떨어진 스탠포드연구소의 또 다른 컴퓨터를 연결시킴으로써 전대미

문의 인터넷문화 시대의 도래를 알렸다. 그러나 중국이 인터넷 기초 설비를 도입하고 인터넷 서비스 국가로서 국제적으로 정식 승인을 받은 해는 훨씬 뒤인 1994년이다. 1994년 5월 15일, 중국사회과학원 고에너지물리연구소高能物理研究所는 대륙 최초로 월드와이드웹 서버를 설치하고 일련의 웹페이지를 공개하였다.

이후 1997년부터 중국인터넷정보센터CNNIC는 중국 내 인터넷 발전에 대해 통계조사를 실시하기 시작했다. 그 결과 같은 해 공개된 첫 번째『중국 인터넷 발전상황 통계보고』中國互聯網發展狀況統計報告를 보면 당시 대륙의 인터넷 단말기는 29.9만 대, 인터넷 사용자는 62만 명, cn 등록 도메인은 4,066개, 월드와이드웹 사이트는 1,500개였다. 그리고 13년 후 2010년 7월의『중국 인터넷 발전상황 통계보고』에서는 2010년 6월 30일까지 중국 내 네티즌의 규모가 이미 4억 2천만 명, 인터넷 보급률은 31.8%에 이르렀다고 발표하였다. 나아가 인터넷 서비스의 질도 향상되어 같은 해, 초고속 인터넷 사용자 규모는 3억 6381만 명이었고 PC 인터넷 사용자들 사이에서의 초고속 인터넷 보급률은 무려 98.1%에 이르렀다.

이와 같은 인터넷의 급격한 대중 보급은 중국 국민들의 매체 소비 행태의 변화에도 큰 영향을 끼쳤다. 아래는 2012년 '중국도서상보'에서 실시한 제9차 전국국민열람조사全國國民閱讀調査의 통계이다.

표1. 2012년 중국 국민 일일 매체 접촉 시간(단위: 분)

	도서	신문	잡지	TV	인터넷	휴대폰	이북단말기
베이징	22.34	25.57	9.65	98.95	64.08	10.80	3.64
상하이	10.99	25.16	10.30	102.57	70.41	9.14	5.79
전 국	14.85	22.0	11.80	95.41	47.53	13.53	3.11

18~70세 시민들을 대상으로 조사하여 추출해낸 위 수치에서 전국 평균을 볼 때 시민 일인당 하루 인터넷 열람 시간은 47.53분, 전통적 종이매체인 신문, 잡지, 도서를 열람하는 시간은 48.65분으로서 양자가 거의 동일하지만, 도서 열람 시간만 놓고 보면 겨우 14.85분, 인터넷 사용 시간의 31.24%에 불과하다. 나아가 전통 매체와 신흥 매체, 즉 TV, 인터넷, 휴대폰, 이북단말기의 열람 시간을 비교하면 더 충격적이다. 전통 매체의 열람 시간은 신흥 매체 대비 30.48%에 불과하며 도서 열람 시간은 고작 9.3%이다. 문화나 오락 상품에 대한 국민 소비가 전반적으로 증가하고 소비 능력도 높아졌는데도 불구하고 중국 국민 독서율이 줄곧 50%를 밑도는 것은 바로 여기에 원인이 있다. 어쨌든 기존 영상 매체의 발전에 인터넷의 보급이 더해져 대중의 매체 소비 행태가 전통 출판산업에 지극히 불리하게 변화하고 있음을 알 수 있다.

실제로 최근 발표된 '2011년 신문출판업 분석 보고'는 전통 출판산업의 암울한 현주소와 전망을 여실히 보여주었다. 2011년 중국의 도서출판 종수는 37만 종에 육박하며 계속적인 증가세를 보였지만 이윤 총액은 185.1억 위엔으로 전년 대비 10.5% 하강했다. 매출 부진에 시달리는 대도시 오프라인 서점들은 신간의 공급 증대에도 불구하고 서가를 줄이는 한편, 도서 외에 '독자들의 체험감을 높이는 다각적 경영', 즉 문구나 전자제품 판매를 늘리는 방향으로 생존을 모색하는 중이다.

이러한 출판 환경의 악화는 중국 출판사들의 정책 설정에 큰 변화를 불러왔다. 2012년 6월 29일 『싼롄경전문고』三聯經典文庫출판을 기념해 열린 좌담회에서 중국출판그룹中國出版集團 회장 탄위에譚躍가 그 변화를 대표하는 발언을 했다. 그는 기업화, 시장화, 주식화, 디지털화의 대 배경 아래 중국출판그룹이 시종일관 정확한 출판방향을 견지해야 한다고 강조하면서 대변혁에 처한 중국 출판산업이 단색조, 선조성, 일원성 지향의 시대로부터 다양한 가능성을 내포한 이원적 출판업의 시대에 도달했다고 천명했다.

탄위에가 언급한 '이원적 출판업'이란 곧 종이책 출판과 디지털 출판을 아우르는 개념으로서 그는 종이 출판물만을 다루던 중국의 전통 출판산업이 '대변혁'의 시기에 대응하여 디지털출판물 생산으로 사업 범위를 확장해야 한다고 역설한 것이다. 이른바 '디지털출판물'이란 이북, 디지털신문, 디지털잡지, 인터넷 창작문학, 인터넷 교육출판물, 인터넷 지도, 인터넷 게임, 인터넷 만화, 디지털음반, 데이터베이스 출판물, 휴대폰 출판물벨소리, MMS, 휴대폰 신문, 휴대폰 잡지, 휴대폰 소설, 휴대폰 게임 등을 망라한다. 그리고 디지털출판물 생산에 관여한 '디지털출판'은 콘텐츠제공업자가 저작권자의 작품을 디지털화하고 그 콘텐츠에 대한 선택, 편집, 가공 등을 거친 후 디지털화된 수단으로 복제하거나 어떤 매체에 전송하여 고객의 수요를 만족시키는 행위를 말한다.

중국의 대형 출판그룹들은 이미 디지털출판산업에 많은 투자를 감행해왔다. 직접 디지털출판기업을 세우기도 하고 민간업체를 합병하거나 일부 지분을 사들이기도 한다. 일례로 후베이창쟝출판미디어그룹湖北長江出版傳媒集團은 100% 출자등록자본 1천만위엔 기업인 후베이창쟝출판미디어디지털출판유한공사湖北長江出版傳媒數字出版有限公司를 통하여 그룹 내 출판사 7곳, 음반, 영상출판사 1곳, 잡지사 24곳의 콘텐츠를 디지털화하고 온라인으로 유통시키고 있다. 또한 이 자회사는 각종 데이터베이스 구축, 이북과 전자신문 제작, 휴대폰 열람서비스용 텍스트의 독자 개발까지 진행한다.

디지털출판사업에 박차를 가하는 후베이창쟝출판미디어그룹의 이런 움직임은 쟝쑤펑황출판미디어그룹, 헤이룽쟝출판그룹黑龍江出版集團 등 다른 출판그룹에서도 공통적으로 발견된다. 사실 이것은 미래 중국 출판산업의 추세가 디지털출판으로 갈 것으로 판단한 중국 정부의 문화지원 정책과도 관련이 있다. 중국 신문출판업을 총괄하는 신문출판총서는 신문출판 분야 제12차 5개년 계획2011~2015의 31개 중대 프로젝트 항목을 2011년 3월 14일 발표했는데, 그 중 17개가 직접적으로 디지털출판 항목에 속하고 11개가 신문출판 공공서비스건설 항복으로서 역시 디지털출판과 관련이 있다. 아울러 중국 내 디지털출판산업 발전의 법률적 기초를 마련하기 위해 「국가 신문출판산업기지 관리방법」, 「디지털출판, 디지털플랫폼 건설에 관한 지도의견」, 「데이터베이스출판서비스 관리방법」, 「인터넷문학출판서비스 관리방법」, 「인터넷게임 심사관리 세칙」 등을 서둘러 준비하고 있다.

신문출판총서의 이런 디지털출판 진흥책은 새로운 것이 아니다. 가장 가시적으로 추진되어 온 것은 '디지털출판기지'사업으로서 이미 2011년 톈진, 후베이, 광둥, 산시, 쟝쑤 5곳에 디지털출판기지가 건립되어 이미 건립이 완료된 상하이, 항저우, 충칭, 후난 4곳을 합해 국가급 디지털출판기지가 모두 9곳이 되었다. 신문출판총서는 각 지역마다 산재되어 있는 디지털출판 관련 업체들을 한곳에 모아 금융과 정책 지원을 제공함으로써 업체 간 기술 협력과 업무 효율 증대로 인한 시너지 효과를 기대하고 있다. 또한 중복 투자를 피하기 위해 각 기지별 특성화를 꾀했다. 예를 들어 상하이 기지는 인터넷게임과 슈퍼컴퓨팅 서비스, 톈진과 충칭 기지는 클라우드 컴퓨팅 서비스, 항저우 기지는 모바일열람 서비스와 인터넷 만화, 그리고 쟝쑤 기지는 디지털교과서와 이북단말기를 집중적으로 개발하게 하였다. 그 결과, 2011년 이 9곳의 총 영업수입은 419억 7,100만위엔으로, 전체 디지털출판산업 영업수입 1,377억 8천 8백만위엔 중 30.5%를 차지했다.

2011년 중국 신문출판업 전체 영업수입은 1조 4,600억위엔이었는데 그 중 디지털출판산업 영업수입의 비중은 처음으로 10%에 이르렀고 이는 2010년에 비해 무려 31% 증가한 수치이다. 구체적인 내역을 살펴보면 인터넷광고, 인터넷게임, 휴대폰출판_{벨소리, 모바일게임, 컬러링 등}이 1, 2, 3위를 차지해 각기 영업수입 512억 9천만위엔, 428억 5천만위엔, 367억 3천 4백만위엔을 기록했다. 그 나머지가 이북, 디지털잡지, 디지털신문인데 총 영업수입이 28억 3천 4백만위엔으로서 디지털출판산업 영업수입 중 겨우 2.06%를 차지했다. 이는 전통 출판사와 잡지사, 신문사가 지금까지 진행해온 관행적 디지털출판의 발전 방향, 즉 종이 출판물을 디지털화해 서비스하는 방식만으로는 새로운 디지털콘텐츠 시장에서 발전을 꾀하기가 어렵다는 것을 설명해준다.

2) 이북 플랫폼 개관

디지털출판산업의 일부인 동시에 새로운 문학콘텐츠산업의 산실인 이북 분야를 따로 살펴보자. 2009년 이전의 중국 이북 시장은 B2B 시장 위주여서 주로 전자도서관 구축에 이북이 공급되었다. 하지만 2006년 무려 74.3%였던 전자도서관의 이북 시장 점유율은

2010년에는 14.1%까지 하락했다. 이것은 개인 소비자대상의 B2C 시장이 급격히 확대되고 있음을 의미한다. 중국 이북 시장의 B2C 시장은 2008년에 본격적으로 활성화되기 시작했다. 그리고 2008년 이후 중국 휴대폰 사용 인구가 폭증하고 2009년 3G 기술 도입으로 스마트폰이 보급되면서 이북 시장에서의 휴대폰 시장 점유율이 대폭 증가하였다. 2010년에는 3대 이동통신업체의 적극적인 마케팅과 정부의 디지털저작권 보호 정책 강화로 인해 이북의 수익성 증가와 다양한 수익모델의 발전이 가능해졌다.

신문출판총서의 발표에 따르면 2010년 말까지 생산, 축적된 중국 이북의 총량은 115만 종이며 2010년 한 해에 새로 늘어난 양은 18만 종으로서 전년 대비 15.65% 증가했다. 그리고 연간 이북 판매량은 5770만 권_{휴대폰 유료열람 서비스와 PC 유료열람 서비스의 텍스트는 미포함}으로서 전년 대비 6.93% 증가했고 이북 시장의 총생산가치는 8억 6900만위엔으로 202.79% 성장했다. 이 통계에 의하면 중국은 2010년 현재, 미국에 이어 세계 2위의 이북 생산 대국으로서 전 세계 이북 출시량의 21.4%를 차지했다.

독자 수를 보면 2006년도 이북 독자는 4300만 명이었지만 2010년에는 1억 2100만 명에 달해 5년 사이 3배가 증가하였다. 독자의 저변도 넓어져서 과거에 고학력 독자 위주였던 데에 비해 전문대 졸업 이하의 저학력 독자 비율이 계속 증가하고 40~50대 중년 독자들의 증가 속도가 청년 독자들보다 더 빨라졌다. 이것은 농촌 지역에도 인터넷과 휴대폰이 광범위하게 보급되고 있고 종이책만 읽던 중년층이 이북 사용에 점차 익숙해지고 있기 때문이다. 이북 독자의 이러한 증가 추세는 앞으로도 이어질 것으로 보인다.

한편 현재 중국에서 생산, 유통되고 있는 이북에는 두 가지 종류가 있다. 첫 번째는 이미 출간된 종이책을 이퍼브_{e-pub}, PDF 등의 포맷으로 디지털라이징해 구매자가 다운로드 받을 수 있게 하는 일반적인 의미의 이북이다. 두 번째는 이른바 '전용 이북'으로서 처음부터 온라인 열람과 다운로드를 목적으로 제작되었기 때문에 종이책 형태로는 존재하지 않거나 온라인 서비스 후 상업성을 고려해 선택적으로 종이책으로 출간된다.

위의 두 가지 이북은 유통 플랫폼이 다소 차이가 있다. 먼저 일반 이북은 인터넷 포털사이트 독서채널, 출판사 홈페이지, 인터넷서점, 인터넷 오픈마켓, 모바일 유료열람 서비스 등 다양한 경로에서 주로 다운로드 방식으로 판매되고 있는데 2010년 중국의 이북 판매 사이트는 1,204개로 집계되었다. 이는 2009년에 비해 90개가 감소한 수치이며 정부의 인터넷 사이트 등록제 실시와 엄격한 심사로 인해 최근 몇 년간 지속적인 감소 추세에 있다.

또한 이 많은 사이트들 중에서 대규모 자본력과 기술력으로 본격적인 경쟁을 펼치고 있는 곳은 10여 곳 남짓이다. 성다문학원중수청雲中書城, 한왕수청漢王書城, 중원온라인中文在線, 신화이마켓新華e店, 쥬위에넷九月網, 베이파도서넷北發圖書網, 3대 이동통신업체 유료열람 서비스, 중국출판그룹과 중난中南출판미디어그룹이 설립한 콘텐츠 판매 플랫폼, 그리고 타오화넷海花網, 더우반넷豆瓣網 등이 그것이다. 특히 2011년 12월, 중국 최대 인터넷서점 당당넷當當網이 디지털관數字館을 개장하고 2012년 2월에는 온라인 전자제품 판매업체로서 최근 인터넷서점 시장에 본격 진출한 징동상청京東商城이 이북 및 전자잡지 채널을 신설함으로써 이북 시장의 경쟁은 더욱 치열해지고 있다.

그러면 주요 이북 플랫폼에서는 보통 어떤 성격의 이북이 인기가 있을까? 당당넷 디지털사업부 시장총감市場總監 황보黃菠는 소설, 경제경영, 실용 분야의 이북 판매가 가장 많으며 영상물의 원작소설도 인기가 많다고 말했다. 보통 이북 콘텐츠는 다운로드 후 PC, 태블릿PC, 휴대폰, 이북단말기 등 다양한 전자 디바이스를 이용한 '스크린 리딩'방식으로 읽힌다. 아무래도 종이책보다는 집중력 있는 독서가 어렵기 때문에 비교적 읽기 편한 종류의 이북이 인기를 끌게 마련이다. 하지만 각 이북 플랫폼의 성격에 따라 인기 이북의 종류가 달라지기도 한다. 모기업이 인터넷 쇼핑몰인 징동상청 이북 채널에서는 경제경영, 자기계발, 실용 분야 이북이 잘 팔린다. 그리고 모기업이 성다문학인 원중수청에서는 당연히 판타지소설, 무협소설, 역사소설, 로맨스소설 등 장르소설 이북이 가장 잘 팔린다.

전용 이북의 주요 플랫폼은 비교적 단순해서 문학사이트와 포털사이트 독서채널을 포함하는 전용 이북 사이트와 모바일 유료열람 서비스 정도이다. 전용 이북은 모니터를 통해 볼 수도 있고, 다운로드를 통해 다양한 디바이스로 볼 수도 있다. 여러 분야의 종이책들을 디지털화해 단권 형식으로 제공하는 전통적인 이북 서비스와는 달리, 주로 장르소설인 인터넷문학 작품의 연재 텍스트를 챕터나 분권 단위로 제공한다.

전용 이북 콘텐츠를 제공하는 유명 플랫폼은 역시 치뎬중원넷起點中文網, 환졘수멍幻劍書盟, 진쟝위엔촹넷晉江原創網, 홍슈텐샹紅袖添香 등의 대형 문학사이트다. 그 외에 대형 포털사이트 시나닷컴新浪과 텅쉰騰訊의 독서채널도 똑같은 서비스를 제공한다. 이들 전용 이북 사이트에서는 주로 인터넷작가들이 직접 쓰고 업데이트하는 작품들을 서비스하며,

이미 책으로 출판된 작품을 출판사와 저작권 계약을 맺어 서비스하기도 한다. 독자들은 사이트에 접속해 먼저 연재 작품의 앞부분전체 분량의 20~30%을 무료로 본 뒤, 마음에 들면 돈을 결제하고 후속 연재분을 보게 된다. 독자들은 휴대폰을 통해서도 이 사이트들에 로그인한 후, 작품을 읽을 수 있다. 하지만 이때는 휴대폰 데이터 전송비를 별도로 부담해야 한다. 사이트 자체에 휴대폰 열람을 위한 기능이 따로 마련되어 있지 않으므로 독자들은 모바일 인터넷을 통해 사이트에 접속할 수밖에 없다.

전용 이북 사이트의 서비스는 전체 디지털콘텐츠 서비스 방식 중에서도 비교적 출범 시기가 빨랐던 탓에 현재 수익이 안정적이고 사이트마다 고정 독자군을 확보하고 있다. 개인, 업체, 출판사 등 각 콘텐츠 제공 주체들과의 합작 절차도 간편해서 작품만 좋으면 누구든 사이트 측과 쉽게 계약을 맺고 유료 콘텐츠를 업로드할 수 있다. 그러나 아직 DRMDigital Rights Management 기술이 미비하여 다른 불법 군소 사이트들에 의해 작품을 전재轉載 당하곤 하는 단점이 있다. 그래도 저작권과 유료열람 개념의 점진적인 일반화로 인해 2010년 전용 이북 사이트 시장의 영업수입은 2009년에 비해 17% 성장하여 1.134억위엔을 기록했다.

한편, 모바일 유료열람 서비스는 전용 이북 플랫폼의 후발 주자이지만 언제 어디서든 휴대폰 화면을 열고 작품을 열람할 수 있는 장점 때문에 최근 급속히 시장을 넓혀가고 있다. 전용 이북 사이트에 비해 불법복제 방지 기능이 뛰어난 것도 큰 장점이다. 현재 중국 3대 이동통신업체, 즉 차이나모바일, 차이나유니콤, 차이나텔레콤 모두가 유료열람 서비스를 제공하고 있는데, 그 중 차이나모바일이 전

체 모바일 유료열람 서비스 시장의 80%를 차지하고 있으며 수익성
도 가장 높다. 중국의 모바일 유료열람 서비스는 2008년 말 차이나
모바일이 항저우에 휴대폰열람전망상품창신기지 手機閱讀全網産品創新基地 를
세우고 오랜 시험을 거쳐 2010년 1월 전국 31개 성에 전면적인 서
비스를 실현하면서 시작되었다. 차이나모바일의 모바일 유료열람 플
랫폼은 2010년 말, 5만 권의 이북을 갖추고 회원 수 600만 명을 돌
파했다.

모바일 유료열람 서비스는 현재 전용 이북 사이트 시장을 심각하
게 위협할 정도로 급속히 성장하고 있다. 2009년 전체 전용 이북 시
장에서 10.7%에 그쳤던 점유율이 2010년에는 34.8%까지 늘어났
다. 상대적으로 전용 이북 사이트의 점유율은 대폭 하강했다. 2009
년에는 76.1%였지만 2010년에는 40.4%를 차지하는 데 그쳤다. 많
은 전용 이북 사이트 독자들이 휴대폰으로 옮겨가는 추세인 것이다.
2010년 모바일 유료열람 서비스의 영업수입은 1.17억 위엔으로서
2009년의 5,760만위엔에서 203%나 성장했고 그 중 개인 판매수입
이 디지털도서관 공급수입을 훨씬 초과해 70.6%의 비중을 차지했
다. 그러나 모바일 유료열람 서비스는 사업자인 이동통신업체와 콘
텐츠 제공자 사이의 수익 배분 비율이 6:4로 다소 불공정하며, 전문
저작권대리회사를 통하지 않고는 콘텐츠 제공 계약을 맺기 어렵다.
작가 개인이나 소규모 기획사가 접근하기에는 문턱이 너무 높다는
약점이 있다.

마지막으로, 모바일 유료열람 서비스처럼 일반 이북과 전용 이북
서비스가 모두 가능하지만 아직은 대중적 보급이 요원한 플랫폼 형
태가 있다. 그것은 바로 이북단말기다. 대표적인 것으로 한왕과학기술

유한공사漢王科技有限公司의 한왕漢王과, 윈중수청의 뱀북Bambook이 있다. 이북
단말기는 휴대가 간편하고 모바일 인터넷과 와이파이를 통해 인터넷
서점, 문학사이트와 연결되며 자체 구축한 전자도서관의 풍부한 콘텐
츠까지 다운로드 받을 수 있다. 최근에는 멀티미디어 기능이 강화되어
오디오북, 애니메이션, 사진 등 텍스트 이외의 다양한 콘텐츠도 즐길
수 있다. 그러나 2010년 이북단말기의 이북 판매 영업수입은 1,317만
위엔에 그쳐서 아직까지는 시장 안정화에 도달하지 못했다.

이는 아이패드 등 태블릿 피시의 인기와 풍부한 이북 콘텐츠 확
보의 실패, 이북 포맷의 표준화 미비 등 여러 가지 원인 때문이다.
비록 중국 정부가 향후 전자교과서를 발간하고 1억 6,500만 명의
학생들에게 이북단말기를 지급하는 프로젝트를 진행 중이지만 위의
문제들을 해결하지 않고서는 이북전용단말기는 독자적인 이북 플랫
폼으로 기능하기 힘들 것이다.

3) 중국 정부의 이북 정책

이북 시장의 급속한 발전과 경쟁의 심화를 맞아 중국 신문출판총
서는 2010년 10월 9일 「이북산업 발전에 관한 의견」關於發展電子書産業的意
見. 이하 「의견」을 공포해 향후 중국 이북 시장과 그 주체들에 관해 제도적
관리를 강화하겠다고 천명했다. 그런데 이 문건의 내용을 보면 기존
출판사에 대해서는 이북산업 진출을 적극 장려하고 지원하겠다고 밝
히는 데 반해, '창작 콘텐츠를 제공하는 인터넷 출판단위', 즉 문학
사이트에 대해서는 엄격한 심사와 관리를 강조한다. 이와 관련하여
「의견」안의 '이북산업 발전의 중점 임무'電子書産業發展的重點任務 6, 7번 항

목을 살펴보자.

6. 이북 콘텐츠 자원의 확대: 전통 출판단위가 콘텐츠 자원의 우세를 활용하고 신기술을 응용해 적극적으로 출판 콘텐츠 자원의 디지털 가공, 제작을 진행하는 한편, 이북 생산단위 및 저작권자와 양호한 합작 메커니즘을 수립해 전통 우량 출판 자원의 이북 콘텐츠화를 촉진하는 것을 지지, 격려한다.

7. 전통 출판 콘텐츠 자원의 디지털화 품질 최적화: 창작 콘텐츠를 제공하는 인터넷 출판단위는 인터넷 전문 편집자 조직을 강화하고 편집, 출판 과정을 규범화하며 콘텐츠 심사, 교정 제도를 완비하는 한편, 인터넷 출판물의 편집, 교정 품실을 높이고 정확히면시도 격조 높고 적극석이면서도 건강한 이북 콘텐츠 자원을 제공해야 한다.

6번은 출판사, 7번은 문학사이트에 대한 항목이다. 이미 대부분 기업화를 이뤘다고는 해도 중국의 출판사들은 본질적으로 국가 언론 출판 정책의 실천 단위로서 거의 완벽하게 공산당 이데올로기와 공식 검열시스템 아래에 있다. 반면에 문학사이트들은 비록 상하이성다인터넷발전유한공사_{上海盛大網絡發展有限公司}, 즉 성다문학이 치뎬중원넷, 룽수샤_{榕樹下}, 훙슈톈샹 등 주요 문학사이트를 합병해 중국 인터넷문학 시장의 80%를 과점하고 인터넷 문학콘텐츠의 정규 관리 기제를 마련하긴 했지만, 신속한 업데이트와 실시간 공유가 특징인 인터넷 콘텐츠의 특성상 면밀한 심사와 관리가 이뤄지지 못하고 있다. 그래서 「의견」은 위의 7번에서 '정확하면서도 격조 높고 적극적이면서도 건강한' 이북 콘텐츠를 제공할 것을 문학사이트에 주문하는 한편, 14번 항목을 통해 구체적인 해결 방안을 제시한다.

14. 법률, 법규에 의거, 이북 업계의 진입 허가제를 마련:「출판관리조례」, 「전자출판물 출판관리규정」, 「인터넷 출판관리 잠정규정」, 「출판물시장 관리규정」 등의 법규에 따라 이북 관련 업무에 종사하는 기업에 대해 종류를 나눠 심사, 관리를 실시한다. 이북 콘텐츠 창작과 편집, 출판 및 이북 콘텐츠 전송 플랫폼 운영에 종사하는 기업에 대해 전자출판물 출판단위와 인터넷 출판단위로서 심사와 관리를 진행한다; 출판물 콘텐츠의 디지털 변환, 편집 가공, 마이크로칩 삽입에 종사하는 기업에 대해 전자출판물 복제단위로서 심사와 관리를 진행한다; 이북 총 유통, 도소매에 종사하는 판매기업에 대해 전자출판물 유통단위로서 심사와 관리를 진행한다; 이북 수입 및 경영에 종사하는 기업에 대해 전자출판물 수출입단위로서 심사와 관리를 진행한다.

구체적인 해결 방안이란 바로 엄격한 허가제를 통해 이북의 출판, 복제, 유통, 수출입에 종사할 수 있는 업체를 선정하고 제한하겠다는 것이다. 물론 선정되는 업체는 당연히 출판사의 이북 관련 자회사나 이미 공신력과 기술력을 갖춘 대형 기술업체가 될 가능성이 크다. 또한 허가제의 실시는 장래에 이북 시장을 소수 대형 업체가 독과점하게 만들 위험이 있다.

이와 관련해 2010년 11월 2일 『중국신문출판보』中國新聞出版報는 신문출판총서 디지털출판산업 관리 책임자를 찾아가 문답을 나누었다. 먼저 허가제로 인해 이북 업계의 문턱이 너무 높아진 것이 아니냐는 질문에 책임자는 출판 관리에 있어 허가제는 기본적인 요구이며 오히려 문턱을 높임으로써 정말 실력 있는 기업들이 발전하고 불법적인 기업들이 도태되어 이북 시장의 질서 있는 발전에 도움이 될 것이라고 답했다. 그리고 이어서 나온 독과점의 폐해에 대한 우려에는 "어느 업계든 선도 기업이 이끌어나갈 필요가 있습니다. 우리는 「의견」의 발표를 통해 영향력 있고 시장 점유율이 높은 선도 기업들을 지원하기를 바랍니다. 이것은 이북산업의 전체적인 경쟁력 향상을 촉진할 것입니다. 산업의 적절한 집중도 제고는 결코 독점을 의미하지 않습니다. 왜냐하면 정책은 모두에게 공평하기 때문입니다. 허가에 필요한 자격을 얻은 기업은 모두 우리의 지원 대상입니다."라고 답했다. 합법적인 선도 기업이 시장을 주도하게 하고 '불법적인'기업들은 도태시키는 것이 오히려 이북 시장의 '질서 있는 발전'에 도움이 된다는 견해이지만 "정책은 모두에게 공평하다."라는 말은 정치적 수사일 뿐이다.

어쨌든 개인이나 소규모 민영업체가 운영하는 문학사이트는 향후 대부분 인터넷출판 자격을 획득하지 못해 폐쇄되고 그 소속 작가들의 작품은 불법 출판물로 낙인찍히고 말 가능성이 크다. 이 문제에 대한 신문출판총서의 입장은 대단히 확고하다.

기자: 어느 네티즌은 「의견」에서 사전 탑재된 것이든 다운로드한 것이든 단말기 속의 독서물이 모두 정식 출판물이어야 한다고 한 것이 일부 사이트의, 정식 출판되지 않은 문학 작품도 단말기에 넣을 수 없음을 의미하느냐고 묻습니다.

책임자: 정식 출판되지 않은 출판물이 시장에서 유통되면 안 되는 것처럼 단말기에 사전 탑재되었거나 단말기를 통해 다운로드된 콘텐츠도 전부 정식 출판물이어야 합니다. 인터넷 창작출판 허가를 얻은 사이트의 콘텐츠는 단말기에 넣을 수 있습니다. 하지만 출판 과정에서 엄격히 심사 절차를 거쳐야 합니다.

한 마디로 인터넷 출판 자격을 얻은 사이트의 이북만을 적법한 출판물로 인정하겠다는 것이다. 이처럼 이북 시장의 중대한 변화를 예고한 「의견」은 발표된 지 한 달도 채 안 된 2010년 11월 4일, 1차로 이북산업 종사자격을 획득한 30개 업체의 명단을 발표하면서 구체화되었다. 그 명단은 아래의 표와 같다.

표2. 2010년 이북산업 종사자격 획득 업체 명단

	휴대폰
이북출판 자격업체	中版集團數字傳媒有限公司, 人民出版社, 上海人民出版社, 甘肅人民出版社
이북복제 자격업체	中版集團數字傳媒有限公司, 漢王科技股份有限公司, 北京紐曼理想數碼科技有限公司, 愛國者數碼科技有限公司, 北京方正飛閱傳媒技術有限公司, 北京漢龍思琪數碼科技有限公司, 天津津科電子系統工程有限公司, 廣州金蟾軟件研發中心有限公司, 讀者甘肅數碼科技有限公司, 上海盛大網絡發展有限公司, 上海世紀創榮數字信息科技有限公司, 湖南省靑蘋果數據中心有限公司, 方正國際軟件有限公司
이북총유통 자격업체	中版集團數字傳媒有限公司, 漢王科技股份有限公司, 北京紐曼理想數碼科技有限公司, 愛國者數碼科技有限公司, 北京方正飛閱傳媒技術有限公司, 廣州金蟾軟件研發中心有限公司, 讀者甘肅數碼科技有限公司, 上海盛大網絡發展有限公司
이북수출입 자격업체	中國圖書進出口(集團)總公司, 中國敎育圖書進出口公司, 中國國際圖書貿易總公司, 北京中科進出口有限責任公司, 上海外文圖書公司

이북 출판 자격을 얻은 기업은 중국출판그룹 등 전통 종이책 출판사 4곳, 그리고 이북 복제 자격을 얻은 기업은 한왕, 성다문학 등 이북 영역에서 다년간 활동해온 대형 기술기업 13곳, 이밖에 이북 총 유통자격을 얻은 곳이 역시 전통 출판사와 기술기업 8곳이다. 중국도서수출입그룹 등 5곳은 이북 수출입 자격을 얻었다. 예상대로 전통 출판사와 대형 기술기업 일색이다. 특히 이북 출판 자격 획득 업체 4곳이 모두 전통 출판사라는 사실이 충격적이다. 물론 추가 자격 심사를 통해 신규 업체가 계속 선정되긴 하겠지만 어쨌든 신문출

판총서는 이북 출판의 주도권을 전통 종이책 출판사에게 넘겨준 것이다. 그리고 인터넷문학 업계의 공룡 성다문학이 이북 복제와 총 유통 자격을 함께 획득한 것 외에 어느 문학사이트도 명단에 들지 못한 것도 주목할 만하다.

위의 「의견」과 첫 번째 '이북산업 종사자격 획득 기업 명단'의 발표는 중국 신문출판총서, 나아가 중국 공산당의 향후 디지털출판산업 관련 정책의 방향을 여실히 보여준다. 그것은 여전히 보수적이며 검열과 통제 지향의 성격을 띠고 있다. 정부 정책이 변화의 결정적인 변수가 되는 중국 문화산업의 특성상 앞으로 디지털출판 업계는 한층 규범화된 관리의 틀 안에 포섭될 것이 분명하다. 앞에 서술한 것처럼 허가제를 신설해 이북 업무 종사업체를 제한한 것이 그 첫 번째 조치이며 두 번째 조치는 이북 전용 ISBN 표시제의 실시가 될 것이다. 신문출판총서는 향후 모든 이북은 반드시 이북 출판 자격을 얻은 합법적인 출판업체에서 출판되어야 할 뿐더러 이북 전용 ISBN을 기재, 등록해야 한다고 예고했다. 단독으로 다양한 내용의 이북 메모리카드를 유통하는 것 역시 이북 전용 ISBN에 따라 등록해야 한다. 신문출판총서는 2011년부터 이북 ISBN의 온라인 실명 수령 업무를 전개해 나갈 것이라고 발표했다.

1차로 출판사 4곳만이 이북 출판 자격을 획득했고 이북 전용 ISBN제도 실시가 예고됨에 따라 각종 이북 플랫폼 업체들은 앞으로 출판사와의 합작을 강화해야 할 것이다. 신문출판총서는 이북 출판 자격을 얻은 출판사에 집중적으로 ISBN을 공급할 것이고 우선은 일반 이북, 그 다음에는 전용 이북까지 ISBN을 기재해야만 비로소 유통을 할 수 있게 될 것이기 때문이다. 종이책 시장에서 민영출판기업이 그러한 것처럼 디지털출판 시장에서도 출판사와 합작하지 않으면 어떤 이북도 정식 전자출판물로 출시하지 못하는 사태가 벌어질지 모른다.

과거에는 기술 업체들이 시장 규칙의 제정을 주도하고 문학사이트가 베스트셀러를 양산해 독서의 트렌드를 선도했던 디지털출판산업은 정부의 규제와 관리가 심해짐에 따라 변화의 국면에 들어섰다. 특히 수많은 문학사이트들, 특히 출판사나 성다문학, 다중서국, 중원온라인 같은 주류 기업에 병합되지 못해 어떠한 보호막도 없는 중소 문학사이트들은 앞으로 험난한 생존의 길을 도모해야 할 것이다.

2007년 7월 8일 인터넷 포털사이트 텅쉰腾訊은 수많은 아마추어 인터넷작가들이 왜 쉬지 않고 인터넷에 다량의 글을 써서 올리는지에 관해 조사를 진행하였다. 당시 투표에 참여한 103명의 아마추어 인터넷작가들은 아래와 같이 의견을 표명했다.

표3 인터넷작가가 인터넷에 글을 써서 올리는 이유에 관한 조사 결과

선댁힝목	득표수	백분율
마음에 맞는 친구와 사귀려고	33	32.04%
문학적 재능을 과시하려고	22	21.36%
이름을 알리고 돈을 벌려고	18	17.48%
재미로, 혹은 표현욕 때문에	18	17.48%
기타	12	11.65%

위의 통계는 아마추어 인터넷작가들이 대부분 순수하고 자발적인 동기로 글을 쓴다는 것을 알려준다. 명성과 돈벌이를 위해 글을 쓰는 비율이 겨우 17.48%이기 때문이다. 또한 '문학적 재능을 과시하려고' 글을 쓰는 비율도 21.36%로 그리 높지 않아서 정규적인 글쓰기 훈련을 받은 네티즌이 글을 올리는 예도 많지 않으리라 추정된다. 그러면 이들은 소설이든 수필이든 도대체 왜 꾸준히 인터넷에 글을 올리는 것일까? 그것은 인터넷 사이트라는 공공매체 속에서 자신들이 생산하는 콘텐츠가 불특정 다수의 네티즌과 공유될 때 얻어지는 즐거움 때문이다. 이런 공유의 즐거움과 관련해 미디어학자 클레이 셔키는 다음과 같이 말한다.

우리가 미디어에 바라는 일이 단지 전문적인 콘텐츠를 제공받는 것만이
아니라면 어떨까? 우리가 그저 소비만 하는 데 그치지 않고 생산도 하고
싶어 하지만 여태까지 아무도 그런 기회를 주지 않았다면 어떨까? "You
can play this game, too."에서 느끼는 즐거움은 단지 어떤 것을 만드는
데에만 있는 게 아니다. 우리는 공유하는 데에서도 즐거움을 느낀다. ……
실제로 롤캣고양이 사진에 위트 있는 캡션을 단 이미지을 만드는 작업에
재미를 더해주는 비결은 공유에 있다. 혼자서 보려고 롤캣을 만드는 사람
은 거의 없다.

소수 엘리트 작가들의 전유물인 문학잡지와 종이책의 높은 문턱
을 넘기 힘든 아마추어 문학 애호가들이 자유롭게 문학작품을 생산
하고 실시간으로 공유하는 기쁨을 누리는 공간, 그곳은 바로 문학사
이트와 블로그, 웨이보와 같은 인터넷상의 새로운 문학매체들이다.
특히 문학사이트는 상업화된 수익모델을 도입해 글쓰기로 '이름을
알리고 돈을 벌 수 있는' 전망까지 제시하여 인터넷문학의 작가와 독
자들을 급증시키는 데 결정적인 역할을 하였다.

1) 문학사이트

2010년 6월의 집계에 따르면 중국 네티즌의 인터넷문학 접촉 비
율은 44.8%, 접촉 인원은 무려 1억 8천 8백만 명이었다. 2009년 말
과 비교하여 15.7%나 성장하였다. 그리고 각 문학사이트에 콘텐츠
를 제공하는 계약 작가의 숫자도 백만 명을 넘어섰다. 이러한 상황
은 인터넷문학이 중국 디지털출판산업의 핵심 콘텐츠로서 문학 자체

의 영향력을 넘어 주목할 만한 사회문화 현상이 되었음을 보여준다.

이에 맞춰 인터넷문학 상업화의 속도도 최근에 더욱 빨라지고 있다. 특히 주요 문학사이트들이 투자를 늘리고 마케팅을 강화하는 한편, 불법복제판을 단속하고 인터넷작가들의 창작욕을 부추기는 여러 조치를 취하여 문학 콘텐츠의 수량과 독자 참여를 크게 확대하는 성과를 거뒀다.

(1) 문학사이트의 산업화

문학사이트는 인터넷문학의 생산과 공급을 책임져온 주요 플랫폼으로서 수많은 회원들과 작가들을 확보하고 다양한 경로로 인터넷문학 작품들을 공급하고 있다. 대표적인 문학사이트를 헤아려보면 치뎬중원넷起點中文網, 환젠수멍幻劍書盟, 진쟝위엔촹넷晉江原創網, 홍슈텐샹紅袖添香, 샤오샹수위엔瀟湘書院, 샤오숴위에두넷小說閱讀網, 주랑넷逐浪網, 옌칭샤오수바言情小樹網吧, 페이쿠넷飛庫網, 스지문학世紀文學, 17K문학넷17K文學網, 쥔쯔탕君子堂, 추이웨이쥐翠微居, 파파수쿠爬爬書庫, 룽수샤榕樹下 등이 있다.

중국 인터넷문학은 초기 아마추어 문학인들의 자발적 활동 시기를 막 벗어난 뒤부터 곧장 산업화의 길로 들어섰고 문학사이트가 그 주도적인 역할을 담당했다. 문학사이트는 인터넷문학의 글쓰기와 열람 활동을 경영의 대상으로 삼고 대중의 취향에 적합한 작품과 작가를 발굴하는 한편, 기업관리 모델을 적용해 문학 생산과 판매를 수행함으로써 산업화를 인터넷문학의 존재 방식으로 실현했다.

그 역사적 과정을 간략히 보면 1997년 주웨이롄朱威廉이 자신의 개인 홈페이지를 기초로 100만위엔의 투자를 유치하여 인터넷문학사이트 '룽수샤'를 열었고 1999년에는 정식으로 룽수샤컴퓨터유한공사榕樹下計算機有限公司를 세워 상업사이트 경영을 시작했다. 그리고 2000년 초 유명 인터넷작가들을 심사위원으로 초빙해 중국 최초의 인터넷문학 공모전을 개최했다. 바로 이때 인터넷문학의 첫 번째 수익모델이 탄생했다. 인터넷작가들은 진입 장벽이 낮은 인터넷 글쓰기를 통해 자신들의 명성을 높였고 룽수샤는 높은 조회 수에 힘입어 광고를 유치하는 한편, 인터넷작가가 종이책을 출판한 뒤의 인세를 나눠 가져 수익을 거뒀다. 이 수익모델은 인터넷문학 산업화의 효시가 되었다.

이어 2004년 상하이성다인터넷발전유한공사지금의 성다문학가 판타지 전문 문학사이트 치뎬중원넷을, TOM온라인TOM在線有限公司이 환졘수멍을 사들이면서 인터넷문학은 대자본의 투자 대상이 되었다. 그리고 2005년 이후 『명나라 이야기』明朝那些事兒, 『주셴』誅仙, 『도묘필기』盜墓筆記 등이 인터넷문학 붐을 일으킨 것을 계기로 치뎬중원넷과 진쟝위엔촹넷이 유료열람 모델을 시작하면서 인터넷문학은 점차 무료서비스에서 유료서비스로 추세가 전환되었다.

현재 문학사이트의 유료열람 서비스 제도는 'VIP요금제'가 핵심이다. 이 제도를 처음 시행해 성공을 거두고 다른 문학사이트에 확산시킨 곳은 바로 치뎬중원넷이다. 치뎬중원넷은 최초로 유료열람 서비스를 시작한 문학사이트는 아니지만 이 VIP요금제를 수립, 시행함으로써 최초로 유료열람 서비스를 안정화시킨 문학사이트로 인정받고 있다. 이른바 VIP요금제란 문학사이트가 인터넷작가와 계약을 맺고 연재 작품을 챕터 단위로 나눠 독자들에게 판매한 후 그 수익의 일부를 인터넷작가에게 고료로 지불하는 제도다. 양측의 분배 비율은 3:7 혹은 4:6이다. 이 제도를 통해 치뎬중원넷은 우수하고 열정적인 인터넷작가들을 대거 끌어 들여 『소병전기』小兵傳奇, 『수혈비등』獸血沸騰, 『주셴』 등의 인기작을 탄생시켰고 회원 수도 크게 늘릴 수 있었다.

이후 다른 문학사이트들도 분분히 VIP요금제를 모방, 도입하였다. 이 제도의 의의에 대해 인터넷작가 라오두老獨는 "바로 치뎬중원넷이 디지털출판시장의 새로운 장을 열고 문학사이트의 생존의 도를 점차 모색해냈다고 할 수 있다. 이후 이 VIP요금제 모델은 각 문학사이트들에 의해 모방, 벤치마킹되어서 차차 '인터넷문학산업'이라는 개념의 탄생을 촉진시켰다."라고 하였다.

치뎬중원넷은 독자 편의성 제고와 작가 복지를 위한 제도도 마련했다. '치뎬 머니'라는 사이버머니로 독자들이 편리하게 열람 비용을 지불할 수 있게 했고, 2007년 3월 7일 성다분학의 1억 위엔 증자 후에는 인터넷작가 '천명육성'千人培訓과 '만 위엔 보장'萬元保障 계획을 세워 인터넷작가들에게 후한 조건을 제공함으로써 창작 환경과 인터넷문학 작품의 수준 향상을 꾀하였다. 이 조치는 인터넷작가들이 생존을 위해 더 이상 종이책 출판에 의존하지 않게 하여 그들의 창작에 대한 열정을 고취하였을 뿐만 아니라, 인터넷문학 자체의 자유와 자부심까지 크게 높여 놓았다.

한편 VIP요금제 수익모델 외에 치뎬중원넷은 별도의 수익모델로 'OSMU'One Source Multi Use 전략을 추진해 완전한 인터넷문학 산업사슬을 형성하였다. 그 산업사슬의 내역은 이렇다. 먼저 백만 명에 달하는 인터넷작가들의 작품들을 놓고 갖가지 추천제를 활용해 독자들이 가장 선호하는 작가와 작품을 선별한 뒤 마케팅을 통해 그 작가나 작품의 유료열람 독자군을 확보하여 안정적인 수익을 취한다. 그 다음에는 일부 빼어난 작품들을 선정해 종이책, 게임, 드라마, 영화 등 각종 문화상품으로 개발하여 저작권 판매 수익을 거둔다. 현재는 이

저작권 수익이 VIP요금제의 수익을 거의 넘어설 만큼 확대되었다.

인터넷문학의 산업사슬 중 먼저 종이책 분야의 성과를 보면, 2009년과 2010년 2년 간 종이책으로 출판된 치뎬중원넷의 연재작은 무려 3백 권, 유통 권수는 3천만 권에 이른다. 치뎬중원넷은 안후이문예출판사安徽文藝出版社에서 나온 초베스트셀러『고스트램프』鬼吹燈 1종으로만 500만위엔의 인세 수익을 거뒀다. 현재 치뎬중원넷은 매년 1~2백 권의 작품을 종이책으로 선보이면서 사이트 운영을 위한 안정적인 자금을 확보하고 있다.

게임 분야에서 치뎬중원넷이 가장 성공한 작품은 '주셴'이다. 2004년에 연재를 시작해 무수한 팬을 확보한 '주셴'은 2007년 MMORPG 게임으로 출시되자마자 선풍적인 인기를 불러일으켰다. 최근까지도 그 인기는 사그라지지 않아 중국 최고 인기 게임 중 하나가 되었다. 2009년 10월의 통계에 따르면 게임 '주셴'의 다운로드량은 여전히 전국 5위였고 2009년 출시된 '주셴2' 역시 큰 인기를 끌고 있다.

영화도 인터넷문학 산업사슬의 중요한 고리다. 치뎬중원넷은『고스트램프』의 영화 판권을 1백만위엔에 화잉영화공사華映電影公司로 넘겼고『만년을 경축하다』慶餘年의 드라마 판권은 하이난海南방송국에 판매했다.『만년을 경축하다』는 총 7권 160챕터, 글자 수 4백만 자에 달하는 작품으로 연재 후 신선하고 유머러스한 화법으로 많은 네티즌의 사랑을 받았으며 총 6권의 종이책으로 출판되기도 했다. 줄거리 전개가 빠르고 내용이 다채로운『원정궁사』元征宮詞도 베이징의 미디어 회사에 판권이 팔렸다.

이와 같은 치뎬중원넷의 경영 활동은 문학사이트가 주도해온 중국 인터넷문학산업 형성 과정의 한 표본이라고 할 수 있다. 원래 무료였던 열람 서비스가 유료로 바뀌고 단일 수익모델이 광고, 게임 등 다양한 분야에서 수익모델로 변화하면서 문학사이트의 자본력이 커지고 전체 인터넷문학산업 발전의 강력한 토대가 마련되었다.

지금도 치뎬중원넷 등 중국의 주요 문학사이트들은 문학의 생산과 소비를 산업화의 기제에 편입시키고 현대적 기업 관리모델을 통해 끊임없이 인터넷작가를 발굴하고 관리하는 한편 끊임없이 네티즌의 문학 수요를 파악해 수익 창출로 연결시키고 있다. 이런 끊임없는 노력으로 인해 중국 인터넷문학산업은 지난 10여 년간 매년 20%씩 성장해왔으며 해마다 1천여 종의 장편소설을 탄생시키고 있다. 그러면 현재 중국의 유력한 문학사이트는 어떤 곳들이 있을까?

(2) 주요 문학사이트

이미 2004년에 중국 대륙에서 '문학'이라는 단어가 이름에 포함된 종합 문학사이트는 약 3백 개였고 '인터넷문학'이라는 단어가 포함된 문학사이트는 241개, 창작 인터넷문학 작품이 발표되는 문학사이트는 268개였다. 중국의 문학사이트는 이처럼 수적인 면에서만 놀라운 발전을 이룩한 것이 아니다. 일부 유력 문학사이트는 기업형 관리와 다각적 수익모델을 도입해 단일한 사이트 공간에서 인터넷작가의 육성, 인터넷작가와 독자들의 쌍방향 소통, 인터넷문학 작품의 발표와 판매, 여타 문화상품으로의 전환을 위한 작품 저작권 판매, 그리고 인터넷작가와 사이트 간의 수익 배분 등 이 모든 일련의 과정을 담아내는 데에 성공했다. 이러한 문학사이트는 포털사이트 독서 채널이나 개인 문학사이트보다는 대부분 순수 온라인 문학사이트로서 상대적으로 방대한 방문자 수와 조회 수를 자랑한다. 아래는 IT

정보 사이트 뉴화넷牛華網이 2012년 2월에 집계, 발표한 중국 10대 문학사이트의 내역이다.

표4 2012년 중국 10대 문학사이트 명단

순위	사이트명	세계 순위	중국 순위
1	치뎬중원넷(起點中文網: www.qidian.com)	601	100
2	환졘수멍(幻劍書盟: www.hjsm.tom.com)	665	112
3	쭝헝중원넷(縱橫中文網: www.zongheng.com)	2677	350
4	샤오쉬위에두넷(小說閱讀網: www.readnovel.com)	3339	404
5	진쟝위엔촹넷(晉江原創網: www.jjwxc.net)	3488	493
6	샤오샹수위엔(瀟湘書院: www.xxsy.net)	4966	666
7	17K원쉬에넷(17K文學網: www.17k.com)	6423	683
8	훙슈톈샹(紅袖添香: www.hongxiu.com)	6672	933
9	주랑넷(逐浪網: www.zhulang.com)	11696	1092
10	룽수샤(榕樹下: www.rongshuxia.com)	17876	2755

이밖에 옌칭샤오쉬바言情小說吧, 페이쿠넷飛庫網, 스지문학世紀文學 등 여러 신진 문학사이트들도 유력한 문학사이트로 대두되고 있지만, 반대로 운영이 어려워 몰락하거나 네티즌의 시선 밖으로 사라진 문학사이트도 헤아릴 수 없이 많다. 중국 문학사이트의 선구자 룽수샤도 경영 곤란으로 다국적 출판업체 베텔스만, 영상업체 환러미디어歡樂傳媒 등에 연이어 매각되다가 2009년 5월 이유 없이 보름 넘게 서비스가 중지되는 등 우여곡절을 겪으며 업계 선두 자리를 잃고 말았다. 그러면 문학사이트의 생존을 위협하는 주된 요소에는 어떤 것들이 있을까?

첫째는 콘텐츠의 부족이다. 자본과 브랜드 파워가 부족해 창작 문학작품과 기출판 도서 콘텐츠를 많이 확보하지 못하면 네티즌을 끌어 모으는 데 한계가 있고 수익을 거두기 어렵다. 둘째는 자본 부족이다. 자본이 취약한 문학사이트가 대자본의 개입으로 파산하거나 매각되는 일이 빈번하다. 초기 문학사이트 업계의 강자였던 황진수우黃金書屋가 전형적인 사례다. 셋째는 불법복제의 성행이다. 이것도 문학사이트에 치명적인 피해를 입힐 수 있다. 일례로 중화양中華楊, 쑤밍푸蘇明璞 등 몇몇 인터넷작가들이 2002년 설립 '밍양, 세계중국어독서넷'明楊, 全球中文品書網 사이트는 중국 최초로 VIP요금제를 고안해 관철했지만, VIP요금제 실시 직전『중국의 재기』中華再起 등 주요 인기 작품의 불법복제본이 창궐해 타격을 입는 바람에 2005년 환젠수멍에 고작 몇 만위엔에 매각되어 VIP 작품과 회원들을 흡수당했다. 넷째는 일부 문학사이트들의 종이책 출판의 난항이다. 인기 인터넷문학 작품의 종이책 출판은 상당한 액수의 저작권 수입을 보장하므로 이것이 여의치 않을 경우 문학사이트 발전에 지장을 받게 된다. 마지막 다섯째는 경영 미숙이다. 상업화 전환 후 뚜렷한 수익모델을 찾지 못하거나 부실 경영으로 적자를 보는 경우인데 룽수샤와 환젠수멍의 쇠락이 대표적인 예이다. 결국 이 다섯 가지 원인으로 인해 지난 십여 년간 수많은 문학사이트들이 명멸을 거듭해온 것이다.

그러나 중국 문학사이트들의 전국시대는 2007년 홍슈텐샹과 진장위엔촹넷, 2008년 치뎬중원넷, 2009년 룽수샤, 2010년 샤오쉬위에두넷과 샤오샹수위엔 등 대표적인 문학사이트 8곳을 차례로 장악한 인터넷문학 업계의 공룡 성다문학의 출현으로 일단락되었다고 봐야 한다. 모 기업 산둥山東 성다그룹의 막강한 자본력을 배경으로 이 일련의 인수합병에 성공한 성다문학은 이로써 2008년 1억 2천 2백 만위엔 매출 규모였던 인터넷문학 시장의 85%를 순식간에 장악해 인터넷문학산업계의 독점적 사업자로 군림하게 되었다.

성다문학의 행보는 단지 문학사이트 합병에 그치지 않았다. 인터넷 만화 서비스 사이트 여우야오치_{有妖氣}를 2009년 설립했고 인터넷 잡지 서비스 사이트 위에두넷_{悅讀網}과 중국 최대의 오디오북 사이트 텐팡팅수넷_{天方聽書網}을 2010년에 인수했으며 2011년에는 문서자료 다운로드 사이트 더우딩원당_{豆丁文檔}까지 인수했다. 그리고 2009년 성다문학은 자사의 모든 디지털 콘텐츠가 자체 콘텐츠 공급업체 윈중수청과, 역시 자체 이북단말기인 뱀북에 완벽하게 연결될 것이라고 선언했다. 즉, 중국 독자들이 뱀북이나 PC를 통해 윈중수청에서 온라인 결제를 한 후 언제 어디서든 성다문학의 디지털 콘텐츠를 읽을 수 있다는 것이다. 이것은 일일 페이지뷰 3억 회를 능가하는 성다문학이 드디어 '콘텐츠+플랫폼+단말기'의 운영 모델을 구축해 디지털 독서의 산업사슬을 완성했음을 시사한다.

이밖에도 성다문학은 윈중수청을 통해 현재 각종 디지털유통플랫폼_{뱀북, 아이폰 및 안드로이드 어플, 아이패드 어플, TV 등}에서 3백만 권의 이북, 6백억 자에 달하는 인터넷문학 콘텐츠, 그리고 1천여 종의 디지털잡지 등을 판매하고 있다. 아울러 B2BC 방식으로 자체 보유 콘텐츠를 중국이동통신 등 주요 모바일업체와 한왕과학기술유한공사 같은 기타 이북단말기 업체에 공급하는 한편, 자체 민영출판기업 3곳_{화원톈샤(華文天下), 중즈보원(中智博文), 쥐스원화(聚石文華)}을 통해 인기 인터넷문학 작품의 종이책 출판까지 직접 진행하고 있다.

인터넷문학산업의 독과점기업 성다문학의 존재는 두 가지 측면에서 의의를 갖는다. 먼저 영세 문학사이트가 난립하던 업계에 대규모 자본과 현대적인 기업제도를 도입하여 위에 언급한 8대 문학사이트 중심의 시장 구도를 확립하고 인터넷문학의 산업화 수준을 높였다. 둘째, 최초로 인터넷문학의 수익모델을 제시하고 OSMU의 산업 사슬을 완성시켜 인터넷문학의 위상과 인터넷작가들의 창작 의욕을 고조시켰다. 요컨대 성다문학의 업계 선도 기업으로서의 역할이 없었다면 중국 인터넷문학산업은 현재와 같은 규모와 시스템을 갖추기 어려웠을 것이다.

그러나 성다문학의 독과점이 불러올 부정적인 영향에 대해서도 고려할 필요가 있다. 보유한 8개 대형 문학사이트를 획일적으로 운영하여 사이트별 특색이나 인터넷문학 작품의 다양성을 저해할 위험도 있고—다행히 아직까지 성다문학 산하의 8대 사이트는 비교적 서로 독립적으로 운영되고 있다— 대기업의 특성상 이윤 추구를 위해 인터넷 작가들의 창의성에 상업주의적 잣대만을 적용할 수도 있다. 물론 기존 문학사이트 자체가 이미 VIP요금제로 유료 서비스되는 상업문학, 즉 장르소설 위주로 운영되고 있긴 하지만, 아직 유료서비스 작가로 승급되지 못한 아마추어 문학 애호가들이 활발히 작품을 발표하고 공유하는 공간도 사이트 안에서 넉넉히 제공되고 중시되어야 한다. 아직 꽃피우지 못한 그들의 창의성이 곧 미래의 네티즌 선호작을 낳을 뿐더러, 설령 그러지 못하더라도 각 게시판에서 문학콘텐츠의 소비, 생산, 공유를 영위하는 그들의 활동이야말로 쌍방향 매체로서의 문학사이트의 정체성을 지지하는 바탕이기 때문이다.

2) 모바일 유료열람 서비스

인터넷문학 전파의 마지막 매체로 휴대폰이 남아 있긴 하지만 현재 중국 이동통신 업체들의 유료열람 서비스에서 제공하는 인터넷문학 작품들은 대부분 대형 문학사이트의 연재 작품으로서 치뎬중원넷 류의 문학사이트나 중원온라인 같은 대형 저작권대행업체가 공급한다. 따라서 보유 콘텐츠는 문학사이트와 큰 차이점이 없다. 다만 매체의 특성상 운영과 검열의 시스템은 문학사이트와 뚜렷한 차이점을 보인다.

중국의 모바일 유료열람 서비스의 역사는 3년이 채 되지 않았다. 2010년 1월 처음 전국 서비스가 시작되었으며 현재 차이나모바일中國移動手機閱讀, 차이나유니콤中國聯通手機沃閱讀, 차이나텔레콤中國電信天翼書城, 이 3대 통신업체가 모두 이 서비스를 운영하고 있다. 그리고 시장 점유율 80% 이상인 차이나모바일의 현재 평균 월수입은 8천만위엔이며 2010년 최고 인기 인터넷문학 작품의 매출액은 1천 200만위엔이었다.

그러나 중국의 휴대폰 사용자들은 아직 PC에서 불법 다운로드 받은 인터넷문학 작품을 휴대폰으로 옮겨 읽는 것에 더 익숙하다. 일부 유료열람 서비스 이용자들도 가격이 상대적으로 싼 작품을 더 많이 구입하는 편이다. 그래도 2010년의 조사에 따르면 18~70세 국민 중 휴대폰으로 문학작품을 읽어본 사람의 비율은 32.8%였으며 전년 동기대비 성장률은 33.3%였다. 그리고 그들 중 유료열람 서비스를 이용하겠느냐는 질문에 그러겠다고 한 비율이 50%가 넘었다. 이는 모바일 유료열람에 대한 일반인의 인식이 상당히 우호적으로 바뀌고 있음을 의미한다.

최근 모바일 유료열람 시장이 빠른 속도로 늘어감에 따라 대형 문학사이트들이나 전통 출판사들은 통신업체와의 제휴를 상당히 중시하고 있다. 저작권 수익이 예상 외로 크기 때문이다. 예를 들어 작가출판사作家出版社는 가장 일찍 차이나모바일과 콘텐츠제공 협약을 맺은 출판사로서 이 출판사의 휴대폰 관련 업무를 대행하는 기술업체에 따르면, 작가출판사는 2010년 말 시험적으로 차이나모바일에 작가 2백여 명의 작품 3백 권을 제공했다고 한다. 그 결과, 2011년 8월 말, 2백만위엔의 수익을 거뒀다고 한다. 계약조건에 따라 작가들도 1백만위엔이 넘는 인세를 받았다. 그 중 가장 많은 인세를 기록한 작가가 받은 금액은 십만위엔이었다. 물론 인세를 거의 못 받은 작가도 있다. 차이나모바일과의 계약조건 갱신을 통해 작가출판사는 앞으로 매월 수익을 결제 받을 예정이며 구체적인 금액은 월 수십만위엔으로 예상하고 있다.

그런데 모바일 유료열람 서비스는 인터넷작가가 개인적으로 통신업체와 계약을 맺고 작품을 공급하는 것이 원천적으로 불가능하다. 오직 법인인 업체만 계약 자격이 있는데 업체에 요구되는 조건도 까다롭기 짝이 없다. 아래는 이북 콘텐츠 합작 신청 업체에 대한 성명에서 차이나모바일이 대상 업체에 요구하는 기본 요건이다.

Ⅰ. 전반적 요건

1. 신청업체는 독립 법인의 자격을 갖추고 최저 등록자본금은 1백만위엔이어야 하며 관련 증서들이 완비되고 유효기간 내에 있어야 한다.
2. 대형출판그룹은 자회사에 위탁하여 그룹 내 디지털판권의 전체적인 운영을 위탁할 수 있다. 하지만 그룹의 위탁증명서를 갖춰야 한다.
3. 신청기관은 국가의 관련 관리규정에 부합하고 합법적으로 경영해야 하며 2년 사이 저작권 관련 소송에서 3건 이상 패소한 적이 있으면 안 된다.

대형출판그룹의 자회사조차 차이나모바일에 그룹의 위탁증명서를 제시해 자격을 증명해야 하며 여타 업체는 등록자본금 1백만위엔 이상의 규모를 갖춰야 한다. 게다가 저작권 분쟁과 관련한 과거의 불미스러운 이력도 소명되어야 한다.

공급 콘텐츠에 요구되는 조건은 한층 더 까다롭다. 합작 신청 업체는 "ISBN을 가진 정식 출판물 200부 이상의 판권을 합법적으로 넘기거나, 정식 출판되지는 않았지만 편집, 가공을 거쳐 본사의 요구 조건과 사업 전개에 적합한 문학, 예술, 기타 분야의 작품 5백 부 이상의 판권을 넘긴다. 본사의 판권 보유 기한은 2년 이상이다."라고 못 박고 있다. 기출간작 2백 부, 미출간작 5백 부 이상의 판권을 보유한 업체는 사실 대형 출판사나 민영출판기업, 그리고 대형 문학사이트 이외에는 없다고 볼 수 있다. 요컨대 아직 공신력을 갖추지 못한 중소 신규 업체는 아예 합작 신청조차 못하게 차단하고 있는 것이다.

합작 콘텐츠 제공 업체와 콘텐츠에 대한 이처럼 과도한 요구 조건은 국영기업 차이나모바일의 엄격한 검열시스템과 밀접한 관련이 있다. 차이나모바일의 유료열람 콘텐츠에 대한 편집과 심사를 전담하는 항저우 휴대폰열람기지의 예를 살펴보자. 이 기지는 콘텐츠의 '위험성'을 통제하기 위해 여러 가지 방법을 동원하고 있는데 그 첫 번째 방법이 바로 '우수한 콘텐츠 제공업체'와의 합작이다. 콘텐츠 제공원부터 철저히 검증하여 위험도를 낮추겠다는 의도이며 그래서 합작조건이 그토록 까다로운 것이다. 두 번째 방법은 완벽한 검열시스템이다. 먼저 금칙어 데이터베이스를 구축해 총 3단계에 걸쳐 '불량' 콘텐츠를 걸러낸다. 이 데이터베이스는 신문출판총서의 요구에 맞춰 구축하고 수시로 업그레이드한다. 그리고 다음에는 '교차 통독通讀 심사'

시스템을 수립해 입고 작품의 품질을 확보한다. 이어서 수많은 외부 데이터를 참고한다. 예를 들어 그 작품의 서점 판매량이나 인터넷 조회 수, 문학사이트 인기 순위가 어떠한지, 사회적 반향은 어떠한지 체크한다. 이밖에도 응급 시스템과 위기 대응 시스템을 갖추고 예기치 않은 문제가 발생했을 때 적절히 해결할 수 있도록 대비한다.

모바일 유료열람 서비스는 사용자들이 무료하고 파편화된 시간에 휴대폰을 이용해 가벼운 인터넷문학 작품을 보는 독서 습관이 생겨나면서 발전하기 시작했고 앞으로도 무한한 발전의 여지가 있다. 실제로 모바일 유료열람 서비스는 현재 인터넷문학 시장에서 문학사이트의 독점적 지위를 위협할 정도로 영향력을 확대하고 있다. 그러나 모바일 유료열람 서비스가 문학사이트를 능가하려면 무엇보다 유명 인터넷작가들의 킬러 콘텐츠를 문학사이트보다 먼저 확보하고 휴대폰을 통해 처음 발표하게 하는 것이 급선무다. 그뿐 아니라 신진 인터넷작가들이 직접 작품을 발표하고 동료 작가들 및 독자들과 상호 소통하며 스스로를 발전시키는 생태계를 조성하는 것도 중요하다. 지금처럼 문학사이트 연재작을 제공받아 재판매하는 역할에 그친다면 인터넷문학 플랫폼으로서 모바일 유료열람 서비스의 발전은 한계에 부딪칠 수밖에 없을 것이다. 그러나 현재의 과도하게 경직된 검열시스템과 높은 진입 장벽이 계속 고수될 시에는 문제의 해결은 요원하다. 인터넷문학의 가장 큰 특징은 자유로운 발표와 활발한 소통, 그리고 낮은 진입 장벽이다. 모바일 유료열람 서비스는 아직 이 덕목들을 완전히 갖추지는 못했다.

3) 소셜 미디어

소셜 미디어_{Social Media}는 공공매체의 기능과 개인매체의 기능이 결합된 가장 진화된 형태의 웹 기반 인터넷 매체로서 네티즌의 접근과 상호작용이 매우 용이하여 지식과 정보의 민주화를 지원하며 더 많은 네티즌을 콘텐츠 소비자에서 콘텐츠 생산자로 변화시킨다. 그 하위 범주로는 블로그, 소셜 네트워킹 서비스_{SNS}, 위키, 손수제작물_{UCC}, 마이크로 블로그_{Micro Blog} 등 5가지가 있으며 네티즌과 정보 사이에서 연결과 상호작용 서비스를 제공하는 웹 기반 애플리케이션도 소셜 미디어의 범주에 포함시킬 수 있다. 이 중에서 블로그와, 마이크로 블로그인 웨이보가 중국 인터넷문학의 새로운 매체로 떠오르고 있다.

(1) 블로그

블로그는 웹_{Web} 로그_{Log}의 줄임말로서 1997년 미국에서 처음 등장하였다. 일반인들이 자신의 관심사에 따라 일기, 칼럼, 기사 등을 자유롭게 올릴 수 있을 뿐만 아니라 개인 출판, 개인 방송, 커뮤니티까지 다양한 형태를 취하는 일종의 1인 미디어다. 전자게시판_{BBS}을 개방된 광장에 비유한다면 블로그는 개방된 개인의 방이라고 할 수 있다. 블로그의 이런 기술적 특수성은 필연적으로 인터넷 콘텐츠에 본질적 변화를 불러왔고 인터넷문학에 있어서도 '블로그문학'이라는 새로운 개념을 낳았다.

중국 대륙에서 블로그가 유행하기 시작한 시점은 2000년이었지만 2004년 '무쯔메이_{木子美} 사건'이 일어난 뒤에야 다수의 네티즌들이 블로그를 이해하고 사용하기 시작했다. 이어서 2005년, 본래 블로

그 사업에 적극적이지 않았던 신랑新浪, 써우후搜狐 등 각 포털사이트도 앞 다퉈 블로그 서비스를 시작하여 이른바 블로그의 춘추전국시대가 열렸다. 2008년 11월 7일, 중국 국무원 뉴스사무실新聞辦公室 부주임 차이밍자오蔡名照는 상하이에서 열린 중미中美 인터넷 논단에서 당시 중국 블로그 숫자가 1억 7백만 개, 블로그를 소유한 네티즌 비율이 42.3%에 이르렀다고 발표했다.

새로운 텍스트 전파 미디어인 블로그는 독특한 성격을 갖고 있다. 먼저 전파의 주체와 객체를 살펴보면 블로그에서는 전파의 주체와 객체의 한계가 모호하며 신문, 방송 등 전통 매체에 존재하는 전문가 조직의 기능이 거의 전무하다. 즉, 블로그에서는 다수의 위에 군림하는 소수의 전파 주체가 없고 모든 개인이 전파 주체이자 객체이다. 구체적으로 작가와 독자의 관계를 예로 들어 설명해 보면 독자는 언제든 자신의 블로그에 작품을 발표하거나 좋아하는 작가의 작품을 전재轉載하여 전파 주체가 될 수 있다. 거꾸로 어떤 작가가 블로그를 개설하면 독자들은 전파의 객체로서 그 작가와 대화할 수 있는 신분과 권리를 획득한다.

두 번째로 전파 방식을 보면 블로그는 각 전파 주체의 상호영향을 극대화한다. 앞에서 말한 것처럼 블로그의 세계에서는 전파의 주체와 객체의 구분이 소실되어 어떤 블로그도 다른 블로그의 전파 혹은 서술에 개입할 수 있다. 예를 들어 과거에는 작가와 독자의 직접적인 교류가 매우 곤란했다. 혹시 가능하더라도 개별적인 만남에 그치곤 했다. 하지만 블로그를 이용하면 작가와 독자의 교류가 대단히 원활해지며 그 교류는 사적이면서도 공개적인 성격을 겸유한다. 인터넷문학은 블로그의 이런 특성으로 말미암아 작가와 독자 간의, 본래의 쌍방향성이 더욱 강화되었다.

세 번째, 전파의 효과를 살펴보면 블로그는 인터넷의 전지구적 전파 기능에 의존하기 때문에 전통 매체에 비해 전파의 범위와 자유의 정도가 훨씬 우월하다. 이 점에 힘입어 블로그는 블로그 소유자의 사회적 인지도를 높이는 데 결정적인 효과를 발휘할 수 있다. 작가들이 이 사실에 주목하고 블로그를 작품의 사회적 전파 도구로 적극 활용한다면 기대 이상의 성과를 거둘 수 있다. 그리고 일반 네티즌도 자신의 블로그에 꾸준히 가치 있는 문학콘텐츠를 업데이트하여 인기를 끌면 출판의 기회를 얻을 수 있다. 현재 블로그는 좋은 콘텐츠를 발견하려는 출판 기획자들이 상시적으로 주목하는 공간이기 때문이다.

이상과 같은 블로그의 매체적인 특성은 역시 쌍방향적이고 자유로운 인터넷문학의 속성과 대단히 근사하다. 그리고 중국 네티즌이 즐겨 읽는 블로그 포스트의 종류를 순위별로 보면 감정의 고백이나 기록, 삶의 스케치, 소설이나 수필, 유머, 일화, 서평, 영화감상, 음악감상, 사회적 이슈에 대한 코멘트, 여행기, 학술적 문제, 경제 분석, 의식주 정보 등이다. 대부분 블로그 주인의 개인적인 이야기와 취향과 관계가 있으며 네티즌이 잠시 흥미를 갖고 시간을 때우기에 적합한 가벼운 내용이어서 블로그가 인터넷문학을 발표하고 읽기에도 매우 유리한 공간임을 알 수 있다. 그래서 실제로 많은 인터넷 작가들이 문학 사이트 외에 자신의 블로그를 통해서도 작품을 연재하고 홍보하며 네티즌 독자들과 활발히 교감을 나누고 있다.

이처럼 블로그는 문학 텍스트를 창출하는 수많은 작가들과 네티즌을 '블로그 작가'로 만들었고 작가 개인과, 작가와 독자의 관계,

나아가 전체 문학 생태계에 어느 정도 변화를 가져왔다. 근대 언론 산업의 성립이 문학의 근대화를 이끌었던 것처럼 블로그를 대표로 하는 뉴미디어도 향후 인터넷문학의 발전, 나아가 전체 문학의 발전에 영향을 끼칠 수 있을지 주목해 볼 만하다.

(2) 웨이보

웨이보微博는 속칭 '웨이보'圍脖라고도 하며 사용자는 웹페이지와 휴대폰에서뿐만 아니라 QQ나 MSN 메신저 같은 소프트웨어로도 정보를 올릴 수 있다. 웨이보의 두드러진 특징은 한 번에 쓸 수 있는 글자 수가 보통 140자를 넘지 않는다는 것이다. 2006년 미국의 애번 윌리엄스, 비즈 스톤 등이 공동 개발한 트위터 서비스가 그 시초지만 현재 중국 대륙에서는 트위터 사용이 허용되지 않고 있다.

웨이보는 주로 일대다一對多 방식의 전파 방식이어서 누가 글을 업데이트하면 모든 팔로워follower가 볼 수 있게 되어 있다. 이런 공개적인 표현 방식은 발표자와 수용자 사이에 적절한 거리감을 유지시킨다. 왜냐하면 그 글은 특정 수용자가 아니라 불특정 다수의 수용자를 대상으로 공개된 것이기 때문이다. 중국의 지명도 있는 웨이보 사이트로는 판퍼우飯否, 타오타오淘淘, 퉁쉬에넷同學網, 쥐사做啥, 웨이커微可, 타오타오넷叨叨網, MySpace, 쥐여우聚友, 9911, EasyTalk, Follow5 등이 있다. 그리고 2009년 말 포털사이트 신랑과 왕이도 서비스를 시작하면서 웨이보는 본격적으로 네티즌의 시야에 들어왔다. 그래서 2009년 12월 『중국청년보』中國靑年報의 표본 조사에 의하면 2,117명의 피조사자 중 69.0%가 웨이보에 관심을 갖고 있고 25.6%가 이미 웨이보를 사용하고 있으며 43.4%는 곧 사용할 생각이 있다고 밝혀졌다.

웨이보의 140자 형식은 함축적이고 유머러스하며 예지가 번뜩이는 글들을 양산한다. 기존 인터넷문학의 필요 이상으로 군더더기가 많은 문체와는 사뭇 다르다. 이 점에서 우리는 미디어 기술의 업그레이드가 인터넷 문학에 가져오는 파장을 재확인할 수 있다. 요컨대 웨이보는 인터넷 문학에 참신하고 최소화된 언어 형식의 모델을 제시한다. 그래서 성다문학의 CEO 옌챠오顔橋는 "웨이보는 인터넷 시대의 하이쿠다."라고 말한 바 있다.

'웨이보 문학'은 크게 유행하고 있지는 않지만 신랑 웨이보의 대대적인 보급에 발맞춰 2010년 하반기 '웨이소설微小說 공모전'이 열렸으며 『남방도시주보』南方都市報, 『중화문학선간』中華文學選刊 등 많은 전통 매체에서도 따로 웨이보 코너를 개설하고 있다. 비록 아직까지는 웨이보 문학에 대한 전문적인 연구가 부재하고 웨이보의 적절한 이용 모델도 개발되지 않았지만, 현재 중국 언론, 출판산업에서 웨이보의 역할과 파급력이 놀랄 만한 기세로 성장하고 있음을 감안하면 향후 웨이보 문학의 발전을 기대해볼 수 있다.

지금까지 본고는 20세기 후반부터 현재까지 이어져오고 있는 중국 출판산업의 거대한 변화에 관해 기술했다. 사회주의 경제체제의 유산을 청산하고 자본주의 시장경쟁에 적응하기 위한 전통 출판산업의 기업화, 시장화, 그룹화 개혁이 변화의 한 축이었고, 다른 한 축은 디지털 시대의 도래로 인한 디지털출판산업의 발흥과 문학사이트, 모바일 유료열람 서비스, 소셜 미디어 등 새로운 매체를 이용한 인터넷 문학의 산업화였다. 중국 인터넷 문학은 바로 이런 변화의 과정에서 탄생하고 발전해왔다.

세계적인 미디어 테크놀로지 학자 니콜라스 네그로폰테는 자신의 대표
작 『디지털이다』에서 "자연의 힘과 마찬가지로 디지털 시대는 부정할 수
도, 멈출 수도 없다. 탈중심화(decentralizing), 세계화(globalizing), 조화력
(harmonizing), 분권화(empowering) 이 네 개의 강력한 특질이 궁극적인 승
리를 얻을 것이다."라고 디지털 시대의 도래를 선언한 바 있다. 그가 지적한
디지털 시대의 이 네 가지 특질은 어쩌면 중국 인터넷문학의 본질적인 속성
이기도 하다.

중국 인터넷문학은 전통 출판업과 문단의 폐쇄적인 경계 안에서 문학
을 탈중심화하고 종이책의 제한된 물리적 유통 범위에서 글쓰기를 해방
시켜 세계 각지에서 실시간으로 온라인 열람과 공유가 가능한 세계화를
이루었다. 또한 엄청난 잠재력과 광범위한 참여자로 인해 순문학과 대중
문학의 해묵은 이분법을 무화시키는 조화력을 발휘하는 동시에 소수 전
문가들에게 집중되었던 문학의 창작, 발표, 비평의 권한을 불특정 다수의
네티즌에게 분산시키는 분권화를 실천하고 있다.

중 국 인 터 넷 문 학 의 역 사 와 주 요 속 성

지난 20여 년 동안 문학의 새로운 '전파 수단'인 인터넷의 놀라운 대중 파급력에 힘입어 중국 인터넷문학은 짧은 시간 동안 주목할 만한 발전을 이룩했다. 이와 관련해『문학보』文學報는 이미 2000년 2월 17일에「인터넷문학의 업그레이드와 희망: 인터넷문학 신인의 신춘 메시지」網絡文學的升級與希望: 網絡文學新人新春寄語라는 글을 게재해 인터넷문학의 합법적 존재와 그 중요한 가치를 선언했다. 그리고 인터넷은 구비적 전통과 종이매체에 이은 문학 전파 수단의 세 번째 혁명으로서 신세기의 도래에 즈음하여 마침내 인터넷문학이 도약을 하게 될 것이라고 예언했다. 중국 인터넷문학 발전기의 초입에 행해진 이 예언은 어느 정도 적중하였고 여전히 실현되는 중이다.

1) 형성기 1991~1998

일반적으로 중국 인터넷문학의 효시는 1991년 4월 재미 중국인 유학생 사오쥔少君의 단편소설『분투와 평등』奮鬥與平等이라고 알려져 있다. 이 작품은 같은 달 중국인 유학생들에 의해 창간된 주간 뉴스 웹진『중국 다이제스트』華夏文摘에 게재되었다. 이 매체는 같은 해에 설립된 시 전문 사이트 해외중국어시통신넷海外中文詩歌通訊網과 함께 투야圖雅, 아다이阿待, 루리路離, 팡저우쯔方舟子 등 초기 해외 인터넷작가들을 배출했다.

이어 1992년 6월 28일, 재미 중국인 유학생들은 세계 최초의 중국어 뉴스 논단 ACT_{Alt Chinese Text}를 개설했다. 이 매체에 그들은 진융, 구룽 등의 무협소설을 올리는 한편, 개개인의 사연이 담긴 가벼운 창작물을 게재했다. 그리고 1994년 2월, 팡저우쯔 등은 최초의 중국어 문학 웹진 『신위쓰』新語絲를 창간하여 다양한 창작물들을 투고받아 게재하였고 이어서 1995년에는 창작시 전문 웹진 『감람나무』橄欖樹와 『기교』花招가 등장했다. 이 유학생들은 대부분 이공계였던 탓에 문학적 수준은 그리 높지 않았지만 어떠한 목적과도 무관한 순수 창작을 추구했기 때문에 진실하고 삶에 밀착된 글들을 선보였다. 특히 팡지우쯔의 시, 역사론, 잡문은 군더더기 없이 선명하게 개성을 표현했다는 평가를 받았다.

중난대학 인터넷문학 연구자 허쉐웨이何學威와 란아이궈藍愛國는 중국 인터넷문학의 효시가 된 이 북미 중국 유학생들의 창작물을 개괄적으로 '서정적 텍스트'라고 정리했다. 그들의 '서정'抒情의 '정'情은 그 스펙트럼이 비교적 광범위했다. 이는 우정, 애정, 향수, 혈육에 대한 그리움을 다 포괄했다. 하지만 그들의 창작물은 비교적 간단하고 단순하며 아마추어의 임의적인 글쓰기 상태에 머물렀으므로 글의 유형도 수필이 대부분이었다.

한편 중국 내 인터넷문학의 탄생은 해외보다 다소 늦었다. 이는 중국의 인터넷 사용료가 지나치게 높고 보급률이 낮았던 것과 관련이 있다. 그래서 1995년에야 비로소 첫 번째 문학사이트 감람나무橄欖樹가 출현하여 중국 인터넷문학 발전의 첫 걸음이 되었다. 이어 1996년에는 네티즌 번리苯狸가 창간한 『우멍다오주보』無夢島周報에 '문학과 잡감'과 '컴퓨터와 인터넷' 두 란이 마련되어 이른바 대륙 최초의 인터넷문학 웹진으로 불렸다. 1997년 12월에는 더 특기할 만한 일이 생겼다. 중국 인터넷문학에 심대한 영향을 끼친 문학사이트 룽수샤의 전신인, 미국계 화교 주웨이롄의 개인 홈페이지가 문을 연 것이다. 당시 포털사이트 왕이網易는 개인 홈페이지 공간을 무료 제공하는 서비스를 진행하여 많은 인터넷문학 작품들이 일부 홈페이지를 통해 공개되기 시작했다. 그 홈페이지들은 나중에 유수한 문학사이트의 모체가 되었다. 아울러 이때 각 게시판에 홍콩과 타이완의 최신 인터넷 문학작품들이 정기적으로 게시되었지만 조회 수나 작품의 분량이 모두 미흡했다.

1998년에는 초기 인터넷문학의 '3두 마차' 닝차이선寧財神, 리쉰환李尋歡, 싱위썬邢育森이 가볍고 해학적이며 유머러스한 스타일의 글로 인터넷에 등장했다. 그리고 비록 대륙 작품은 아니지만 홍콩의 황이黃易와 타이완의 모런莫仁이 쓴 가상역사, SF, 판타지의 혼합물인 『대당쌍룡전』大唐雙龍傳과 『성전영웅』星戰英雄이 네티즌을 열광시켰다. 이와 함께 인터넷문학의 밝은 전망과 포털사이트의 무료 공간 제공에 힘입어 황진수우黃金書屋, 수루書路, 워후쥐臥虎居 등 개인이 개설한 인터넷 서고書庫가 나날이 늘어갔다.

그러나 중국 인터넷문학의 진정한 첫 번째 열풍은 1998년 타이완인 차이즈헝蔡智恒. 필명은 피쯔차이(痞子蔡)의 장편소설 『첫 번째 친밀한 접촉』第一次親密接觸이 일으켰다. 본래 타이완 청궁대학成功大學 전자게시 '청다成大BBS'에 게시되어 조회 수 1천만 회를 기록한 이 로맨스소설은 이후 대륙의 각 대형 사이트 게시판으로 옮겨져 역시 선풍적인 인기를 끌었다. 인터넷 채팅과 '사이버 연애'를 소재로 한 이 작품은 문체가 다소 거칠고 플롯도 군데군데 빈틈이 보이지만 당시에 백만 명 이상의 독자들을 사로잡았으며 그 후 몇 년 간 젊은이들 사이에 '사이버 연애'를 유행시켰다. 작가 차이즈헝도 이 소설 때문에 중국 인터넷 문학계의 정상급 인물로 떠올랐다. 작품 수준의 고하를 떠나 이 작품이 갖는 진정한 의의는, 수많은 사람들이 이 작품으로 인해 처음으로 인터넷 글쓰기의 개념을 이해하기 시작했다는 데에 있다. 이후 『첫 번째 친밀한 접촉』은 연극, 영화, 만화 등으로 각색되었으며 종이책으로도 출간되어 대륙에서만 백만 부 이상의 판매고를 기록하고 수십 종의 불법복제판을 양산했다. 이 과정에서 『첫 번째 친밀한 접촉』은 사람들에게 인터넷문학의 경제적 가치를 인식시키는 역할을 하기도 했다.

형성기의 중국 인터넷문학은 북미 유학생 네티즌의 가벼운 신변잡기적 수필과 잡문으로 시작되었고 신인의 온라인 창작물보다는 주로 기존 작가들의 출판본 텍스트나 타이완, 홍콩 작가의 소설이 네티즌들 사이에서 인기를 끌었다. 그러나 BBS, 개인 홈페이지, 문학사이트 등 인터넷문학의 발표와 열람, 토론이 이뤄질 수 있는 다양한 플랫폼이 기본적으로 구축되었고, 비록 해외 작품이기는 하지만 『첫 번째 친밀한 접촉』이 인터넷문학 작품으로서 최초의 베스트셀러가 됨으로써 대중에게 인터넷문학의 존재와 가치를 알렸다. 인터넷문학 형성기의 이러한 성과들은 이후 인터넷문학의 거대한 발전을 위한 견실한 기초가 되었다.

2) 발전기 1999~현재

『분투와 평등』이 발표된 1991년부터 1998년을 중국 인터넷문학의 형성기로 잡는 것은 1999년 문학사이트 룽수샤가 설립되었기 때문이다. 룽수샤의 설립은 중국 인터넷문학이 정규적인 체제화, 상업화의 경로를 통해 본격적인 발전기에 접어드는 신호탄이었다. 사실 애초에 문학과 인터넷의 만남은 네티즌의 문학에 대한 순수한 흥미에서 비롯되었다. 처음 그들이 인터넷에 글을 올린 것은 순전히 취미이자 여흥이었다. 아무런 실질적 목적이 없었다. 1세대 인터넷작가라고 할 수 있는 리쉰환도 "당시에는 인터넷 글쓰기를 중요한 일로 생각하는 사람이 없었다. 모두 여가 시간의 즐길 거리로 인식했다."라고 증언했다. 초기 인터넷문학 관련 사이트와 개인 홈페이지의 설립도 대부분 독서를 좋아하고 문학을 애호하는 네티즌의 개인적인 행위였을 뿐 물질적 동기는 전혀 없었다.

1997년 성탄절, 미국계 화교 주웨이롄도 취미삼아 '룽수샤'라는 이름의 개인 홈페이지를 제작하고 자신의 심경을 담은 수필과 다른 사람들의 창작물을 올리기 시작했다. 그러다가 점점 더 많은 원고가 투고되면서 이 개인 홈페이지는 전문적인 작품 발표의 장이 되어갔다. 닝차이선, 리쉰환, 안니바오베이 등 최초의 유명 인터넷작가들뿐만 아니라 나중에 '바링허우'_{80後}의 스타 작가가 되는 궈징밍까지 이곳에 모였다. 블로그가 없던 10년 전, 룽수샤는 아마추어 문학 애호가들의 인터넷 살롱이나 다름없었다.

1999년 8월, 마침내 주웨이롄은 안니바오베이, 닝차이선, 싱위썬, 리쉰환 등을 편집자로 요청하여 상하이룽수샤컴퓨터유한공사_{上海榕樹下計算機有限公司}를 설립한 뒤 본격적으로 룽수샤 사이트의 상업적 운영을 개시했다. 이 사이트는 개설 시점부터 중국 젊은이들 사이에 끊임없이 폭발적인 화제를 불러 일으켰다. 그 중 대표적인 사건은 루여우칭_{陸幼青}의 『사망일기』_{死亡日記}와 리쟈밍_{黎家明}의 『최후의 선전포고』_{最後}

的宣戰의 연재였다. 이 양대 사건은 전국의 매체를 뒤흔들고 격렬한 논의를 일으키면서 룽수샤를 전성기로 이끌었다.

룽수샤는 여러 차례에 걸쳐 인터넷문학 공모전을 개최하기도 했다. 그때마다 왕쉬王朔, 왕멍王蒙, 위화餘華 등 기성문단의 유명 작가들을 심사위원으로 초빙해 전국 주요 매체들의 주목을 받았다. 또한 인터넷문학의 모든 제재와 장르를 포괄하면서 문학 고유의 예술성과 인터넷문학 고유의 특성을 함께 중시해 당시 인터넷문학의 전체적인 수준과 발전 방향을 대표하였다. 그러면서『문학보』文學報와 상하이문예출판사 등 전통 매체와 합작하여 신문에 '룽수샤 인터넷문학 특집 지면'을 확보하기도 하고 '룽수샤 인터넷문학 시리즈'를 출판하기도 했다. 요컨대 룽수샤는 인터넷문학의 대중화에 결정적인 역할을 했다.

당시 룽수샤를 통해 명성을 얻은 인터넷작가는 안니바오베이, 닝차이선, 리쉰환, 싱위썬, 차이쥔蔡峻, 진허짜이今何在, 무룽쉬에춘慕容雪村, 무쯔메이, 쥐카이나예菊開那夜, 시링쉬에西嶺雪, 창위에滄月, 타오커稻殼 등 장르를 불문하고 헤아릴 수 없이 많다. 이들의 작품 중에는 아직 전통 종이책 문학과 크게 구분되지 않는 안니바오베이의 서정 소설과 무룽쉬에춘의 세태소설 등도 있었지만 리쉰환, 닝차이선, 진허짜이 등은 언어유희, 발칙한 서사, 고전과 명작의 전복적인 '다시 쓰기'를 시도한 실험적 소설로 인터넷문학의 차별화를 꾀했다. 진허짜이의『오공전』悟空傳, 타오커의『건달의 가무』流氓的歌舞가 그 대표작이다.

이때 룽수샤와 함께 인터넷문학의 발전기를 추동한 문학사이트로는 톈야커뮤니티天涯社區, 치몐중원넷, 추이웨이쥐翠微居, 환젠수멍, 룽더톈쿵龍的天空, 톄쉬에鐵血, 홍슈톈샹 등이 있다. 그밖에 신랑, 써우후, 텅쉰, 왕이 등 대형 포털사이트들이 2002년 전후에 각기 마련한 독서

채널도 신간 소개와 출판산업 동향 제공 같은 본래의 업무를 넘어 점차 인터넷문학 발표와 유통의 기능을 하게 되었다.

그리고 2003년 룽수샤가 최초로 유료열람 서비스를, 뒤이어 치뎬중원넷이 VIP요금제 서비스를 시작하면서 인터넷문학은 전례 없는 발전의 국면을 맞았다. 그리고 치뎬중원넷의 상업적 성공으로 인해 엄청난 자본이 인터넷문학 업계에 투자되었다. 먼저 2005년 무선인터넷 회사 TOM온라인TOM在線有限公司이 2천만위엔으로 환젠수명의 지분 80%를 사들였고 2006년에는 민영 서점 다중서국이 주랑넷逐浪網을 합병했으며 2008년에는 중원온라인이 17K문학넷에 투자했다. 또한 같은 해에 성다문학이 1억 위엔으로 홍슈톈샹과 진쟝원쉬에청을 사들이고 이어서 룽수샤까지 흡수하는 대사건이 일어났다. 이로써 중국의 주요 문학사이트들은 거의 대부분 대자본의 세력 범위 안에 들어가 본격적인 기업화, 상업화의 길을 걷게 되었다.

상업화의 흐름 속에서 인터넷작가와 작품은 점차 큰 폭으로 증가했다. 인터넷문학 발전 초기에는 인기 작가가 차이즈형, 안니바오베이, 닝차이선, 리쉰환 등 소수에 그쳤던 반면 이때부터는 당녠밍위에, 자오간뤼趙趕驢, 톈샤바창天下霸唱, 칭더우青門, 둥팡위에東方月, 안이루安意如, 쉬에훙血紅, 탕쟈싼사오唐家三少, 황쉬엔黃玄 등 매년 수많은 스타 작가가 탄생했다. 작품도 『고스트램프』, 『명나라 이야기』, 『주셴』, 『소병전기』, 『수혈비등』과 같이 판타지, 로맨스, 무협, 미스터리 등 주로 장르소설인 수백만 자가 넘는 초대형 작품이 속속 등장해 먼저 인터넷 공간을 달군 뒤 곧장 종이책으로 출간되어 큰 화제를 모았다. 문학 평론가 관닝管寧은 2010년 인터넷문학 탄생 20년을 정리하며 인터넷문학의 이런 눈부신 발전상을 아래와 같이 요약했다.

인터넷문학은 매년 20%의 성장 속도로 빠르게 발전하고 있으며 매년 장편소설 천 권을 탄생시킨다. 이것은 과거 10년간 적어도 만 권의 장편소설을 세상에 선보였다는 것을 의미한다. 2008년, 바이두 검색 순위 상위 100위 안의 문학작품을 보면 『홍루몽』 등 소수의 고전 명작을 제외하면 80권이 인터넷 문학작품이다. 2009년 4월, 제6차 전국민독서조사에서는 놀랄 만한 데이터가 산출되었다. 중국 성인들이 사용하는 온라인 독서, 휴대폰 독서 등 각종 디지털 매체의 독서율이 24.5%였고 그 중 약 2.8%에 해당하는 이들이 디지털 매체만 읽고 종이책은 읽지 않았다. 그리고 2010년 6월, 인터넷문학의 독자 규모는 이미 1억 8천 8백만 명에 이르렀고 사용률은 44.8%였다. 이는 인터넷 음악, 동영상, 게임에 이어 인터넷 오락 응용 방식에서 네 번째에 해당된다. 인터넷 독서의 주류화는 이미 하나의 추세가 되었디.

그러나 지나치게 빠른 발전과 확장으로 인해 빚어진 인터넷문학계의 무질서, 예컨대 문학적 수준 저하, 독자 영합주의, 작품의 실속 없는 대형화 등에 대해 우려의 시각이 있기도 하다. 텐야커뮤니티의 대표적인 인터넷작가 장우지章無計 같은 인물은 현재의 인터넷문학을 어떻게 봐야하느냐는 질문에 "인터넷문학은 너무 잡스럽고 또 어지럽습니다. 잡스럽고 어지럽다는 것이 정확한 개괄이지요. 이 문제는 이야기를 하면 할수록 잡스럽고 어지럽기 때문에 스스로 남겨두고 천천히 이해하는 편이 낫습니다."라고 비꼬아 말했다.

2. 중국 인터넷문학의 정의와 특징

　　인터넷문학이 출현한 후로 그것의 위치 정립과 특징, 심지어 '인터넷문학'이라는 용어의 정당성에 관해 줄곧 다양한 논쟁이 이어져 왔다. 리제페이李潔非 같은 사람은 "'문학'이라는 단어는 제쳐놓고 인터넷 글쓰기를 논할 것을 강력하게 주장한다. 인터넷 글쓰기의 근본 목적은 '문학'의 목적을 위해 생겨나지 않았다."라고 했다. 인터넷문학을 문학으로 보지 않은 것이다. 시인 쌍커桑克도 "나는 인터넷문학이라는 제기 방식을 줄곧 찬성하지 않았다."는 말로 '인터넷문학'의 존재 자체를 부정했다. 나아가 저우쩌슝周澤雄은 "'인터넷문학'은 거짓 문제로서 인터넷문학은 영화가 무대극과 구별되는 것처럼 명확한 개성과 특징을 갖고 있지 않다."고 하여 인터넷문학에는 독자적인 특징이 없다고 주장했다. 그러나 인터넷문학이 '문학'의 목적을 지향하지 않는, 상업주의의 산물이라고 해서 '문학'이 아니라고 한다면, 그것은 지나친 엘리트문학의 관점인 동시에 모든 대중문학을 부정하는 것이나 다름없다. 그리고 인터넷문학은 온라인 글쓰기와 쌍방향 커뮤니케이션이라는 존재 조건을 바탕으로 하이퍼텍스트소설이나 멀티미디어소설 같은, 기존 종이매체 문학과는 근본적으로 상이한 문학 양식들을 연이어 출현시키고 있다. 인터넷문학이 "명확한 개성과 특징을 갖고 있지 않다."는 발언은 오늘날 인터넷문학의 역동적 흐름을 간과한 것이다. 따라서 본 절에서는 위의 부정적인 견해들과 달리 오늘날 실제적으로 승인되고 통용되는 인터넷문학의 정의와 특징들에 대해 살펴보고자 한다.

1) 중국 인터넷문학의 정의

'인터넷문학' 혹은 '인터넷소설'이라는 새로운 단어는 1998년 차이즈형의 『첫 번째 친밀한 접촉』이 각 대형서점의 베스트셀러 코너에 나타나면서 인구에 회자되기 시작했고 지금까지 서로 다른 맥락에서 몇 가지 뜻으로 혼용되었다. 먼저 인터넷문학의 첫 번째 정의는 채팅, 사이버 연애 등 인터넷과 관련된 삶을 제재로 다루는 문학이다. 이것은 내용에 주목하고 있다. 두 번째 정의는 인터넷상의 문학이다. 인터넷 공간에 발표된 모든 문학 작품을 포괄한다. 이 정의는 발표와 전파의 경로에 주목하고 있다. 마지막으로 세 번째 정의는 인터넷 공간에 존재하고 인터넷을 전파의 매개체로 삼으며 그 창작과 수용이 쌍방향성과 온라인적 성격을 갖는 문학 양식이다.

첫 번째 정의는 다소 제한적이다. 사실 인터넷문학 작품의 제제는 기존 문학 작품과 마찬가지로 광범위해서 제재가 무엇이냐는 것만으로는 인터넷문학과 기존 문학을 구별할 수 없다. 모든 인터넷문학 텍스트가 인터넷과 관련된 삶을 다루지는 않기 때문이다. 아울러 인터넷 관련 소재를 다룬 종이책 작품도 서점에 많지만 그것들을 인터넷문학이라고 부르지는 않는다.

두 번째 정의는 반대로 너무 포괄적이다. 발표와 전파의 경로에만 주목해 인터넷에 업데이트 되는 모든 문학 작품을 인터넷문학의 범주에 넣는다면 심지어 여기저기 웹페이지에 게재된 이백이나 두보의 고전시까지 인터넷문학으로 인정해야 할 것이다. 그래서 이 정의가 가리키는 것은 보통 광의의 인터넷문학이라 불린다.

인터넷문학의 정의는 지나치게 포괄적이어서는 안 된다. 그렇게 되면 순문학과 구별되는, 인터넷문학의 본질과 속성을 적절히 포착해 드러낼 수 없기 때문이다. 그래서 비교적 합리적인 것은 역시 세 번째 정의라고 할 수 있다. 중난대학 문학원의 인터넷문학 연구자 쑤샤오팡蘇曉芳이 규정한 이 정의는 온라인 글쓰기의 각도에서 인터넷문학의 특징을 포착한 협의의 인터넷문학의 정의라고 할 만하다. 본 논문은 바로 이 정의를 택하여 인터넷문학에 관해 논할 것이다.

2) 중국 인터넷문학의 특징

오늘날의 자본주의 사회는 고도로 상업화된 사회로서 각종 문화적인 산물조차 교환가치를 지닌 상품으로 취급되지만 그래도 정신적 향유물로서의 문학의 수요는 여전히 다양하고 광범위하게 존재한다. 이 점에 있어서는 인터넷문학과 전통적인 문학이 당연히 일치한다고 할 수 있다. 하지만 양자 사이에는 확실히 큰 차이가 존재하며 인터넷문학의 특징은 이 차이에 대한 검토를 통해 분명하게 추출된다.

첫째, 인터넷문학은 글쓰기에 있어 무엇보다도 독자와의 쌍방향 소통을 추구한다. 이 점은 순문학의 글쓰기에서는 거의 찾아보기 어렵다. 비록 머릿속으로 독자를 상정하고 글을 쓰기도 하지만 그 독자는 가상의 독자, 바꿔 말하면 객관화된 자신일 뿐이다. 전통적인 글쓰기는 상대적으로 폐쇄적이며 개인적인 글쓰기로서 작품의 사상적 깊이와 예술적 함의를 추구하며 완성도를 높이기 위해 끊임없이 퇴고가 이뤄진다. 하지만 인터넷 글쓰기의 독자는 실제적인 독자이며 이메일, 메신저, 댓글을 매개로 인터넷작가와 실시간으로 영향을 주고받는다. 그리고 거의 모든 인터넷작가는 사상적, 예술적 추구보다는 독자와의 공감대 형성을 추구하고 독자와의 쌍방향 소통을 진행하며 작품을 완성해 나간다.

　위의 특징을 전형적으로 보여주는 예로 유명 인터넷작가 추이만리崔曼莉의 성공 과정을 살펴보자. 유명해지기 전, 그녀는 3년 가까운 시간 동안 스스로 문학성이 높다고 생각한 작품인『유리 같은 시대』琉璃時代를 집필했다. 그러나 이 장편소설은 뜻밖에 어느 출판사의 눈길도 끌지 못했다. 자포자기 상태가 된 그녀는 우연히 친구의 권유로 인터넷에『부침』浮沈이라는 로맨스소설을 '징청뤄선'京城洛神이라는 필명으로 장난삼아 연재하기 시작했다. 그런데 놀랍게도 딱 일주일 만에 출판 계약을 하자는 출판사들의 제의가 쇄도했다. 이에 자극을 받아 추이만리는 끈기 있게 연재를 계속했고 결국 큰 성공을 거두었다. 이 예기치 않은 성공과 관련해 나중에 그녀는 네티즌의 격려와 도움에 감사를 표시하며 "『부침』에 대한 그들의 뜨거운 사랑이 없었다면, 그들의 댓글과 클릭이 없었다면 오늘날의 이『부침』은 없었을 것이다.『부침』은 나 한 사람의 창작물이라고 해야 하겠지만 나와 네티즌들이 함께한 결과이기도 하다."라고 말했다.

　『부침』의 연재 과정에서 추이만리에게 과연 어떤 일이 있었던 것일까? 이 소설을 좋아하던 독자들은 우선 QQ와 MSN에 수많은 팬클럽을 만들고 각 도시마다 책임자를 두었다. 그리고 베이징에 거주하는 팬클럽 회원들은 직접 추이만리를 만나 교류하며 어떻게 소설을 써나가야 할지 토론했다. 이런 체험은 의심할 여지없이 추이만리에게 큰 교훈을 주었다. 그 교훈에 관해 추이만리는 "온라인 창작은 순문학 창작과는 확실히 다르다. 많은 독자들이 건의를 하면서 작^{중 인물과 관련해} 누가 누구에게 잘해줘야 하고 누구누구는 어때야 한다고 할 것이기 때문이다.(…)『부침』은 온라인에서 창작된 소설이기 때문에 창작자에게 가장 많은 소스를 제공한 것은 바로 쌍방향 접촉이었다.”라고 술회했다. 추이만리의 이러한 예를 통하여 인터넷문학의 온라인 글쓰기에서는 독자와의 쌍방향 소통이 창작의 원동력이자 가이드로서 성공의 필수적인 요건이 된다는 것을 알 수 있다.

둘째, 인터넷문학은 동태적이며 개방적인 예술구조를 가졌다. 전통적인 종이매체 문학은 고정적인 형태다. 일단 인쇄, 유통되면 변경이 불가능하다. 그러나 인터넷문학은 독자들의 반응에 따라 얼마든지 텍스트를 변경, 삭제, 첨가할 수 있다. 심지어 독자와의 공동 창작도 가능하다. 따라서 종이매체 문학과 인터넷문학은 각기 인쇄 테크놀로지와 디지털 하이퍼텍스트에 바탕을 둔 텍스트로서 롤랑 바르트가 말한 '읽기 텍스트'readerly text와 '쓰기 텍스트'writerly text에 해당된다고 볼 수 있다. 또한 인터넷문학은 하이퍼텍스트 기능을 이용해 문자 텍스트에 음악과 동영상을 링크시킬 수도 있다.

작가와 독자, 작가와 단말기 사이의 상호작용에 기반을 둔 이런 특성은 릴레이소설이나 멀티미디어 소설처럼 종이매체 문학에서는 시도하기 힘들거나 아예 불가능한 형식적 실험을 가능하게 만들었다. 하지만 그렇다고 해서 각종 실험소설이 인터넷문학에서 큰 부분을 차지하는 것은 아니다. 인터넷작가가 연재 과정에서 독자들과의 상호소통을 중시하고 창작에 반영하는 것은 인터넷문학 생산의 기본 원칙이지만 엄밀히 말해 독자와의 '공동 창작'은 아니다. 인터넷작가들의 협업에 의한 릴레이소설도 이벤트 차원의 창작이지 상시적으로 써지지는 않는다. 독자가 인터넷작가의 텍스트를 능동적으로 읽고 자기 판본으로 고쳐 쓰는 실험 역시 사적인 문자 유희에 그치는 경우가 대부분이다. 마지막으로 가장 전위적인 형식인 멀티미디어 소설도 뜻밖에 인터넷문학의 한 장르가 되지 못했다. 이 점에 대해서는 네그로폰테의 의견에 귀를 기울일 필요가 있다.

상호소통적인 멀티미디어는 상상력의 여지를 별로 남겨두지 않는다. 멀티미디어 서사는 할리우드영화처럼 특정한 표상을 포함하기 때문에 마음의 눈에는 아주 작은 여지만을 열어둔다. 이와 대조적으로 글로 쓴 이야기는 이미지를 자극하고 은유를 촉발하여 독자의 상상력과 체험에서 나오는 풍요로운 의미를 던져준다.

요컨대 인터넷문학의 동태적, 개방적 예술구조는 인터넷 글쓰기에 혁신적 표현 방식과 참여 방식을 가능하게 해주었지만 그것 자체가 인터넷작가의 선호와 활용으로 이어지지는 못했다. 오늘날 인터넷문학은 곧 서사물인 이상, 아무리 새롭고 매력적인 형식이어도 역시 새롭고 매력적인 스토리를 담지 못한다면 인기를 얻기 힘든 것이다.

인터넷문학의 세 번째 특징은 작품의 대형화인데, 이것은 인터넷문학이 본격적인 발전기에 접어들면서 나타난 특성으로서 두 가지 원인이 있다. 먼저 첫 번째는 인터넷작가와 독자의 상호작용 때문이다. 대체로 인터넷문학 독자들은 스크린 리딩의 특성상 깊고 꼼꼼한 독법보다는 속도 위주의 독법을 선호한다. 작가의 심오한 세계관과 세밀한 묘사에 탐닉하지 않고 자극적인 설정과 다채로운 스토리의 전개에 환호한다. 이에 대응하여 인터넷작가들은 가능한 한 긴 편폭으로 독자들의 시선을 사로잡고 고정시키려 한다. 예컨대 일종의 퓨전무협인 '판타지무협'의 작가 룽런龍人은 자신의 작품 『진나라를 멸하다』滅秦가 250만 자 분량중국어 250만 자는 한국어로 번역했을 때 장편소설 25권 분량이다인데도 많은 독자들이 500만 자 이상을 쓰기를 바란다고 실토한 바 있다.

그리고 두 번째 원인은 문학사이트 유료열람 서비스의 상업적 운영체제이다. 보통 장르소설인 인터넷문학 작품은 먼저 전체 분량의 20~30%를 무료연재하여 독자들의 흥미를 끈 뒤 유료연재로 전환한다. 무료연재 시 조회 수가 부진한 작품은 문학사이트 편집자에 의해 걸러져 유료연재 전환을 못하게 될 수도 있다. 그리고 유료연재는 독자들의 결제에 따라 장절_{章節} 단위로 서비스되기 때문에 아무래도 분량이 긴 작품일수록 높은 수익을 거두기 마련이다. 이런 까닭에 문학사이트는 비교적 짧은 로맨스소설은 최소 20만 자, 판타지, 무협, 역사소설 등은 최소 100만 자 이상을 연재할 것을 인터넷작가에게 주문한다. 물론 인터넷작가 입장에서도 긴 작품을 쓰는 것이 인세 수입 증가에 유리하므로 처음부터 대형 작품을 기획하고 때로는 연재 과정에서 무리하게 내용을 늘여 쓰기도 한다.

네 번째 특징으로, 인터넷문학은 기성문학, 특히 국가의 전업작가 제도와 문예잡지의 후원을 받는 순문학과 비교해 훨씬 상업주의적이다. 비록 인터넷문학은 초기에 순수 아마추어 작가들의 자유로운 자아 표현으로 시작되었고 현재도 그런 작가들이 아예 없다고는 볼 수 없지만, 이미 대형 문학사이트와 모바일 유료열람의 수익모델이 자리 잡은 지금 인터넷문학의 상업화는 거스를 수 없는 추세가 되었다. 비록 여러 가지 문제점이 있기는 해도 상업화는 인터넷문학의 독자와 작가를 양산하고 시장 규모를 키워 인터넷문학산업의 발전을 가속화한 최대 동력이다. 나아가 인터넷문학을 새로운 문화적 산업 사슬의 시발점에 해당하는 '상품'이 되게 하였다. 부연하자면, 인터넷문학은 오직 종이책 형태의 출판업에 의지하는 순문학과 달리 '인터넷 작품→유료연재→종이책→영화, 드라마 대본→만화 및 애니메이션→게임'의 산업사슬을 안정적으로 수립해가고 있다.

순문학에 비해 인터넷문학이 다른 파생 문화상품으로의 전환이 쉬운 것은, 순문학이 상대적으로 현실 사회와 그 속의 삶에 주목하는 데 반해 완전히 장르소설화된 인터넷문학은 소재에 있어 가상세계와 현실세계를 자유로이 넘나들며 흡인력 있는 스토리에 집중하기 때문이다. 스토리에 대한 수용자들의 기호가 나날이 세분화되고 현실적 한계를 뛰어넘는 재미까지 추구하게 된 오늘날에는 인터넷문학이, 스토리가 소요되는 모든 문화산업의 총아가 될 수밖에 없게 되었다.

마지막으로 인터넷문학의 다섯 번째 특징은 그것이 자유로운 '시민문학'이라는 것이다. 현, 당대 중국의 전통적인 글쓰기와 출판 모델 안에서 문학 창작은 주로 사회 담론이나 개인적인 희로애락의 표현 도구였다. 주류 이데올로기는 문학에 사회적 책임을 부여하였고 문학의 창작과 감상은 소수 엘리트의 특권이 되었다. 그리고 발표 과정에서는 출판사와 편집자가 엄격한 심사자가 되어 작품의 주제, 내용, 수준을 통제하였다. 이처럼 순문학은 일반 시민들이 접근하기에는 장벽이 대단히 높았고 그 결과, 시민들의 심미의식과는 동떨어진 소수의 기호품이 되고 말았다.

반면 인터넷 혁명의 산물인 인터넷문학은 그 존재 방식의 '가상성'virtuality으로 인해 근본적으로 시민문학의 성격을 띤다. 인터넷 글쓰기에서 작가, 독자, 텍스트, 현실은 모두 인터넷 데이터로 구성된 세계 속에서 가상화된다. '가상성'은 인터넷 글쓰기의 선험적 특성이며 이런 가상성이 인터넷 글쓰기로 하여금 충분한 자유를 누리게 한다. 그리고 인터넷 사용자의 익명성이 작품의 사회적 구속과 창작의 기존 규칙을 크게 완화시켜서 사람들은 인터넷에서 자유롭게 각종 글쓰기의 시험을 진행할 수 있다. 이런 점들은 문학에 새로운 에너지를 불어넣어 색다른 작가와 작품이 출현할 수 있는 조건을 제공한다.

그러나 인터넷문학은 권위적인 심사기제를 거치지 않고도 누구나 자유롭게 작품을 발표하고 재능을 발휘해 작가의 신분을 획득할 수 있는 시민문학이기는 하되 그 자유는 결코 절대적이지 않다. 특히 인터넷문학이 본격적으로 산업화되어 문학사이트마다 정규적인 관리 시스템을 도입하고 장르소설이 인터넷문학의 주류가 된 뒤로는 더욱 그러하다. 문학 외적으로는 국가 자격증을 획득한 편집자가 업데이트되는 작품들을 사전 혹은 사후에 점검하며, 문학 내적으로는 보다 많은 조회 수를 얻기 위해 인터넷작가 스스로 '많이 읽히기 위한'상업적 글쓰기의 기준에 얽매인다. 순수한 아마추어 문학인들의 자유로운 글쓰기의 소산이었던 인터넷문학은 어쩌면 이제 스스로 자유를 포기하고 상업주의의 식민지가 된 것일 수도 있다.

3. 중국 인터넷문학의 주체와 객체

오늘날 현대인들은 기술의 발전으로 인해 생산 활동 시간 이외의 여가 시간을 비교적 풍부하게 갖게 되었고 이 여가 시간에 자신이 원하는 활동을 추구할 수 있게 되었다. 미디어학자 클레이 셔키는 그 활동에 투여 가능한 개개인의 지적 자원을 '인지 잉여'cognitive surplus라 명명하고 오늘날 인터넷 안에 숱한 공공미디어가 생겨나면서 이 자원의 잠재적 영향력이 막대해졌다고 서술했다. 어쩌면 오늘날 중국 인터넷문학의 발전은 늘어나는 이 인지 잉여를 중국 네티즌들이 문학사이트나 휴대폰 유료열람 서비스 같은, 충분히 낮은 비용으로 참여하고 공유할 수 있는 새로운 인터넷 문학 매체에 투여한 결과이다. 인터넷은 문학에 이르는 문턱을 아예 제거하여 전혀 다른 개념의 글쓰기 주체와 객체, 즉 인터넷작가와 네티즌 독자를 탄생시켰고 여전히 그들을 양산하고 있다.

1) 주체: 인터넷작가

순문학의 글쓰기 주체를 '작가'作家 혹은 '작자'作者라고 부르는 것과 달리, 중국 인터넷문학의 글쓰기 주체는 흔히 '인터넷 글쟁이'網絡寫手라고 부르곤 한다. 이른바 '인터넷 글쟁이'란 온라인 글쓰기로 작품을 창작해 인터넷에 발표하고 댓글 등의 방식으로 네티즌과 끊임없이 교류하는 새로운 개념의 작가들을 가리킨다. 어우양여우취엔은 이들이 '작가'로 불리지 못하는 까닭에 대해 "인터넷 글쓰기의 문턱이 낮은데다 현재 주류 문단으로부터 완전한 인정을 받지 못해 잠시 '작가'로 분류되기 어렵다. 그래서 '인터넷작가', 심지어 '인터넷작자'라는 호칭은 인터넷문학 바깥에서 널리 쓰이지 못하고 '인터넷 글쟁이'가 대중이 받아들일 수 있는 호칭이 되었다."라고 말했다. 즉, '인터넷 글쟁이'라는 말 속에는 기존 작가들과 어깨를 견줄 만한 자격이 부족하다는 폄하의 의미가 섞여 있는 것이다.

하지만 어우양취엔이 뒤이어 서술한 '인터넷 글쟁이'의 자격 조건에서도 볼 수 있듯이 '인터넷 글쟁이'는 결코 일반적인 네티즌이 아니다. 문학에 취미가 있어 게시판을 드나들며 짧은 글을 남기곤 하는 네티즌과도 다르다. 그는 '인터넷 글쟁이'가 되려면 첫째, 항상 인터넷에서 글을 쓰고 작품을 발표해야 하고 둘째, 작품이 비교적 많은 네티즌에게 인정을 받아 조회 수가 많아야 하며 셋째, 작품이 일정 수준을 갖춰 전문가에게 호평을 받거나 출판이 되는 등 어떤 형식으로든 사회적 인정을 받아야 한다고 했다. 즉, 어느 정도 가치가 있고 대외적인 인정을 받는 작품을 써야만 '인터넷 글쟁이'가 될 수 있다는 것이다.

이 정도의 상당한 자격을 갖춘 사람을 글쓰기와 발표의 매체가 종이책이 아니라 인터넷이라는 이유로 '글쟁이'라고 폄하하는 것은 온당하지 않다고 판단된다. 물론 '인터넷 글쟁이'라는 호칭이 아직도 중국에서 널리 쓰이고 있는 것은 한번 정착되면 쉽게 고쳐지지 않는 대중의 언어사용 습관 탓이기도 하지만, 어쨌든 본고에서는 객관성을 고려해 '인터넷 글쟁이'라는 호칭은 사용하지 않을 것이다.

대부분 우연히 인터넷문학 창작의 길에 들어선 인터넷작가들은 인터넷에서 마치 채팅을 할 때처럼 여러 아이디를 바꿔가며 등장해 아무 구속 없이 자유로운 스타일로 글을 쓰고 거리낌 없이 독자들과 공유하며 의견을 나눈다. 인터넷 글쓰기의 이런 자유에 관해 유명 인터넷작가 리쉰환은 순문학의 글쓰기와 비교하여 아래와 같이 말했다.

> 과거의 문화체제에서 문학은 전문 작가, 편집자, 평론가들의 일에 속했다. 그 창작과 발표, 평론은 흥미진진하기는 해도 부지불식간에 '보통 사람'들로부터 갈수록 멀어졌다. (…) 지금 우리에게는 인터넷이 생겼고 그래서 번번이 밤늦도록 원고지를 채우고, 편집자에게 발송하고, 회답을 기다리고, 글을 손보는 등의 복잡한 작업이 불필요하게 되었다. 뭔가 떠오르면 컴퓨터를 켜고 입력한 뒤 전송하면 바로 O.K다.

전통적인 글쓰기와 출판 모델에서는 출판사와 편집자가 '심사자' 역할을 맡아 작품의 주제, 내용, 수준을 엄격히 통제하지만 인터넷 글쓰기에서는 '심사자'의 기능이 미약하므로 인터넷작가들의 글쓰기는 자유로울 수밖에 없다. 상업적인 문학사이트에도 전문적인 인터넷 편집자가 존재하긴 하지만 정치적으로 민감한 제제를 쓰지 않는 한 작품에 대해서는 일절 관여하지 않는다. 작가가 쓰고 싶은 대로 쓰게 내버려둔다. 무조건 인기를 끌고 시장 반응만 좋으면 괜찮다는 입장인 것이다.

이런 인터넷작가들은 네 가지 유형으로 구분된다. 첫 번째는 문인형 작가다. 이 작가들은 순문학의 영향을 깊게 받아 스타일이 진중하고 언어에 꾸밈이 없으며 창작 기교가 능숙하다. '바링허우' 무협 작가인 부페이옌이 바로 그렇다. 스토리성과 문학성을 겸비한데다 높은 학력까지 갖춰 수많은 네티즌의 지지를 받고 있는 그녀는 『무림객잔』武林客棧 시리즈를 통해 이미 전통 무협소설의 범주를 넘어 자신만의 고유한 문화적 배경과 캐릭터를 구축했다는 평가를 받고 있다. 또한 현재 잡지『시월』十月의 부편집장인 인터넷작가 닝컨도 티베트에 관한 연작 수필을 인터넷에 발표하여 그 문학성을 크게 인정받았다. 이 부류의 작가들 중에는 룽인龍吟, 신여우세롼心有些亂, 장후성張虎生처럼 본래 전업 작가였거나 전통 매체에 작품을 발표한 적이 있는 이들도 있다.

두 번째는 이슈형 작가다. 이 부류에 속하는 작가들은 개성이 넘치고 인터넷을 이용한 이미지 마케팅에 능하다. 주로 명성을 얻기 위해 글을 쓰는 이들은 순문학의 유, 무형의 규칙과는 전혀 무관한 전위적 주제와 표현으로 인터넷 공간에서 화제의 인물이 되곤 한다. '미녀 작가' 상아이란尙愛蘭은『섹시한 시대의 작은 레스토랑』性感時代的小飯館으로 룽수샤의 제1회 인터넷문학 공모전 일등상을 받은 뒤로 성, 비정상적인 사랑, 여성 패션 등의 소재를 계속 발굴해『란쯔의 고대 애인』蘭子的古代情人,『사대재녀의 사랑노래』四大才女唱情歌 등의 작품을 연이어 발표했다. 그리고 안니바오베이는 일기체의 사적 담화 형식을 구사해 인터넷 공간에서 멜랑콜리한 분위기를 찾는 네티즌들로부터 각광을 받았다. 헤이커커黑可可, 수이징주롄水晶珠鏈, cieg루빙원[陸秉文] 등도 같은 부류의 작가라고 할 수 있다.

세 번째는 겸업형 작가다. 겸업형 작가란 따로 자신의 직업을 가진 채로 문학을 즐기는 차원에서 인터넷 글쓰기를 진행하는 작가를 뜻한다. 글로 생계를 유지할 필요가 없는 이들은 단지 창작의 즐거움을 만끽하기 위해 자유롭게 상상하고 글을 쓴다. 예를 들어『첫 번째 친밀한 접촉』의 저자 차이즈형은 타이완 청궁대학 수리水利학과 박사반이었고, 닝차이선은 화둥華東이공대학 국제금융학과 전공, 싱위썬은 베이징체신北京郵電대학 박사였으며 톈샤바창은 디자이너 출신이며 현재 투자회사를 운영하고 있다. 그들이 인터넷 글쓰기로 명성을 얻은 것은 완전히 의도하지 않은 결과였다. 그래서 『명나라 이야기』로 유명한 당녠밍위에는 "나는 일이 있으며 글쓰기는 내게 있어서 여가 활동이다. 따라서 작가라는 직함은 정말 감당이 안 된다. 나는 무료해서 글을 좀 쓴 것뿐이다."라고 말하기도 했다. 원래 법학을 전공하고 세관 공무원이었던 이 작가는 여전히 작가라는 칭호를 부담스러워한다.

마지막으로 네 번째 부류는 직업형 작가다. 인터넷문학 작품이 계속 증가하고 그 영향력도 커지면서 명예와 경제적 이익을 추구하는 인터넷작가들도 계속 늘어나고 있다. 그들 중 일부는 취미로 즉흥적인 글쓰기를 하는 형태를 벗어나 아예 직업적인 창작을 하면서 인터넷에 소설을 연재한다. 그러면 유료 연재일 경우 일정한 수익을 거둘 수도 있고 혹시 인터넷에서 원고를 찾는 출판사 편집자의 눈에 띄면 종이책 출간을 할 수도 있다. 이들은 고료를 벌기 위해 창작을 하므로 항상 기민하게 문학사이트나 종이매체의 취향을 포착해 그것에 맞는 글을 써서 조회 수를 높이는 데 주력한다. 집요하게 글을 쓰고 끊임없이 이곳저곳에 송고를 하는 이들의 존재 덕분에 인터넷문학은 번영을 구가하고 있는 것이다.

그런데 오늘날 인터넷작가들은 자신들의 작가적 정체성에 대해 어떠한 자의식을 갖고 있을까? 순문학의 엘리트주의적 작가들은 보통 정규적인 작가 양성 기관에서 엄격한 글쓰기 훈련을 받으며 동시대 문학 이념의 세례를 받고 문학 제도의 일원으로 편입된다. 그들의 작가 의식과 생산하는 작품들은 모두 그들이 습작기부터 교육받고 내재화한 시대적 미학체계의 산물로서 좀처럼 그 영향력에서 벗어나기 힘들다. 이것은 기존 작가뿐만 아니라 작가가 되기를 꿈꾸는 문학도에게도 똑같이 적용된다. 일반적으로 그들은 고유한 문체를 통해 세계와 자신의 내면을 미학적으로 표현하고 그것을 객체화된 독자에게 전달하는 창작 주체를 작가라고 인식한다.

사실 중국 인터넷문학이 산업화되기 이전의 인터넷작가들 중 상당수는 이른바 '문학도'였다. 그들 중 일부는 전통 매체에 작품을 발표한 경력도 있었다. 다만 우연한 기회로 인터넷작가가 되기 전까지 기성문단의 작가로서 별다른 영향력이 없었을 뿐이다. 주로 1970년대 초에 출생한 이들은 엄격한 훈련을 통해 충실한 글쓰기의 기초를 갖췄고 순문학에 대해서도 독립적인 사고와 인식을 갖고 있었다. 인터넷 공간에 들어선 뒤에도 그들은 도시 청년들의 삶을 주된 표현의 대상으로 삼고 어느 정도 첨예한 시대정신을 표출했다. 따라서 그들의 작품은 자연스럽게 인터넷문학의 특징과 순문학의 특징을 겸비했기 때문에 전통 문학이론의 틀 안에서도 연구와 비평이 가능했다. 예를 들어 안니바오베이, 리쉰환, 싱위썬, 무룽쉬에춘, 쟝난, 진허짜이, 옌레이성燕壘生, 왕샤오산王小山 등의 작품이 다 그러했고 순문학 진영의 평론가들이 내놓는 인터넷문학 비평서는 줄곧 이들의 작품을 주된 분석 대상으로 삼아왔다.

1세대 인터넷작가라고 할 수 있는 이 작가들은 상업적 성공과 유명세에도 불구하고 '인터넷작가'라는 자신들의 작가적 정체성에 대해 고민을 금치 못했다. 네티즌 독자들의 수요에 맞춰 써야하는 자신들의 글에도, 전통적인 '작가'와는 구별되는 인터넷작가의 낮은 위상에도 적응하지 못했다. 그래서 2002년 리쉰환은『분장을 하고 무대를 떠나다』粉墨謝場라는 책을 출판하는 방식으로 인터넷 글쓰기에 이

별을 고했다. 그 책의 동명의 자서自序에서 그는 인터넷이라는 '장난
감'에 대한 염증과 '진정한 문학'에 대한 경외로 인해 자신이 인터넷
작가이기를 '포기'하게 되었다고 밝혔다. 그리고 인터넷에서 자유롭
게 글을 쓰고 감정을 발산했던 지난날은 자신의 '인터넷 생활'의 청
춘기였지만 이제는 인터넷에 탐닉하는 단계에서 벗어났다고 말했다.
도시 여성의 세련된 삶을 감수성 있는 문체로 묘사해 인기를 끈 안
니바오베이도 2001년 웹진 기획자를 그만두고 장편소설 창작을 시
작한 뒤로는 스스로 인터넷작가 출신임을 부정하고 전통 출판업계와
손을 잡았다.

　역시 1세대 인터넷작가인 신여우셰룬은 이런 현상에 대하여 "인
터넷 글쓰기의 낮은 문턱은 개성적인 글쓰기를 하루아침에 유명하게
만들어주기는 하지만 토대가 없어서 빨리 사라져버리곤 한다. 그래서
일부 인터넷작가들은 전통 매체로부터 인정을 받고 발언권을 얻고 나
면 곧장 '나를 인터넷작가라고 부르지 말아주십시오'라고 표명한다."라
고 솔직히 토로했다. 이 발언에서 '개성적인 글쓰기'가 인터넷 공간에
서 하루아침에 유명세를 타곤 하지만 '토대'底蘊가 없어 빨리 사라져버
린다는 말이 눈길을 끈다. 여기서 '토대'란 그 '개성적인 글쓰기'를 유
지하고 발전시키는 작가의 잠재력을 뜻하는 듯하다.

　사실 위에서 예로 든 리쉰환과 안니바오베이는 인터넷에서 도시
적인 로맨스나 신변잡기, 유머를 소재로 한 솔직하고 감성적인 단편
소설, 콩트, 수필로 명성을 얻었고 그것들을 모은 작품집을 출판해
베스트셀러를 만들기도 했다. 그렇다면 그들은 이런 '개성적인 글쓰
기'를 계속해나갈 '잠재력'이 부족해 인터넷작가이기를 포기한 것일
까? 이 말은 맞기도 하고 틀리기도 하다.

2004년 전후로 문학사이트마다 유료연재의 수익모델이 도입되고 대형 장르소설이 인터넷문학의 주류가 되기 시작하면서 여전히 부분적으로나마 순문학의 감수성을 갖고 글을 쓰던 1세대 인터넷작가들은 더 이상 인터넷 문단의 헤게모니를 유지할 수 없게 되었다. 인터넷문학의 새로운 추세에 적응할 수 없었던 것이다. 그들은 자신들의 글을 계속 쓸 잠재력은 있었지만 새롭게 장르소설을 쓸 잠재력은 없었다. 그래서 어쩔 수 없이 줄어든 입지에 만족하며 계속 인터넷 글쓰기를 하거나무룽쉬에춘, 순문학 창작에 뛰어들거나안니바오베이, 아니면 출판기획 같은 완전히 다른 분야에 종사하며리쉰환 서로 다른 방식으로 자신들의 '잠재력'을 실현해야만 했다.

2세대 인터넷작가들은 『주셴』, 『고스트램프』, 『도묘필기』 등 화제작이 양산되고 인터넷문학이 본격적인 발전기에 접어들면서부터 출현했다. 대표 작가인 샤오딩蕭鼎, 당녠밍위에, 톈샤바창, 난파이싼수南派三叔, 쥬투酒徒, 쉬에훙, 탕쟈싼사오, 쑤이보주류隨波逐流, 즈츄知秋, 쉬엔위玄雨 등은 대부분 문학도 출신이 아닌, 다양한 경력의 젊은 인터넷작가들로서 오직 인터넷 안에서 자신들의 작가적 재능을 발견하고 성장하였다. 이들은 취미로 인터넷에 글을 올리기 시작해 독자들의 폭발적인 반응을 얻으며 유명 작가로 발돋움했고 도서시장에까지 성공적으로 진입했다. 하지만 기성문단의 반응은 극히 미미하여 1세대 인터넷작가들에게 훨씬 못 미쳤다.

인터넷문학에 우호적인 일부 문학잡지에도 거의 게재된 적이 없다. 이들은 로맨스, 판타지, SF, 무협, 미스터리 등 다양한 장르소설에서 다채로운 표현 형식을 선보였지만 외국 장르소설과 할리우드 영화, 심지어 일본 만화의 영향은 보여도 소위 '문학 고전'으로부터의 영향력은 거의 찾아보기 힘들었다. 따라서 고전을 토대로 체계화된 전통 문학이론으로는 그들의 작품을 적절히 해석할 방법이 없었다. 현재 그들은 여전히 인터넷문학의 주류로서 가장 활발히 작품 활동을 하고 온오프라인 독자들에게 강력한 영향력을 발휘하는 인터넷작가들이다.

위의 인터넷작가들은 대부분 독자적인 작가 의식이나 정체성과 상관없이 인터넷 글쓰기를 시작했다. 개인 취향에 따라 책을 읽고 아이디어를 얻으면 인터넷에 자유롭게 글을 올리곤 했다. 요컨대 독서와 글쓰기를 즐기는 일반 네티즌에 불과했던 것이다. 그러다가 뜻밖에 다른 네디즌들의 반응을 얻어 서서히 인터넷 글쓰기의 가치와 의의를 자각하게 되었고 나중에는 네티즌들의 폭발적인 호평과 상호소통 속에 창작욕이 만개하였다.

위의 사실을 설명해주는 극명한 예로서 톈샤바창 같은 경우는 『고스트램프』를 쓰기 전까지 자신이 5백 자 분량의 업무 보고서조차 쓸 줄 몰랐다고 하며 아래와 같이 자신의 경력을 자술한 바 있다.

나는 겨우 중학교 졸업 학력의 소유자다. 고등학교 2학년이 되었을 때 더는 학업을 계속할 수 없었다. 수학이 언제나 과락이었고 그래서 공부를 그만두고 취업 전선에 나섰다. 처음에는 톈진에서 쟁반을 닦았고 나중에는 남방에 가서 선전의 한 합자기업에서 잡역부 생활을 했다. 그때 일을 하며 본과에 편입, 디자인을 전공했다. 나중에 방송국에 들어가 디자인을 했지만 어떤 일도 잘해내지 못했다. 디자인을 전공하긴 했지만 나란 사람은 정말 공부와는 맞지 않아서 얼렁뚱땅 졸업장을 받기는 했어도 사실 아무것도 못 배웠던 것이다. 일을 못하니 누가 공짜 밥을 먹여줄 리 없었고 그래서 일을 계속할 수 없었다. 나중에는 스스로 장사를 할 수밖에 없었다. 미용실을 하기도 하고 옷을 만들기도 하고 갖가지 장사를 한 끝에 결국 친구들과 톈진에서 금융회사를 열었다. 내 경력은 기본적으로 이렇다.

이런 인터넷작가들은 당연히 순문학 매체에 작품을 발표한 적도, 발표할 능력도 없을 뿐더러 순문학 작품을 읽은 경험도 거의 없다. 따라서 전통 순문학 작가들과는 전혀 다른 미적 취향을 갖고 있다. 몽롱시朦朧詩도 모르고 선봉소설先鋒小說도 이해하지 못하며 이른바 문학적 사명감도 거의 전무한, 문학사적으로 전례 없는 유형의 '글쟁이'작가들인 것이다. 그러므로 이들에게 전통적인 작가 의식을 기대하는 것은 어려운 일이다. 대부분 자신의 작가로서의 정체성에 크게 집착하지 않으며 심지어 작가인 것을 부정하기까지 한다. 일례로 탕쟈싼사오는 어느 인터뷰에서 말하길 "나는 누구에게도 내가 작가라고 말한 적이 없다. 나는 그저 글쟁이, 혹은 자유 기고가, 혹은 인터넷 작자일 뿐이다. 나 같은 종류의 글쟁이는 스스로를 너무 높게 자리매김할 필요가 없다고 생각한다. (…) 단지 사람들이 하루 일을 끝낸 후 내 글을 보고 스트레스를 풀게 할 뿐이다. 그저 사람들을 즐겁게 하려고 할 뿐이다. 나는 나의 위치를 잘 알고 있다."라고 했다.

치뎬중원넷의 대표적인 판타지 작가이며 매달 30만 자 이상의 엄청난 집필 속도로 유명한 탕쟈싼사오는 2004년부터 현재까지 『빛의 자식』光之子, 『광신』狂神, 『주신』酒神, 『금제』琴帝 등 매년 1종 이상의 장편 거작을 꾸준히 발표해온 최고 인기 인터넷작가 중 한 명이다. 더구나 현재는 인터넷작가들을 대표하여 중국작가협회 회원으로 활동하는 명사이기도 한 그가 스스로를 '작가'가 아니고 기껏해야 인터넷 '작자'作者일 뿐이라고 말하는 것이다. 그리고 그가 생각하는 자신의 '글쟁이'로서의 사명은 '사람들을 즐겁게 하는 것'일 뿐이다. 이것이야말로 2세대 인터넷작가들의 작가 의식을 대변하는 발언일 것이다. 그들은 숭고한 이상이나 어떤 계급에 봉사하기 위해 글을 쓰지도, 그런 문학 이념을 배워본 적도 없다. 대부분 평범한 생활인으로 인터넷문단에 입문하여 유명해진 뒤에도 작가로서의 특권의식을 갖지 않고 글쓰기의 의의도 전적으로 재미와 오락에 두고 있다.

이처럼 순문학의 영향력에서 완전히 자유로운, 오늘날의 이 2세대 인터넷작가들은 현재 어마어마한 규모로 인터넷 곳곳에 포진되어 있다. 중국작가협회의 2010년 조사 자료에 따르면, 현재 중국에는 약 1만 개의 문학사이트와 온라인 문학커뮤니티가 있고 각종 형식의 인터넷 글쓰기에 종사하는 인원은 천만 명 이상이다. 또한 중복 가입의 요소를 배제한 채, 지속적으로 창작을 하면서 문학사이트와 계약이 체결돼 있는 작가를 헤아리면 대략 100만 명 정도이다. 그 중에서 1~2만 명이 인터넷 글쓰기를 통해 경제적 수익을 취하고 3~5천 명이 전업 작가인데, 전업 작가 생활을 하는 이들은 월수입이 적은 경우는 1, 2천위엔, 많은 경우는 10만위엔에 이른다. 심지어 월수입이 20만위엔 이상인 인터넷작가도 있다. 전체적으로는 월수입 3~5천위엔인 인터넷작가가 가장 많다. 그리고 순문학 작가들이 대부분 대도시나 중형 도시에 많이 사는 반면, 인터넷작가들의 거주 지역은 매우 광범위하다. 현성縣省 거주자도 많고 심지어 산간 지역에 사는 사람도 있다.

엘리트의식과 특권의식이 배제된, 생활인으로서의 작가 의식과, 인원과 지역적 한계를 초월한 작가 분포, 그리고 시대와 체제 제약적인 문학 이념과는 거리가 먼 오락 위주의 글쓰기 지향까지 중국 인터넷작가들은 어떤 의미에서 문학의 민주화를 실현하고 있다.

2) 객체: 네티즌 독자

중국 인터넷문학은 전혀 새로운 개념의 작가군인 인터넷작가들을 탄생시켰을 뿐만 아니라 문학 전파의 객체인 독자의 성격도 바꿔놓았다. 일명 '네티즌 독자'라고 할 수 있는 그들은 인터넷문학을 읽으면서 일반 종이책 독자는 접근 불가능한 새로운 체험 속에 자연스럽게 변화되었다.

첫째, 인터넷문학은 수많은 네티즌을 매료시켜 문학 독자의 규모를 전례 없이 확장시켰다. 인터넷문학의 대중성과 낮은 진입 장벽, 그리고 내용의 비전통성이 문학 소비 독자의 범위를 크게 확대한 것이다. 지난 20여 년간, 인터넷문학은 5천만 명 이상의 네티즌 독자들을 확보하였다. 그 결과, 조회 수가 수백 만 회가 넘는 인터넷소설이 심심치 않게 탄생하곤 한다. 예를 들어 톈샤바창의 『고스트램프』는 조회 수 600만 회를 기록하였고 종이책으로 나와서는 무려 1백만 권이 팔렸다. 이른바 '도굴소설'의 대표작으로서 미스터리와 괴담이 어우러진 이 판타지소설의 독자층은 상당히 넓어서 연령, 신분, 문화적 수준 모두 다양한 스펙트럼을 보인다.

둘째, 인터넷문학은 또한 많은 독자들의 독서 습관과 독서 방식을 '스크린 리딩'으로 바꿔놓았다. 인터넷문학의 매체는 전자 및 디지털 기술을 특징으로 하는 국제 인터넷망이다. 이것은 인쇄물, 라디오, TV 같은 전통 매체들의 장점을 아울러 문자, 이미지, 소리, 사진 등 전파 수단들을 유기적으로 결합시킴으로써 텍스트 안에 소리, 사진, 음악 등을 새겨 넣는 것이 가능하게 만들었다. 물론 모든 인터넷문학이 멀티미디어 기능을 이용하는 것은 아니지만 어쨌든 인터넷문학을 읽을 때 독자들은 종이책을 읽을 때보다 훨씬 더 강한 감관의 자극을 느끼게 마련이다. 텍스트만 감상하더라도 여러 개의 창을 띄워 동시에 여러 작품을 보거나 링크 기능으로 관련 작품을 추적하거나 마음에 드는 작품의 추천 스위치를 클릭하는 것 등은 모두 독서에 역동적인 즐거움을 가미시킨다. 이처럼 인터넷은 문학의 표현력과 독서의 경험을 더 생생하고 흥미롭게 만들어서 인터넷문학을 누구나 읽고 즐기고 싶은 것으로 만들었다. 바로 이 점으로 인해 인터넷문학의 독자는 필연적으로 '대중 독자'일 수밖에 없는 것이다.

셋째, 인터넷문학의 쌍방향성으로 인해 네티즌 독자들은 진정으로 인터넷작가의 대화를 실현할 수 있게 되었다. 과거의 소설은 작가의 의지가 지배하는 '독백'의 문학 양식이었다. 독자는 일방적인 수용자일 뿐 작가와 소통하거나 작가의 글쓰기에 관여하는 것은 전혀 불가능했다. 오직 작가와의 대면 접촉이나 비평 매체를 통해 사후적인 코멘트를 할 수 있을 뿐이었지만 그것조차 소수의 운 좋은 독자에게만 기회가 돌아갔다. 하지만 인터넷문학에서는 인터넷작가와 독자 사이에 평등하고 전면적인 대화가 실시간으로 가능하다.

구체적으로 보자면, 인터넷작가들은 보통 온라인 화면에서 직접 글을 쓰거나 문서 소프트웨어로 작성한 글을 업데이트한다. 하지만 어떤 경우든 보통 자신이 연재하는 문학사이트에 계속 접속된 상태이다. 따라서 불특정 다수의 독자들과 항상 같은 공간에 있는 것이나 다름없기 때문에 괜히 불안해하며 오래 기다릴 필요 없이 업데이트 후 단 몇 초면 독자들이 자신의 글을 좋아하는지, 좋아하지 않는지 알 수 있다. 때로는 독자들이 작가의 향후 스토리에 관한 구상을 돕거나 팁을 주기도 한다. 그래서 많은 작가들이 독자들과 실시간으로 토론하며 작품을 써나가며 이런 이유 때문에 대부분의 인터넷문학은 많든 적든 집단 창작의 성격을 갖는다.

인터넷문학의 독자는 이처럼 작가의 창작에 적극적으로 참여하고 영향력을 발휘한다. 그리고 그 과정에서 일부는 자신도 글을 쓰고 작가가 되고픈 욕망을 느끼곤 한다. 여기에 진입 장벽이 낮은 인터넷 문단의 특성이 작용해 실제로 많은 독자들이 비교적 손쉽게 작가로 변신하고 있다. 중국 SF판타지소설의 대표작『소병전기』의 작자 쉬엔위도 인터넷문학의 열혈독자에서 하루아침에 작가로 탈바꿈한 경우이다. 그는 술회하기를 "제가 책을 쓰기 시작한 것은, 온종일 인터넷에서 책을 읽다가 그 책들이 늘 절반 정도만 연재되다가 뒷부분이 어떻게 되었는지 없어서 직성이 풀리지 않았기 때문입니다. 그래서 시험 삼아 직접 글을 쓰게 되었습니다."라고 했다. 이때 쓰기 시작한 작품이 그의 2001년 작『몽환공간』夢幻空間이다.

쉬엔위 같은 사례는 인터넷문단에서 아주 흔히 발견된다. 매일 인터넷에서 재미있는 작품을 찾아 읽으며 밤을 지새우던 독자가 나중에는 더 이상 재미있는 작품을 찾을 수 없어 결국에는 직접 글을 쓰고 작가로 데뷔하는 것이다. 물론 모든 독자가 작가로 변신할 수 있는 것은 아니다. 작가 변신에 성공하고 다른 독자들의 호응까지 끌어내는 독자는 이미 '스토리 중독자'이며 네티즌 독자들이 어떤 스토리를 갈구하는지 그때그때 정확히 파악해 작품 집필에 반영한다. 자신이 원래 독자였고 작가가 된 지금도 여전히 그 정체성을 유지하므로 가능한 일이다.

결론적으로 인터넷문학의 독자는 문학의 수용자이면서 어느 정도 생산자의 역할을 한다. 기성문학의 독자들은 일방적인 수용자일 수

밖에 없지만 그들은 언제든 인터넷작가와 소통하며 생산적인 의견을
반영하거나 심지어 직접 습작을 발표하면서 독자-작가의 역할 전환
을 체험한다. 아마도 이런 역할 전환의 게임이야말로 문학의 소비에
서 누릴 수 있는 최고의 즐거움일 것이다.

앞에서 언급한 대로 현재 중국 인터넷문학의 주류는 대중문학인 장르소설이며 장르소설의 핵심인 무협, 판타지, 로맨스는 대상 혹은 외부 현실에 대한 객관적인 묘사보다는 독자들의 탈역사, 탈현실의 욕망을 충족시키는 가상현실과 도식적 서사모델을 구축하는 데에 주력한다. 그리고 여기에 전형성과 도식성의 한계 안에서도 스스로를 차별화하려는 인터넷작가들의 노력이 더해져 다양한 하위 장르소설들이 생겨났고 지금도 계속 탄생하고 있다. 또한 장르소설 외에 인터넷문학의 온라인 글쓰기의 특성이 직접적으로 반영된 몇 가지 실험소설도 그 수효나 인기도와 관계없이 거론할 만한 가치가 있다. 이번 장에서는 이런 점들에 유의해 중국 인터넷문학을 구성하는 다양한 장르들을 체계적으로 분류하고 그 중 중요한 것들의 특성과 글쓰기 경향을 소개하고자 한다.

중국인터넷문학의분류와장르들

　녜칭푸聶慶璞는 1998년 중국 인터넷문학 사상 최초로 대중적 성공을 거둔 차이즈형의 로맨스소설『첫 번째 친밀한 접촉』을 비롯해 무협소설『쿤룬』昆侖, 판타지소설『고스트램프』등 역대 유명 인터넷문학 26편에 대한 평론서를 내면서 중국 인터넷문학의 범주를 총 10가지로 분류했다. 그 내역을 보면 현실생활, 도시로맨스, 캠퍼스, 청춘, 패러디戱仿, 역사, 시공초월穿越, 무협, 판타지奇幻, 수도修真, 미스터리懸疑 등이 있다.

　위의 분류는 중국 대중소설의 기존 5대 범주판타지, (도시)로맨스, 무협, 미스터리, 역사를 내세우면서 따로 중국 인터넷문학에서 특히 발달한 신종 장르캠퍼스, 청춘, 시공초월, 수도, 패러디를 포괄하는 유연성을 보여준다. 더구나 '현실생활'이라는 범주를 설정하고 무룽쉬에춘의『청두여, 오늘 밤 나를 잊어다오』成都, 今夜請將我遺忘, 예팅위葉聽雨의『분장』臉譜, 쉬에예빙허雪夜冰河의『집이 없다』無家 등 현실 비판과 역사 회고의 성격이 강한 작품들을 소개함으로써 인터넷문학이 현실과 괴리된 오락물일 뿐이라는 주류 문단의 시각을 교정하려 했다.

　하지만 독자 연령과 작품 배경의 차이에 근거해 로맨스소설을 도시로맨스와 캠퍼스, 청춘, 이 양대 범주로 병립시킨 것, 그리고 모티프의 고유성만을 주목해 판타지나 로맨스의 지류라고 할 수 있는 시공초월 소설을 독립 범주로 설정한 것은 논란의 여지가 있다. 비록 문학적 수준은 상대적으로 높지만 수량과 대중성 면에서 부족한 패러디 소설을 따로 독립범주로 삼은 것도 의문스럽다. 이는 녜칭푸 자신의 정통 문학연구자로서의 한계에서 비롯된 결과이다. 그리고 무엇보다도 위의 분류법은 매우 평면적이다. 먼저 상위 범주를 정하고 그 밑에 각각의 하위 범주를 열거해 입체성과 다양성을 확충할 필요가 있다.

그러면 현장에서 직접 콘텐츠를 제공하는 문학사이트에서는 어떤 분류법으로 독자들에게 선택의 편의를 제공하는지 살펴보기로 하자. 중국 최대의 문학사이트 치뎬중원넷은 2009년 7월 23일 회원들에게 「치뎬 서고 분류 조정에 관한 통지」起點書庫分類調整的通知를 전달했다. "서고 내 작품이 계속 증가하고 내용도 계속 풍부해져 기존의 작품 분류로는 이미 방대한 독자들의 수요를 충족시킬 수 없어서 최근의 이슈에 근거, 새로 분류에 조정을 가합니다."라고 하면서 아래와 같은 조정안과 설명을 제시했다.

1. 기환(奇幻)

마법학교: 가상세계에서 서양적인 배경 아래 마법이나 기사의 지식 등을
　　　　　전수하는 학교 생활을 묘사한 작품.

서양기환: 서양 판타지소설의 체계를 참조하여 주로 검술과 마법 계열의
　　　　　풍격을 지닌 환상소설.

2. 현환(玄幻)

도시생활: 현대 대도시에서 일어나는 감정, 생활, 사업을 묘사한 작품.

동양현환: 주인공이 중국인이며 마법, 법술이나 가상세계를 주로 묘사한
　　　　　환상소설.

이계전쟁: 주인공이 중국인이며 가상세계에서의 전쟁이 주제인 작품.

이계대륙: 현실과 완전히 다른, 서양 중세 배경을 포함하는 가상세계에
　　　　　서 전개되는 이야기.

상고신화: 각종 신화에서 연역해낸, 서양이나 동양의 특색을 지닌 상고
　　　　　시대 이야기.

이계모험: 주인공이 중국인이며 가상세계에서의 모험을 주제로 한 작품.

3. 무협

전통무협: 신파무협(新派武俠)의 맥을 계승하여 무공으로 의로운 행적을
펼치는 무협세계를 그려낸 작품.

낭인, 협객: 무협세계에서 주인공이 자신의 꿈과 천도(天道)를 추구하기
위해 부단히 노력하는 내용의 작품.

4. 선협

고전선협: 중국을 배경으로 하여 선도(仙道)의 추구와 선계(仙界)의 다툼
을 묘사한 작품.

기환수도: 수련법을 사용하여 우주나 행성 사이에서 신선의 경지에 진입,
허공을 날아다니는 작품.

현대수도: 현대 도시에서 옛날 신선 수련법을 이어받아 계속 발전시키는
내용을 담은 작품.

5. 로맨스

직장, 자기계발: 직장 사무직 남녀의 분투와 삶의 애환을 다룬 작품.

애정, 결혼: 현대의 현실사회를 배경으로 가정의 윤리, 고부관계, 결혼생
활의 감정 등을 그려낸 작품.

가상역사: 가상세계의 왕조에 사는 주인공이 삶의 부침을 겪으며 자신과
타인의 운명을 바꾸는 이야기.

괴담: 요괴, 귀신, 비술을 가진 도사 등이 등장하는 민간의 기이한 이야기.

은원, 복수: 대가문의 은원 관계, 복수와 살인, 자객 등을 배경으로 한 작품.

미스터리: 셜록 홈즈 같은 탐정이 이끌어가는 추리물.

이계대륙: 현실과 완전히 다른, 서양 중세 배경을 포함하는 가상세계에
서 전개되는 이야기.

서양기환: 서양 판타지소설의 체계를 참조하여 주로 검술과 마법 계열의
풍격을 지닌 환상소설.

청춘, 캠퍼스: 현대 캠퍼스에서의 생활과 공부를 다룬 작품.

6. 도시

직장, 자기계발: 직장 사무직 남녀의 분투와 삶의 애환을 다룬 작품.

도시생활: 현대 대도시에서 일어나는 감정, 생활, 사업을 묘사한 작품.

초능력: 현실에서 초능력을 얻은 주인공이 자신의 삶을 바꾸는 이야기.

관장(官場): 시대적 변천 속에서 관료사회에 있는 주인공이 음모, 암투 등을 겪고 실행하는 이야기.

청춘, 캠퍼스: 현대 캠퍼스에서의 생활과 공부를 다룬 작품.

비즈니스: 현대 비즈니스계의 창업, 증시, 금융 등의 영역에서 충돌하며 살아가는 이야기.

7. 역사

가상역사: 가상세계의 왕조에 사는 주인공이 삶의 부침을 겪으며 자신과 타인의 운명을 바꾸는 이야기.

역사전기: 역사적 사실을 바탕으로 옛날 왕조의 역사와 역사적 인물의 전기를 기술한 작품.

진한삼국: 고대 진나라, 한나라, 삼국시대를 배경으로 하는 허구적 작품.

8. 군사

군대생활: 현대의 각종 군인들의 생활과 훈련을 다룬 작품.

군사전쟁: 현실의 군사전쟁을 소재로 한 작품.

가상전쟁: 현대의 가상의 시공간에서 일어나는 군사전쟁을 묘사한 작품.

9. 게임

게임대결: 프로게이머나 게이머 집단이 승부를 겨루는 작품.

가상게임: 가상현실게임, 미래세계의 인터넷게임을 다룬 작품.

게임생활: 프로게이머의 온오프라인 게임 활동을 다룬 작품.

10. 스포츠

체육경기: 전통 체육경기에서 시합과 운동선수의 성장을 다룬 작품.

농구: 농구경기를 배경으로 하여 농구선수의 성장을 다룬 작품.

축구: 축구경기를 배경으로 하여 축구선수의 성장과 축구팀 운영을 다룬 작품.

바둑: 바둑경기를 배경으로 하여 바둑기사의 성장을 다룬 작품.

11. SF

도시생활: 현대 대도시에서 일어나는 감정, 생활, 사업을 묘사한 작품.

고대기갑: 고대 무술과 기갑을 소재로 한 작품.

미래세계: 미래세계를 배경으로 한 작품.

사이보그: 인공지능과 과학이 탄생시킨 허구적 생명에 관한 작품.

우주전쟁: 우주전쟁을 배경으로 한 작품.

12. 미스터리

공포: 심장박동을 자극하고 시선을 잡아끄는 무시무시한 이야기.

괴담: 요괴, 귀신, 비술을 가진 도사 등이 등장하는 민간의 기이한 이야기.

추리: 셜록 홈즈 같은 탐정이 이끌어가는 추리물.

대단히 풍부하고 세분화된 위의 분류는 12개의 대범주와 49개의 소범주로 이뤄져 있다. 2009년에 확정된 이 분류법이 현재까지도 치뎬중원넷에서 통용되고 있는 것을 보면 작가들과 독자들 사이에서 어느 정도 효율성을 인정받고 있음을 미루어 짐작할 수 있다. 그런데 위의 분류법은 비록 녜칭푸의 그것보다는 훨씬 입체적이고 세밀하기는 하지만 실제 독자들의 편의와 치뎬중원넷의 특성을 우선시하여 고안된 까닭에 외견상 논리적인 모순을 안고 있다. 그것은 바로 몇 가지 소범주의 대범주화와 소범주의 중복 현상이다.

먼저 마법, 가상세계, 모험, 초인적인 능력 등의 제재를 공유하는 판타지소설幻想小說을 굳이 기환소설과 현환소설의 두 가지 대범주로 나눠놓은 것이 눈에 띈다. 사실 '기환'奇幻과 '현환'玄幻 두 단어는 사전적으로 보면 본질적인 차이가 없다. 실제로도 독자들 사이에서 기환소설과 현환소설은 똑같이 판타지소설의 의미로 혼용되고 있다. 다만 현환소설의 사용 빈도가 더 높으며 영어 'fantasy'의 직접적인 번역어로는 '기환'이 상대적으로 더 자주 사용될 뿐이다. 그런데 이 작은 차이를 이용하여 치뎬중원넷은 『반지의 제왕』과 『해리 포터』시리즈를 대표로 하는 서양 판타지소설의 도식과 장치를 원용하고 주인공과 배경을 서양식으로 설정한 작품들을 따로 기환소설이라는 대범주에 넣었다. 그리고 현환소설에는 배경이 현실세계이든 가상세계이든 중국인이 주인공이거나 고대 중국신화 등의 중국적 특색이 가미된 작품들을 배치하였다.

논리적으로 보면 판타지소설을 대범주로 놓고 그 하위에 기환소설과 현환소설을 소범주로 배치하는 것이 온당한데도 굳이 기환소설과 현환소설을 각기 대범주로 정해 병립시킨 데에는 치뎬중원넷의 특성과 상업적 고려라는 두 가지 원인이 있다. 치뎬중원넷은 종합문학 사이트이기는 하지만 자타가 공인하는 최고의 판타지소설 사이트다. 홍슈텐샹과 진쟝위엔촹넷 두 사이트가 로맨스소설이 강세인 것과 마찬가지로 치뎬은 수록 작품과 독자들의 선호도에 있어 판타지소설의 비중이 절대적이다. 이는 치뎬중원넷의 전신이 2001년 설립된 판타지작가 동호회 '현환문학협회'玄幻文學協會였다는 사실로 인해 태생적으로 결정지어졌다. 주요 소속 작가 대부분이 판타지작가였고 대형 히트작도 『소병전기』, 『고스트램프』, 『성신변』星辰變 등 판타지소설이 주종을 이루면서 치뎬중원넷은 중국 인터넷판타지소설의 대명사로 떠올랐다.

이로 인해 유, 무명의 판타지작가들과 판타지 독자들이 집중되고 판타지 연재작이 양과 다양성에서 모두 최고조에 달하자 치뎬중원넷은 판타지소설의 대범주를 기환소설과 현환소설, 두 가지로 설정하고 로맨스, 군사, 도시, 역사, 미스터리 등 기타 대범주 밑에도 판타지와 연관된 소범주를 추가했다. 로맨스 란의 가상역사, 이계대륙, 서양기환, 그리고 군사 란의 가상전쟁, 도시 란의 초능력, 역사 란의 가상역사, 미스터리 란의 공포와 괴담 등은 사실 모두 판타지소설이다. 나아가 대범주인 수도소설과 SF소설 역시 엄밀히 말하면 판타지소설에 속한다.

치뎬중원넷의 이러한 판타지소설 위주의 분류 방식은 당연히 그 배후에 상업적 계산이 숨어 있다. 판타지소설과 연관된 범주를 최대화하여 판타지작가와 판타지독자의 참여도를 높이는 동시에 기타 장르 작가 및 독자의 판타지소설에 대한 접근성도 개선시킨 것이다. 이런 분류가 현실적으로 가능한 것은 현재 중국 인터넷문학의 활발한 장르 혼성, 이른바 '퓨전 현상'때문이기도 하다. 예컨대 퉁화_{桐華}의 로맨스소설 『보보경심』_{步步驚心}은 판타지소설의 '시공초월' 장치를 결정적인 모티프로 사용하여, 현대의 직장 여성이 타임 터널을 통해 청나라 강희제의 왕궁에 떨어진 후 일어나는 흥미로운 에피소드를 그렸다. 거꾸로 쉬엔위의 판타지소설 『소병전기』는 청춘 로맨스의 구도를 작품 속의 중요한 요소로 배치하였다.

이와 마찬가지로 무협과 로맨스, 판타지와 군사, 미스터리와 SF 등 서로 다른 장르들의 고유 문법이 극히 자유롭게 상호 차용되고 있는 상황이다. 심한 경우에는 한 작품 안에 여러 장르의 문법이 공존하기도 한다. 쟝난_{江南}의 판타지소설 『용족』_{龍族}을 보면 게임에 빠져 살던 주인공 루밍페이_{路明非}가 용과 싸울 전사를 양성하는 미국의 비밀 대학에 입학해 혹독한 군사 훈련을 받은 후 마침내 거대한 용과 맞서게 되는 일련의 과정을 그렸다. 그 과정에는 판타지, 군사, 로맨스, 게임의 요소가 동시에 존재한다. 이런 작품의 경우에 그것을 어떤 범주에 귀속시킬지는 전적으로 인터넷 편집자_{網編}의 결정에 달려 있다. 아마도 인터넷 편집자는 각 장르의 요소 중 어떤 것이 가장 결정적으로 작품의 정체성 형성에 기여하는지 주관적으로 판단하고, 여기에 상업적 고려를 한 뒤 그 작품을 특정 범주에 집어넣을 것이다.

마지막으로 치롄중원넷식 분류법에 나타나는 소범주 중복 현상은 위에서 논의한 여러 문제들, 즉 치롄중원넷의 판타지소설 중시, 작가 및 독자 확대를 위한 상업적 고려, 중국 인터넷문학의 퓨전 현상이 종합적으로 작용한 결과다. 소범주인 도시생활은 현환 란, 도시 란, SF 란에 모두 존재하며 서양기환은 기환 란과 로맨스 라에, 이계대륙은 현환 란과 로맨스란에, 그리고 청춘, 캠퍼스는 로맨스 란과 도시 란에 모두 동시에 존재한다. 역시 독자들의 선택 범위를 넓혀주는 효과는 있지만 논리적 모순에 대한 지적을 피하기는 어렵다. 요컨대 치롄중원넷의 인터넷문학 분류법은 중국 인터넷문학의 생산과 유통 현장의 특수성과 다양성을 반영하고 있다는 장점이 있기는 하지만 그 비논리성으로 인해 연구의 도구로 사용하기에는 적합지 않다.

본 논문은 위에서 소개한 녜칭푸의 분류법과 치롄중원넷의 분류법을 참고하여 비교적 체계적이면서도 중국 인터넷문학의 다양성과 고유한 문학적 가치를 반영하는 새 분류법을 아래와 같이 제시하고자 한다.

1. 로맨스소설: 1) 일반로맨스소설 2) 청춘로맨스소설 3) 판타지로맨스소설
2. 무협소설: 1) 일반무협소설 2) 선협소설
3. 판타지소설: 1) 일반판타지소설 2) SF소설 3) 게임소설
4. 미스터리소설: 1) 공포소설 2) 추리소설
5. 역사소설: 1) 일반역사소설 2) 가상역사소설

6. 군사소설: 1) 일반군사소설 2) 가상군사소설
7. 현실소설: 1) 일반소설 2) 직장소설 3) 관장(官場)소설
8. 실험소설: 1) 패러디소설 2) SMS소설 3) 릴레이소설

이 분류법도 중국 인터넷문학의 다양한 스펙트럼을 전부 담아내기는 힘들다. 예를 들어 농구, 바둑, 축구 등의 스포츠소설은 낮은 비중을 감안해 따로 카테고리를 만들지 않았다. 하지만 적어도 도굴소설, 후궁後宮소설, 초능력소설, 시공초월소설 같은 복잡한 제재별 범주는 지양하였으며, 일반소설과 실험소설을 따로 분류하여 비록 열세이긴 하지만 비非 장르소설도 인터넷문학 안에 존재한다는 것을 강조하였다. 특히 상업화 이전의 인터넷문학에서는 일반소설이 큰 비중을 차지하였다.

이어서 다음 절에서는 오늘날 중국 인터넷문학에서 가장 각광 받고 있는 장르소설과, 인터넷 글쓰기의 특성을 가장 잘 드러내는 실험소설에 관해 기술할 것이다.

현재 인터넷문학의 하위 장르들 중 발표작과 마니아 독자의 숫자가 제일 많은 것은 역시 무협, 판타지, 로맨스로 대표되는 장르소설類型小說이다. 전체 인터넷문학 창작에서 이 장르소설의 점유율은 무려 90%를 상회한다. 아래의 표를 보면 그 인기를 확인할 수 있다. 2010년 8월 7일 대형 문학사이트들의 수치를 수집, 종합해 집계한 인터넷소설 총 조회 수 1위부터 10위까지의 명단이다.

표5. 2010년 8월 7일 주요 문학사이트 조회 수 1위~10위의 소설 명단

순위	작품	작가	유형	사이트
1	반룡(盤龍)	워츠시훙스(我吃西紅柿)	현환(玄幻)	치뎬중원
2	하늘을 격파하다(鬥破蒼穹)	톈찬투더우(天蠶土豆)	현환	치뎬중원
3	구정기(九鼎記)	워츠시훙스	무협	치뎬중원
4	제로에서 시작 (從零開始)	레이윈펑바오(雷雲風暴)	가상게임 (虛擬網遊)	훙슈톈샹
5	더뤄대륙(鬥羅大陸)	탕쟈싼사오	현환	치뎬중원
6	범인수선기(凡人修仙記)	왕위(忘語)	기환수도 (奇幻修真)	치뎬중원
7	아기아빠는 누구(寶寶他爹是哪位)	마한(馬涵)	로맨스	샤오샹수위엔
8	신묘(神墓)	천둥(辰東)	현환	치뎬중원
9	성신변(星辰變)	워츠시훙스	기환수도	치뎬중원
10	악마법칙(惡魔法則)	탸오우(跳舞)	현환	치뎬중원

현환, 가상게임, 기환수도는 모두 판타지소설에 속한다. 현환은 정통 판타지소설이며 가상게임과 기환수도도 각기 게임의 세계관과 도교의 연단법煉丹法을 응용한 판타지소설의 일종이다. 따라서 10편 중 무려 8편이 판타지소설인 셈이며 무협소설 1편, 로맨스소설 1편

을 합하면 1위부터 10위 전체를 장르소설이 석권하였다. 간혹 류류_{六六}의 『양면테이프』, 『누추한 집』 같은 일반소설이 큰 인기를 끌 때도 있지만 그런 경우는 극히 드물다.

인터넷문학은 기본적으로 상상력의 문학이며 우리의 현실과 전혀 다른 세계를 창조하는 데에 매력이 있다. 사람들이 현실에서 경험해보지 못한 감동, 현실에서 찾기 어려운 꿈을 독자들에게 선사한다. 무협, 판타지, 로맨스 같은 장르소설은 인터넷문학의 이런 매력을 가장 잘 구현하는 장르들이다. 그래서 본 절에서는 오늘날 인터넷문학의 주류인 장르소설의 현황을 소개하는 한편, 따로 패러디소설, 릴레이소설, SMS소설을 실험소설이라는 카테고리로 묶어 설명하고자 한다. 이 실험소설들은 비록 인터넷문학의 주류는 아니지만 기성문학에서는 거의 근접하기 힘든, 인터넷 온라인 글쓰기의 개방성, 쌍방향성, 즉시성, 다원성, 임의성 등의 특징을 실험적으로 구현하였기 때문에 소개할 가치가 있다. 이 소설들을 통해 인터넷이 선사한 기술적 효과와, 적은 비용으로 공적 커뮤니케이션에 참여할 수 있는 자유의 증가가 낳은 기발한 문학 현상을 확인할 수 있다.

1) 장르소설

문학 평론가 샤례_{夏烈}는 말하길 "'장르문학'은 사실 지금까지 느낌상 사회적으로 인정되는 개념이지 이론적인 준비가 이미 충분히 확정된 개념은 아니다. 다시 말해 이것은 '신개념'이다_{그러나 '거짓 개념'은 아니다.}"라고 했다. 여기에서 '장르문학'_{類型文學}이란 인터넷문학이 흔히 인터넷소설과 동의어로 쓰이는 것처럼 역시 장르소설을 뜻한다. 그리고 샤례의 발언에서 보이듯이 '신개념'인 장르소설은 어떤 작가나 비평가가 처음 주창하고 창작의 실천이 이어져 하나의 문학적 카테고리로 굳어진 문학양식이 아니라 그저 사회적으로 인정되고 공유되는 개념일 뿐이다. 즉, 일련의 작품들이 먼저 발생하고 그것들을 아우르는 명칭을 누군가가 고안한 뒤 많은 사람들이 공감하여 사용하면서 일반화된 개념인 것이다.

그 '일련의 작품들'이 무엇이었는지, 또 그 발생 시점은 언제인지는 중국 내에서도 학문적인 정리가 이뤄지지 않아 추정하기 어렵지만 대체로 『주셴』, 『쿤룬』등 다양한 유형의 인터넷문학 작품들이 양산되고 인터넷문학산업이 형성되기 시작한 2000년대 중반부터 장르소설이라는 명칭이 일반화되기 시작한 것으로 보인다. 바로 그때부터 장르소설의 모태인 통속문학, 대중문학과 미묘한 차이를 보이는 작품들이 인터넷 공간에 대거 출현했기 때문이다.

(1) 장르소설의 개념

'장르소설'의 '장르'類型는 본질적으로 작가와 독자간의 문학적 계약으로서 작품의 창작과 감상, 반응의 패턴을 뜻한다. 또한 심리학적으로 보면 작품의 전체적인 창작, 수용, 반응, 그리고 독자들의 내면에 존재하는 미학적 심리모델, 즉 일종의 게슈탈트Gestalt이기도 하다. 그래서 장르소설은 작가와 독자 사이에서 약속된 모종의 규칙 내에서의 창작물이라고 할 수 있다. 다시 말해 이미 형성된, 보편성을 지닌 사회적 미학 규칙 내에서의 창작물이다. 장르소설의 작가와 독자는, 이미 성숙하고 정형화된 미학적 심리와 미학적 요구를 함께 공유하며 이것이 바로 장르소설이 광범위한 대중과 소통하고 그들을 독자로 끌어들이기 쉬운 요인이다.

한편 이러한 개념의 장르소설은 오늘날 중국 문단에서 중요한 위치를 차지하며 그것은 유사한 특성을 공유하는 대중문학과의 관계를 통해 살펴봐야 한다. 대륙의 대중문학은 개혁개방 이후 타이완과 홍콩에서 수입된 진융, 구룽, 량위성梁羽生의 무협소설, 황이, 모런의 판타지소설, 그리고 츙야오瓊瑤의 로맨스소설의 절대적인 영향 아래 인터넷문학 출현 이전에도 활발히 창작되었고 현재도 궈징밍, 한한, 장위에란, 부페이옌 등 종이매체를 근거지로 하는 통속적 성향의 작가, 작품을 보통 대중문학 범주로 분류한다. 그렇다면 대중문학의 주요 속성은 무엇일까?

서구 대중문학 연구의 권위자 베른하르트 짐머만Hans Dieter Zimmermann은 대중문학을 '도식문학'Schema-Literatur이라고 정의하고 문학의 내적 특성으로 인식되는 주관성과 개성에 대해 어떠한 관심도 두지 않는 통속적 문학양식이라고 설명했다. 그러므로 작품에 표현되어 있는 주관의 기호를 탐지하려고 시도하는 기존의 모든 문학비평은 대중문학에 맞지 않다고 지적했다. 여기에서 '도식문학'의 '도식'은 개념상 장르소설의 '장르'와 거의 일치한다.

대중문학은 장르소설과 마찬가지로 작가와 독자가 서로 승인한, 일정한 패턴의 스토리, 표현수법, 제재, 캐릭터를 무한히 반복, 변용하는 문학양식이다. 아울러 일종의 백일몽이며 집단적 꿈을 표현한 문학으로서 독자들의 욕구를 상품화하기 위해 대중들의 상상력과 감수성을 강하게 자극하면서 흥미성을 높이는 기법들을 활용한다. 이 점 역시 장르소설과 기본적으로 일치한다. 이와 같은 유사점으로 인해 바이예는 장르소설이 사실 대중문학 창작의 또 다른 표현 방식이며 대중문학을 문화적 배경과 제재의 종류에 있어 세분화해 각기 일정하게 모델화된 스타일을 부여함으로써 독자들의 다양한 취미를 만족시킨다고 인식했다. 즉, 장르소설을 대중문학의 한 범주로 본 것이다.

그러나 최근에는 정반대로 장르소설의 범주로 모든 대중적 소비문학을 포괄하려는 관점이 우세해지고 있다. 우빙제가 그 대표적인 논자이다.

> 현재 장르소설에 대한 논의는 두 가지 주도적인 경향이 있다. 하나는 전통적인 통속문학과 대중문학의 각도에서 개괄, 검토하는 것이며, 다른 하나는 수로 현재 인터넷에 보이는 장르소실, 즉 현환, 시공초월, 도굴 등을 논의하고 평가하는 것이다. 나는 이 두 가지를 통일하여 역사적, 동태적 관점으로 각종 장르소설로 간주함으로써 장르소설 창작의 여러 규칙성을 인식해야 한다고 생각한다.

이처럼 우빙제가 인터넷소설 중심의 장르소설 연구와 전통적인 대중문학 연구를 종합해 장르소설 연구로 통일시키려는 데에는 합리적인 근거가 있다. 그가 말하는 '장르소설'은 사실 '당대 대중 장르소설'當代大衆小說의 약칭이다.

> '당대'란 오늘날 제기하고 연구하는 대상인 장르소설이 당대의 과학기술 및 자본과 서로 상응하는 문학 창작 형태임을 뜻한다. 그 중 '당대의 과학기술'은 현대적인 인터넷, 출판, 전자통신, 퍼스널컴퓨터 단말기 등 과학기술의 플랫폼과 매체의 출현을 의미한다. 이것들이 현재 장르소설의 발생과 발전에 제공하는 새로운 물질적 기초는 궁극적으로 사람들과 상호작용을 하여 이 시대의 창작과 미학적 습관에 영향을 끼치고 변화를 주었다. 그리고 '자본'은 소비시장의 구축과 발전과 함께 사람들의 소비 욕구에 대한 영

합 및 그 배후의 이윤 추구를 의미한다. 이것은 새로운 창작과 미학 형태를
예민하게 격려하고 조장한다.

위의 서술에서 보이듯이 오늘날 중국 문학의 장에서 장르소설은
문학과 관련된 새로운 기술, 매체, 시장과 밀접한 관련을 갖고 창작,
소비되고 있는 대중적 문학양식으로 인식되고 있다. 주로 인터넷 공
간에서 창출되는 장르소설은 종이책 시장에까지 진출해 베스트셀러
를 양산하는 한편, 강력하고 흡인력 있는 장르와 표현 양식을 고안
해 대중적 문학양식 전체를 선도하고 있다. 반대로 대중문학은 장르
소설과 비교해 그 개념적인 포괄성이 높고 역사적 전통도 풍부하지
만, 실제로 문학 현장에서 쓰이는 용법을 보면 종이책과 대중문학
잡지를 매체로 활동하는 일부 유명 작가들과 그들의 작품에 한정될
경우가 많다. 바로 이것이 원칙적인 의미에서는 장르소설이 곧 대중
문학이고 대중문학이 곧 장르소설인데도 불구하고 실제 문학담론에
서 장르소설이 대중문학을 포괄하는 용어로 선호되기 시작한 원인이
다. 이제 장르소설은 용어 사용에 있어서든 실제 문학 현상에 있어
서든 기존의 대중문학을 대신하여, 사전적인 의미에서의 중국 대중
문학을 대표하는 문학양식으로 인정받고 있다.

(2) 장르소설의 서사적 특성

예술은 현실을 중시하는 예술과 상상을 중시하는 예술, 이 두 가
지로 대별된다. 한쪽은 외부 현실에 대한 객관적 묘사를, 다른 한쪽
은 자유롭고 창조적인 상상력을 중시한다. 이에 맞춰 문학에도 사실
주의 문학과 환상문학의 대립이 있다. 사실주의 문학은 현실을 객관
적으로 반영하려고 하지만, 환상문학은 외부 현실보다는 인간의 창

조적인 상상력을 중시한다.

　장르소설은 완전한 가상의 세계와 초현실적 사건들을 묘사하거나, 현실세계를 배경으로 삼더라도 비현실적 사건을 묘사하는 일종의 환상문학이다. 그런데 작가의 상상력에 의해 새롭게 창조된 세계라 하더라도 우리가 사는 현실 혹은 인간의 정신적 실재와 무관하다면 의미를 가질 수 없고 독자들의 외면을 받게 마련이다. 즉, 아무리 새롭고 기발하게 상상해낸 세계도 우리가 사는 이 세계와의 연관성이 없다면 존립의 근거를 갖지 못한다.

　그러나 장르소설의 가상세계가 실제 현실세계와 맺는 연관성은 당연히 모방이나 파생이 아니다. 그것은 '일탈'이다. 현대인의 탈신비화된 일상을 지배하며 상상력을 길들이는 '합의된 리얼리티'로부터 벗어나려는 일탈의 욕구가 장르소설의 가상세계를 낳는다. 다시 말해 장르소설의 가상세계는 현실세계와 대단히 밀접하면서도 부정적인 관계를 맺고 있는 것이다. 그러면 장르소설은 어떠한 서사전략으로 다양한 가상세계를 만들어낼까? 본고는 패턴화, 카니발화, 혼성화의 서사전략으로 나누어 이를 설명하고자 한다.

　먼저 패턴화의 서사전략에 관해 알아보자. 장르소설은 기본적으로 대중문화의 텍스트이며 대중문화의 모든 서사양식은 대체로 구태의연한 도식성 속에 안주하는 경향이 있다. 그리고 이 도식성은 곧 대중에게 인기 있는 소재나 서사모델이 계속 반복되어 패턴화 현상을 보이는 것을 가리킨다. 장르소설 역시 예외가 아니다. 일련의 패턴들로 장르를 구축하고 구축 뒤에도 그 패턴들을 반복하여 독자들의 기대를 충족시킨다. 장르소설의 독자들은 한결같이 그 패턴들의 반복을 기대하고 그 기대가 충족되었을 때 욕망의 해소를 경험한다.

　　장르소설의 패턴을 구체적으로 살펴보면 우선 주인공 캐릭터의 패턴화가 눈에 띈다. 장르소설의 주인공은 일반소설의 주인공보다 훨씬 더 중요한 역할을 하고 과도하게 강조된다. 보통 그는 약자를 보호하거나 구원하기 위하여 악한이나 장애물과 투쟁한다. 주인공의 이 투쟁은 독자의 투쟁을 대신하는 것이므로 독자들은 자신을 주인공과 동일시하거나 이상화하면서 주인공의 편에 서서 악한과 대결하고 장애물을 극복한다. 이 과정에서 독자들은 자신들의 현실적 한계를 극복하고 싶은 욕망이나 꿈을 주인공의 초월적, 영웅적 행동에 투사해 실현함으로써 통쾌감을 맛본다. 이 같은 이유 때문에 장르소설의 주인공은 독자들의 욕망을 효과적으로 충족시키기 위하여 초월적 존재나 영웅으로 형상화되는 것이 보통이다.

　　펑거凰歌의 무협소설 『쿤룬』昆侖의 주인공 량샤오梁蕭는 무공, 수학, 진법陣法, 군사학에 두루 능통한 문무겸비의 초인이며 그 능력으로 연인 화샤오솽花曉霜과 류잉잉柳鶯鶯을 보호하고 악인 샤오톈쥐에蕭天絶와 필생의 적수 윈수雲殊에 대항한다. 쉬엔위의 판타지소설 『소병전기』의 주인공 탕룽唐龍도 보통 사람을 능가하는 능력과 매력의 소유자다. 어릴 적부터 군인이 되고 싶었던 그는 성적이 안 좋아서 국방대학에 못 들어가고 일개 보병으로 군대에 지원하지만 타고난 눈치와 붙임성, 놀라운 디지털게임 실력을 무기 삼아 슈퍼컴퓨터의 인공 자아인 싱링星靈의 환심을 사고 우주 함대의 항해술과 지휘 전략을 금세 터득하여 놀라운 속도로 군대의 요직에 오른다.

　　판타지 성격의 로맨스소설인 시공초월소설의 대표작 『몽회대청』夢回大淸의 여성 주인공 챵웨이薔薇도 예외는 아니다. 현대에 사는 평범한 소녀였지만 고궁에서 길을 잃고 시간을 거슬러 청나라 황궁에 떨어진 그녀는, 강희제의 네 번째 왕자와 열세 번째 왕자와 삼각관계에 빠지고 결국 네 번째 왕자와 결혼하는 파란을 겪으며 사랑을 이루기 위한 초인적인 의지와 희생정신을 발휘한다.

사실 패턴화의 서사전략에서 캐릭터의 패턴화보다 더 중요한 것은 서사모델의 패턴화다. 예를 들어 무협소설은 주인공이 어릴 때 가문이 해악을 당하고, 그래서 복수를 결심하고, 이어 시련을 겪다가 기적적으로 살아남고, 기연奇緣을 얻어 복수에 성공한다는 패턴의 서사모델을 작품마다 반복한다. 이런 도식화된 순차적 서사구조는 판타지소설과 로맨스소설의 서사모델에서도 유사하게 나타난다. 판타지소설에서는 평범한 청소년이 우연한 기회에 자신의 놀라운 능력을 발견하거나 외부로부터 그런 능력을 부여받아 세계를 위협하는 악의 세력에 맞서 싸우면서 사랑과 진정한 자아에 눈을 뜨고 최종적인 승리를 거두게 된다. 그리고 로맨스소설은 남녀 간의 사랑을 행동과 사건 발전의 중심축으로 하여 사건이 시작되고 종결되는데, 보통 주인공 남녀의 우연한 만남과 연애, 그리고 장애 요인의 발생과 극복, 이어서 사랑의 성취라는 세 가지 요소로 이뤄진 서사모델을 갖고 있다.

무협, 판타지, 로맨스의 이런 패턴화된 서사모델은 중국 장르소설의 신흥 장르인 선협소설, 도굴소설, 시공초월류 소설에서도 기본 구조로 활용된다. 단지 모티프의 차이가 있을 뿐이다. 판타지무협인 선협소설의 대표작 『주셴』은 소년 장샤오판張小凡이 마도魔道와 싸워 이기기까지의 험난한 역정을 역시 무협소설의 전형적인 서사모델에 따라 그려나간다. 시련 극복의 도구가 무공이 아니라 마법과 요술이라는 점이 다를 뿐이다. 이와 유사하게, 도굴소설의 선구적인 작품 『고스트램프』도, 앞서 언급한 시공초월소설 『몽회대청』도 각기 모母 장르인 판타지와 로맨스의 서사모델을 좇으면서 '도굴'과 '타임워프'라는 흥미로운 모티프를 전면에 부각시킬 뿐이다.

그런데 장르소설이 동일 패턴의 캐릭터와 서사모델을 작품마다 반복하는 글쓰기 전략을 구사한다고 할 때, 현재 나날이 높아지는 장르소설의 인기가 납득되지 않을 수도 있다. 일반적으로 소설의 독서 과정은 이후에 전개될 상황에 대한 의문이 독서를 계속하게 하는 주된 원인이다. 그러나 장르소설에 익숙한 독자라면 어느 일부분, 가령 시작 부분만 읽어도 그 이후의 전개나 나아가 전체적인 전개까지도 추측할 수 있다. 예를 들어 『쿤룬』의 초반부에서 주인공 량샤오는 어렸을 때, 어머니의 사부 샤오톈쥐에에 의해 아버지를 잃고 홀로 저잣거리를 헤매는 신세가 되었다가 우연히 비밀 문파 천기궁天機宮의 후계자 화칭위엔花淸淵의 보살핌을 받게 되고 그의 딸 화샤오솽과 친해진다. 장르소설의 독자라면 이 부분만 보더라도 앞으로 주인공이 성장하면서 천기궁의 무공과 비밀을 얻어 절대고수로 성장하고 화샤오솽과 연인이 되리라는 것을 쉽게 짐작할 수 있다. 그러면 이토록 예측이 쉬운, 동일한 성격의 캐릭터와 서사모델을 통해 창작되는 작품들이 어떻게 지속적으로 읽히고 인기를 유지할 수 있을까?

여기에는 두 가지 원인이 있다. 우선 앞에서 언급한 대로 장르소설이 작가와 독자 사이에서 약속된 모종의 규칙 내에서의 창작물이며 그 규칙은 곧 패턴화의 서사전략이라는 것이 첫 번째 원인이다. 독자들은 작가와의 약속을 염두에 둔 채로 장르소설을 읽고 그 약속이 실현되는 것을 보면서 기쁨을 느낀다. 이것은 순문학의 독서와는 전혀 다른 독서 경험이다. 순문학은 끊임없이 독자들의 기대지평을 벗어나려 하며 익숙한 사물과 사건에서 독자들이 낯선 체험을 하게 하는 것을 목표로 삼고 독자들도 그것을 기대한다.

그러나 장르소설은 정반대의 효과를 노린다. 오히려 낯설고 새로운 사물과 사건에서 동일한 체험을 하게 하여 독자들의 기대지평을 충족시키는 것을 지향하고 독자들도 그것을 갈구한다. 그 '동일한 체험'이란 사실 장르소설 독자들이 실제 삶 속에서 실현하기 힘든, 뜻밖의 행운과 엄청난 고난의 극복과 행복한 대단원이다. 이것들은 거의 도달하기 힘든 욕망의 기표이지만 패턴화의 서사전략은 끊임없이 상상 속에서나마 독자들이 그 기표에 도달하게 만든다.

한편, 두 번째 원인은 장르소설이 정해진 패턴들을 항상 적절 '변주'한다는 데에 있다. 예를 들어 장르소설의 서사모델은 매우 제한적이지만 변주의 방법은 무궁무진하다. 동일한 서사모델이라도 이야기의 서사단위들을 어떻게 배열하느냐에 따라 천차만별의 변종을 추출해낼 수 있고, 한 작품에 한 가지 모델만을 고집하지 않고 몇 가지 서로 다른 모델을 동시에 운용하기도 한다.

『소병전기』를 보면 주인공 탕룽은 우주연방군의 잊혀진 부대인 23사단에 홀로 전송되어 로봇 교관들에게 스파르타식 훈련을 받으며 뛰어난 지휘관으로 성장한다. 이것은 무협소설의 '무예 익히기' 서사단위를 판타지적으로 변용한 예이다. 그리고 『쿤룬』에서 화산華山에 은거하던 량샤오가 친구들을 보호하려고 몽골군의 송나라 원정에 참가해 송군과 지략을 겨루는, 7장 '덜컹거리는 수레소리車馬轔轔'부터 12장 '어려운 처지의 끝窮途末路'까지 총 6장 8만 자 정도의 분량은 완전히 '군사소설'의 서사모델을 차용했다. 실제 역사상의 전투였던 양양성襄陽城 전투를 정점으로 하여 몽골군과 송군 사이에 벌어지는 다양한 진법과 용병술의 대결이 펼쳐진다. 이처럼 하나의 서사모델 속에 전혀 다른 장르의 서사단위나 서사모델을 가져와 운용하는 것은 독자들의 싫증을 피하기 위한 장르소설의 전형적인 글쓰기 전략이다.

장르소설의 두 번째 서사전략은 카니발화이며 장르소설 특유의 시공간 설정과 관련이 있다. 현대 문학비평에서 비일상적이며 초현실적인 서사물과 관련해 카니발carnival의 민속학적 개념을 도입한 인물은 잘 알려져 있다시피 러시아의 미하일 바흐친이다.

> 카니발이 진행되는 동안에는 일상적인 삶, 즉 비(非)카니발적인 삶의 구조와 질서를 결정하는 법률과 금지 그리고 제약들이 모두 정지된다. 무엇보다도 여기서는 모든 계급구조 그리고 그것과 관련되는 모든 형태의 공포와 존경심과 경건함과 예의, 다시 말해서 사회적, 계급적 불평등이나 혹은 사람들 사이에 그 밖의 다른 형태의 불평등으로부터 비롯되는 모든 것이 정지된다. …… 카니발의 세계는 종교적이건 정치-사회적이건 혹은 심미적이건 모든 공식적인 제도나 인습 그리고 권위로부터 완전히 자유롭게 해방된, 말하자면 제2의 삶인 것이다.

장르소설 속의 시공간은 카니발의 그것과 거의 흡사하다. 일상을 모사한 시공간이든, 판타지의 시공간이든 현실의 모든 공식적인 제도, 인습, 권위, 나아가 자연계의 법칙까지 무시하고 새로운 질서를 선보인다. 독자들은 이처럼 탈사회적, 탈현실적인 시공간을 적어도 독서 경험 속에서는 현실적으로 받아들이고 인물과 스토리에 몰입한다. 이것은 독자들이 장르소설을 펼쳐들기 전, 각 장르마다 정해진 '약속'을 상기하여 현실세계와 단절하고 작품 속 세계의 새로운 질서를 수용함으로써 한바탕 카니발에 참여할 준비를 마치기 때문이다.

한편, 카니발화된 장르소설 속 시공간의 전형은 역시 무협소설의 공통적인 배경인 '강호'江湖다. 강호는 본래 양자강과 동정호 혹은 삼강오호三江五湖를 가리키는 지리 명사였을 뿐 다른 뜻은 없었다. 그런데 고대 문인들의 작품에서 점차 조정과 상대되는 의미로 은사와 평민들이 머무는 인간세상의 뜻을 가지게 되었고 나중에 무협소설에 차용되어 하나의 가상세계로 굳어졌다. 현실 생활과 단절되고 독립된 이곳에서 협객들은 강호의 은어와 무림의 규범을 만들어내고 경천동지할 무공 대결을 벌인다. 모든 사회적 모순은 선악과 정사의 다툼으로 단순화되며 갈등의 최종적인 해결도 주인공과 악인 사이의 무공 대결로 판가름 난다. 강호 세계의 이와 같은 특성은 일찍이 타이완과 홍콩에서 활약한 진융, 구룽, 량위성, 원루이안溫瑞安 등의 신파新派 무협부터 오늘날 대륙의 인터넷 무협인 샤오돤小緞의 『배설』杯雪, 쑨샤오孫曉의 『영웅지』英雄志, 양판楊叛의 『간단무협』簡單武俠, 수이파오水泡의 『세류진고사』細流鎮故事 란롄화藍蓮花의 『천장등』千帳燈, 칭촨晴川의 『대막응비』大漠鷹飛 등에 이르기까지 모든 무협소설이 지켜온 금과옥조다.

카니발화의 서사전략은 판타지소설과 로맨스소설에서도 어김없이 실천된다. 우선 판타지소설은 그 이름부터 카니발화와 밀접한 관련이 있다. 판타지를 뜻하는 중국어 '현환'玄幻에서 '현'玄은 불가사의하고 상식을 초월하며 황당무계하다는 뜻이다. 그리고 '환'幻은 허황되고 비현실적이라는 의미이다. 사람들은 보통 현환소설이 구축해 낸 세계를 현실과 완전히 다른 '가상세계'架空世界라고 칭한다. 불가능한 일이 없는 이 세계도 강력한 카니발의 성격을 띤다. 역시 자연계의 물리법칙에도, 현실사회의 이성적인 규범에도, 그리고 일상생활의 규칙에도 전혀 제약을 받지 않는다.

2003년부터 2009년까지 무려 6년 간 치뎬중원넷에서 연재된 라오주老豬의 판타지 대작 『쯔촨』紫川의 작중 배경인 가상의 대륙 시촨西川이 바로 그런 세계다. 이곳은 인간과 마족이 공존하는 땅이며 대륙의 패권을 놓고 쯔촨 가家와 린林 가, 그리고 류펑流風 가가 수백 년 간 혈전을 벌이는 무대다. 주인공인 쯔촨 가의 골칫거리 양자 쯔촨슈紫川秀는 냉혹한 이복 큰형 디린帝林과 음험한 쓰터린斯特林의 견제를 받으면서 전장에서 마족과 다른 가문의 군대를 연파해 명장으로 성장하고 나중에는 지방에 할거하던 모든 세력을 병합하는 한편, 류펑 가 가주의 딸 류펑솽流風霜과 결혼하여 시촨 대륙의 통일을 성취한다. 한 편의 거대한 영웅 서사시라고 할 만한 이 작품에서 시촨 대륙은 마치 『반지의제왕』의 '중간계'The Middle Earth에 비견될 만큼 완벽한 판타지 공간으로서 빼어난 초현실적 상상력을 보여준다.

한편 판타지로맨스 장르인 시공초월소설의 카니발화 서사 전략은 주로 여성작가들의 주제 의식과 긴밀한 관계가 있다. 전통 로맨스소설이 남존여비 문화의 흔적을 갖고 있었던 것과 달리 연애서사에서 여성의 주체의식을 강조하는 시공초월소설은 '시공초월'이라는 초현실적 장치를 이용해 카니발의 세계를 구축함으로써 여주인공이 그 속에서 현대 여성의 사유방식, 가치지향, 삶의 목적을 실현해 나가게 한다. 『몽회대청』夢回大淸의 챵웨이薔薇, 『관청사』綰靑絲의 예메이화葉梅花, 『소연몽』瀟然夢의 수이빙이水冰依, 『봉수황』鳳囚凰의 초옥楚玉에서처럼 과거의 역사 세계나 가상세계 속에 떨어진 현대 여성들은 남녀관계에서 피동적인 입장이 아니며 남성에 의지해 자신의 존재 가치를 구현하지도 않는다. 현실과 괴리된 그 상상의 시공 속에서 용감하게 애정과 행복을 추구하면서 여성의 정체성에 대한 현실사회의 도덕적인 속박에서 벗어난다. 그녀들은 보통 독립적이고 자율적인 의식을 소유하며 자존심과 자기애가 강하고 개성이 뚜렷하다.

이러한 시공초월소설이 발전하면서 이른바 '여강문'女強文, '여존문'女尊文 같은 명칭도 탄생했다. 이것은 여성이 남성보다 신분과 권력이 우월한 가상세계를 설정해 이야기를 전개하는 작품들을 뜻한다. 그 가상세계에서는 남녀의 신분관계가 전도顚倒되어 있으며 그곳에서 펼쳐지는 연애서사는 현실사회에서의 불합리한 여성 지위에 대한 작가의 비판적 관점을 보여준다. 심지어 여권지상주의를 강조하는 경우도 있다. 이와 같은 시공초월 연애서사의 경향들은 역시 궁극적으로 카니발화의 서사선략이 넣은 효과라고 말할 수 있다.

이어서 세 번째로 장르소설의 혼성화의 서사전략을 살펴보기로 하자. 혼성화는 장르소설이 대중적인 영향력을 유지, 강화하기 위해 사용하는 핵심 전략이다. 소재, 주제, 서사모델의 고정 패턴이 반복되는 장르소설의 특성상 독자들이 싫증을 내기 쉬우므로 한 작품에서 여러 하위 장르들의 패턴들을 뒤섞어 사용함으로써 다양성을 기하고 독자들의 흥미를 끌어올린다. 이 혼성화의 서사전략은 오늘날 거의 모든 분야의 장르소설이 실천하고 있는 전략이다. 이에 관해 문학평론가 우빙제는 아래와 같이 평했다.

전통 문학에서 시대와 사회정신을 표현하는 사상적 제재가 폐기되고 문학의 깊이가 해체되었다. 대신 인터넷문학은 폭이 넓어지는 경향을 선명하게 드러낸다. 일부 인터넷작가들, 특히 각종 게시판에서 자주 등장하는 인터넷작가들은 보통 자신들의 흥미에 따라 자유롭게 글을 쓰고 포스팅을 한다. 작품의 예술성을 떠나 총체성도 그리 중시하지 않는다. 이로 인해 인터넷문학은 형식적인 면에서 혼성화의 특색을 강하게 드러낸다.

우빙제는 혼성화의 원인을 인터넷작가들의 자유로운 글쓰기와, 작품의 총체성에 대한 홀시로 보고 있다. 실제로 인터넷작가들은 글을 쓰면서 어떤 한 장르의 규칙에만 얽매이지 않는다. 흥미를 발생시키는 데에 필요하다 싶으면 서슴없이 판타지에 무협적 요소를, 무협에 판타지적 요소를, 그리고 로맨스에 역시 판타지적 요소를 가미하며 그것이 반복, 패턴화되면 나중에는 아예 독립적인 혼성 장르가 탄생한다. 수도소설과 선협소설은 무협과 판타지의, 시공초월소설과 후궁소설은 로맨스와 판타지의, 게임소설은 게임 스토리와 판타지의, 도굴소설은 게임, 괴기, 판타지, 미스터리의 혼성 장르다.

그러나 이러한 장르 혼성이 작품의 총체성에 대한 작가들의 홀시에서 비롯되었다는 식의 주장은 온당하지 못하다. 왜냐하면 인터넷 장르소설 작가들은 본래 각 하위 장르들을 상호배타적인 문학양식으로 보지 않고 대부분 장르와 장르를 넘나들며 글쓰기를 해왔기 때문이다. 예를 들어 무협 청설루聽雪樓 시리즈와 정검각鼎劍閣 시리즈로 유명한 창위에滄月는 판타지 『성공』星空과 『여름날의 흰꽃』夏日的白花, 미스터리소설 백라白蝶 시리즈의 저자이기도 하다. 중진 인터넷작가에 속하는 쟝난도 청춘 로맨스소설 『이곳의 소년』此間的少年, 가공 역사소설 『구주표묘록』九州縹緲錄, 판타지소설 『용족』을 차례로 집필해왔고, 육도六道 시리즈로 유명한 여류 무협작가 부페이옌 역시 미스터리소설 『장미제국』玫瑰帝國을 발표한 바 있다.

이처럼 중국 인터넷문학계에서는 오히려 단일 장르의 글쓰기만을 고집하는 작가가 드물 정도이다. 따라서 중국 인터넷작가들은 작품의 총체성에 대한 인식이 부족하다기보다는 처음부터 여러 장르의 글쓰기 규칙에 익숙하고 자유자재로 장르를 바꿔 창작할 수 있는 능력을 갖추고 있기 때문에 혼성화의 서사전략에도 적극적이라고 말할 수 있다.

그런데 장르소설에 속하지 않는데도 오늘날 혼성화의 서사전략에 가장 강력하게 영향을 끼치는 비텍스트적 서사물이 있다. 그것은 바로 디지털게임이다. 인터넷 장르소설의 작가와 독자의 대부분은 1980년대 이후 출생자이다. 이 세대는 감수성의 형성 과정에서 디지털게임에 상당한 영향을 받았다. 그래서 상당수 장르소설의 가상세계가 디지털게임의 서사구조와 흡사해지고 있다. 이런 현상은 특히 판타지 관련 장르에서 가장 확연하게 드러난다.

선협소설의 대표작『주셴』을 예로 들어보자. 소년 장샤오판과 그의 적수인 마도의 인물들은 마장魔杖, 마계魔戒, 마력魔力, 마주魔咒 같은 마법과 요술을 사용해 일련의 대결을 벌인다. 때로는 기이한 괴수, 환수幻獸 등 상상의 요물도 대결 상대로 등장한다. 그리『주셴』에 등장하는 모든 고수들은 정도와 마도를 막론하고 하나씩 고유한 법보法寶를 갖고 있다. 그 중 가장 유명하고 강력한 것은 역시 주인공 장샤오판의 소화곤燒火棍이다. 고수들은 무공이 아니라 이 법보의 위력을 이용해 승부를 겨룬다.『주셴』은 점점 더 강력해지는 고수들과 장샤오판 사이의 끝도 없는 승부의 묘사에 스토리의 대부분을 할애한다.

이와 같은『주셴』의 서사는 확실히 디지털게임의 서사와 흡사하다. 대부분의 디지털게임, 특히 롤프레잉 게임Role Playing Game은 단계별로 경쟁의 강도가 세지거나 목표의 난이도가 높아지는 계단식 구성으로 이뤄진다. 첫 단계에서 주인공이 되어 적을 격파하거나 임무를 성공적으로 수행한 게이머가 잠시 안정 상태를 거친 후 다시 두 번째 단계에서 더 강력한 적대자를 만나는 식으로 게임이 반복된다. 이 과정은 게이머가 결국 악당을 물리치고 평화를 되찾거나 여주인공을 구하는 것으로 완결되는데, 이런 결말의 양식도 장샤오판이 주셴검誅仙劍을 얻어 귀왕鬼王을 죽이고 만민을 구원한 뒤, 애인 쉬에치雪琪와 행복한 결합을 하는 『주셴』의 대단원과 거의 일치한다.

신흥 장르소설인 도굴소설의 창시작 『고스트램프』도 디지털게임과의 친연성을 보인다. 『고스트램프』는 주인공 후바이胡八─가 할아버지가 남긴 풍수지리의 비서秘書를 실마리로 삼아 친구인 뚱보 왕카이쉬엔王凱旋과 함께 중국 대륙 전체를 누비며 숨겨진 보물을 찾는 모험담을 서술한다. 쿤룬산昆侖山 대빙하 밑의 9층 요루妖樓, 중국과 몽골 국경 예런거우野人溝의 관동군 비밀 요새, 타클라마칸 사막 속에 사라진 정절국精絕國 고성, 티벳 고격古格 왕조의 동굴 등 곳곳에 도사리고 있는 함정과 위기를 치밀한 두뇌 회전과 용기로 넘기며 보물을 손에 넣는다. 옴니버스식 구성인 이 소설의 서사구조는 어드벤처 게임의 특성을 연상시킨다.

어드벤처 게임의 장르적 특성은 탐사, 아이템의 수집과 조작, 퍼즐 풀기 등인데, 우선 다양한 공간을 제시하고 게이머로 하여금 그 공간들을 탐색하게 한다. 게이머는 그 공간들을 돌아다니며 게임을 하고 게임 행위의 보상으로 아이템을 얻을 수 있는데, 그런 아이템 중 게임에서 요구하는 것들을 수집하는 것이 임무로 부여되기도 한다. 또한 그 과정에서 사고력을 요하는 퍼즐 풀기가 임무 수행의 관건으로 등장한다. 얼핏 보아도 왕카이쉬엔이 순례하는 비밀의 장소들과 보물이 어드벤처 게임의 공간과 아이템에 해당한다는 것을 알수 있다. 따라서 출판본 8권에 달하는 『고스트램프』는 그 전체가 주인공이 아이템보물을 찾아 비밀의 공간들요새, 고성, 동굴 등을 헤매며 수수께

끼를 풀어가는ₚ퍼즐 풀기 어드벤처게임의 스토리집이나 다름없다.

　이처럼 장르소설의 혼성화 서사전략에서 게임은 무시할 수 없는 요소다. 이것은 위에서 언급한 『주셴』과 『고스트램프』, 심지어 시공초월소설 『몽회대청』까지 나중에 게임으로 각색된 것만 봐도 확인할 수 있다. 처음부터 게임의 구조를 끌어와 무협, 판타지, 로맨스와 혼성화한 작품들이기에 이름이 알려진 후 쉽게 게임으로 전환되었다. 아마도 1980년대 이후 출생한 디지털 네이티브Digital Native들의 삶에서 디지털게임이 가지는 근본적인 중요성을 모른다면 그들이 주도하는 장르소설도 이해하기 어려우리라고 본다.

　위에서 서술한 중국 장르소설의 패턴화, 카니발화, 혼성화의 세 가지 서사전략을 개괄적으로 보면 현대 문학 및 예술의 대표적인 미학 원칙인, 러시아 형식주의의 '낯설게 하기'Defamilarization의 대척점에 위치해 있다고 말할 수 있다. 우리의 지각은 보통 자동적이며 습관화된 틀 속에 갇혀 있고 이로 인해 우리의 일상적 삶과 사물은 본래의 의미를 상실한 채 퇴색되는데, 낯설게 하기는 바로 이러한 자동화된 일상적 인식의 틀을 깨고 낯설게 하여 사물에게 본래의 모습을 찾아주는데 그 목적이 있다.

　문학 창작에서 그 구체적인 예를 본다면 자동화된 사물을 난해한 형식으로 표현함으로써 독자들이 그 사물을 새롭게 지각하고 감동을 획득하게 하는 기법들이 낯설게 하기에 속한다고 볼 수 있다. 이런 점에서 장르소설의 서사전략이 실천하는 미학 원칙은 정반대로 '낯익게 하기'familiarization다. 인터넷작가들이 아무리 기발한 상상력으로 온갖 해괴한 기표들을 생산해내도 패턴화의 글쓰기는 그것들을 무한 반복하여 스테레오타입stereotype으로 전환시키고, 카니발화의 글쓰기는 현실의 모든 법칙이 소거된 진공의 시공간에 독자들을 몰입시켜 그 안의 새로운 질서를 자연스럽게 수용하게 만들며, 혼성화의 글쓰기는 계속 새로운 장르를 만들지만 그것은 기존 장르들의 자기증식일 뿐이어서 독자들에게 '낯익은 신선함'을 가져다줄 뿐이다.

이 '낯익게 하기'의 서사물은 기존 문학 비평가들에게는 하등의 문학적 가치도, 예술적인 존재 의의도 없을 것이다. 유명 비평가 리젠쥔은 2008년 장르소설에 관한 토론회 석상에서 "오락적인 텍스트를 제공해주기는 하지만 이 소설들은 사회 현실과 현격하게 벗어나 있고 사회적 내용도 부족해서 우리들의 마음속 깊은 곳에 오래 영향을 끼치지는 못할 것입니다."라고 발언했다. 그의 말대로 누군가의 마음속에 오래 기억될 만큼 인상적인 장르소설 작품은 거의 없다고 봐야 한다. 오래 기억되는 문학 작품은 역시 정서적 충격을 통해 깊이 머릿속에 각인되는 '낯설게 하기'의 순문학 작품이기 쉽다. 그러나 대중 독자들은 낯설고 신기한 소재를 낯익은 방식으로 가공해 끝없이 제공해주는 장르소설을 더 찾기 마련이다. 장르소설의 인기 있는 스테레오타입들은 결코 에너지가 소진되지 않는다. 그 에너지의 원천은 그 뻔하고 단순한 스테레오타입을 질리지도 않고 무한히 소비하는 바로 그 대중독자들이기 때문이다.

2) 실험소설

중국 인터넷문학의 비주류 장르인 패러디소설, 릴레이소설, SMS소설을 그 대중성의 한계에도 불구하고 따로 '실험소설'이라는 범주에 넣어 소개하는 것은 이것들이 기성문학과는 사뭇 차별화된, 인터넷문학 고유의 문학적 탐색을 감행했기 때문이다. 어떤 것은 표현 기법에서패러디소설, 어떤 것은 문체에서릴레이소설, 또 어떤 것은 인위적인 글쓰기 규칙SMS소설에서 인터넷문학만의 특징을 뚜렷이 표출하며 흥미로운 작품들을 양산했다.

(1) 패러디소설

1990년대 이후 해학과 과장의 수법으로 전통 명작을 임의로 다시 해석하는 것이 갑자기 대중문화계의 유행으로 떠올랐다. 우선 주성치저우싱츠, 周星馳의 영화 〈허풍 서유기〉大話西遊가 크게 히트했고 이어 인터넷소설『오공전』과『사오정 일기』沙僧日記가 수많은 네티즌에게 환영을 받았다. 그 다음에는 드라마 〈봄빛 찬란한 저팔계〉春光燦爛的豬八戒가 절찬리에 방영되는 동시에『삶은 삼국지』水煮三國,『맵고 얼얼한 수호전』麻辣水滸,『상도 홍루몽』商道紅樓 등이 전국 대형서점에서 베스트셀러가 되었다. 고전의 풍자와 해체, 즉 패러디가 여러 매체를 통해 대중의 흥미를 자극하는 문화 현상이 된 것이다.

이 문화 현상은 하나같이 전통 고전을 전복의 대상으로 삼는 일종의 '탈고전화'post-classical의 조류였다. 이른바 탈고전화란 고전의 신성함을 제거하고 본래의 텍스트로 환원시킴으로써 더 이상 그것을 동시대인들의 사상, 감정, 행위를 제어하는 기준과 규범으로 보지 않고 그것에 담긴 정치적 교화, 윤리 교육, 문화 전파의 기능을 부정하는 움직임을 뜻한다. 원래 어떤 작품이 고전의 지위를 얻으면 역사적 유산의 일부가 되어 전승되면서 계속 사람들에게 인용되기 마련이다. 그리고 문학적인 모범으로서 사람들의 사상과 행위에 영향을 주는 기준으로서 기능하게 된다. 그런데 어떤 작품이 고전이 된다는 것은 해당 시대 및 체제와 밀접한 관련이 있다. 즉, 고전은 역사적 산물이라는 것이다. 따라서 어떤 고전이 자신을 탄생시킨 시대와 체제를 벗어나 다른 이질적인 시대와 체제에서도 모종의 기준으로 작용하면 필연적으로 탈고전화의 저항이 발생하곤 한다. 1990년대 이후 중국 대중문화 영역에서 진행된 고전의 패러디 붐은 바로 그런 탈고전화의 일환이었다. 그리고 이 붐은 2000년대 초 막 발전기에 접어든 인터넷문학까지 전이되었다.

인터넷은 본래 대중의 온갖 담론이 들끓는 장소이며 인터넷문학의 창작 주체는 현실사회의 각종 규범에서 비교적 자유롭고 고전을 비롯한 기존 문학체계를 경시하거나 아예 의식하지 않는다. 그들에게 인터넷 공간이란 현실세계의 엄격한 위계질서로부터 벗어나 있는 일종의 '카니발'의 공간인 것이다. 따라서 인터넷작가들에게 탈고전화의 패러디는 안성맞춤의 글쓰기가 아닐 수 없다.

본래 '패러디'는 다른 사람의 작품, 즉 원전을 모방하는 방식으로 이뤄지는 유희적, 풍자적 글쓰기를 뜻한다. 다시 말해, 우스꽝스러운 형식으로 원전 텍스트의 구조와 주제를 재구성해 현행 텍스트 안에 위치시킴으로써 두 텍스트 사이에 긴장 관계를 조성하고 원전을 부정하거나 풍자하는 것이다. 패러디는 그 대상인 원전에 대한 해학적인 태도로 인해 단순한 모방과 구별된다. 원전을 전복하려는 목적을 뚜렷하게 드러내는 것이다. 보통 그 원전은 숭고하고 신성한 내용과 우아한 형식을 가진 문학 고전으로서 내용과 형식이 유기적 통일을 이루고 있다. 패러디는 그 통일성을 파괴하는 데 주력한다. 원전의 우아한 형식을 모방해 일부러 저속하거나 가벼운 주제를 이야기하는 식의 전략으로 유머와 실소를 자아낸다. 이 과정에서 작가와 독자는 고전의 완벽한 구조와 정통 관념이 해체되는 효과를 경험한다.

　실제로 인터넷작가들은 솔직하고 감성적이며 파편화된 목소리로 중국의 여러 고전들을 패러디하여 그것들의 유기적 통일성을 깨고 주류 담론의 권위를 해소함으로써 독자들에게 즐겁고 통쾌한 미적 체험을 선사했다. 인터넷작가 ZT의 캠퍼스소설 『이공대학 스캔들』理工大風流往事의 『삼국지』패러디를 예로 들어보자. 작가는 『삼국지』 인물들의 캐릭터와 그들의 관계를 교묘하게 빌려와 미녀를 차지하기 위해 패거리를 만들어 대결하는 대학생들의 시끌벅적한 연애를 묘사했다. 한 여자를 얻기 위해 유비와 손권이 손을 잡는가 하면 유비가 교내 체육대회에서 이기려고 제갈량을 삼고초려한다. 또 조조는 농구 경기를 할 때 불에 엉덩이를 데이는 수모를 당한다. 현실의 재미있는 에피소드에 고전의 익숙한 정보를 끼워 넣어 그 생경한 모순으로 황당한 유머를 자아내는 것이다.

　이런 패러디의 배후에는 독자와 고전 사이의 권력관계의 변화가 숨어 있다. 현재의 독자는 더 이상 수동적으로 고전을 받아들이고 소비하지 않는다. 고전 텍스트의 자기충족적인 완전성과 그것에 부여된 권위도 인정하지 않는다. 이런 변화에 힘입어 인터넷작가들은 임의로 고전을 분해하고 재구성하여 완전히 새로운 자신들만의 텍스트로 만들어 독자들에게 내보이는 것이다. 이 과정에서 인터넷작가들은 창조와 우상파괴의 쾌감을 느끼고 독자들도 그것을 공유한다. 사실 고전에 대한 전복과 다시 쓰기는 고전의 배후에 위치한 주류 사상과 가치관, 즉 문화적 금기의 위반이다. 이런 금기의 위반을 통해 인터넷작가와 그 독자는 일반적인 유머와 오락을 능가하는 강렬한 쾌감을 얻게 된다.

중국 인터넷문학의 대표적인 패러디 작품은 위의 『이공대학 스캔들』 외에 『Q판 국어』Q版語文, 『과보가 해를 쫓다』誇父追日, 『반금련, 소소생을 뒤쫓아가 죽이다』潘金蓮追殺笑笑生, 『오공전』 등이 있다. 2004년 서점과 온라인에서 동시에 인기를 끈 린창즈林長治의 유머 모음집 『Q판 국어』는 「뒷모습」背影, 「홍루몽」紅樓夢, 「공융이 배를 양보하다」孔融讓梨 같은, 중국인들에게 익숙한 국어 교과서의 단골 수록작 31편을 어처구니없는 코미디로 패러디한 작품이다. 그리고 린구이냐오林歸鳥의 『과보가 해를 쫓다』는 신화의 패러디로서 영웅 과보를 신의 위치에서 인간의 위치로 격하해 그의 삶과 사랑을 그렸다. 또한 천잉陳瀅의 무협소설 『반금련, 소소생을 뒤쫓아가 죽이다』는 『금병매』金瓶梅의 악녀 반금련의 캐릭터를 해체해 의로운 협녀俠女로 변신시켰을 뿐만 아니라 원전의 장르까지 무협소설로 바꿔놓은 패러디 소설이다.

이 중에서 지금까지 독자들에게 사랑을 받고 인터넷문학 연구자들에게도 수작으로 평가받아 각종 인터넷문학 앤솔로지에 빠짐없이 수록되는 작품은 2000년 신랑에 연재된 진허짜이의 『오공전』이다. 1994년에 개봉된 주성치의 〈허풍 서유기〉가 문화계 전반에 일으킨 반고전, 반권위, 반엄숙의 '허풍문화'大話文化 열풍 속에서 탄생한 이 작품은 룽수샤 인터넷문학 공모전 최고 인기대상을 획득하고 2001년 초에는 종이책으로도 출간되었다. 〈허풍 서유기〉와 마찬가지로 고전 『서유기』의 해체를 시도했지만 주제의 전복과 인물 캐릭터의 재구축 면에서 한층 뛰어난 독창성을 과시했다.

『서유기』의 서술의 중심은 사건, 즉 불경을 구하러 서천에 가는 과정인 반면, 『오공전』은 손오공이라는 인물로 그 중심을 옮겨놓았다. 그리고 『서유기』는 사부와 제자들이 합심하여 온갖 어려움을 극복하고 서천에 도달한다는, 이상주의적 주제를 부각시키지만 『오공전』의 주제는 소설의 제목이 지시하는 바와 같이 '오공'悟空, 바로 '허망함에 대한 깨달음'이다. 이 소설은 신화와 영웅이 사라진 이 시대에 사람들이 느끼는 불안과 곤혹감을 보여주려 한다. 고전의 제재를 빌려와 현대적 주제를 환기하는 전략이라고 할 수 있다. 그래서 고전 판타지 속의 영웅인 손오공은 시종일관 이상과 애정, 현실적 욕심으로 고민하는 세속적 인물로 그려진다. 이 소설은 세속적인 진정성으로 고전에 대한 경외감을 지워버리고 유희적이고 가벼운 연출로써 본래의 거창한 주제와 무거운 서사에 대항한다.

손오공 외에도 이 작품 속의 인물들은 전부 『서유기』속 인물들과는 성격이 완전히 다르다. 서천으로 불경을 구하러 가는 성도聖徒가 아니라 완전히 현실세계의 속인들로서 사제지간의 윤리도덕 같은 것은 전혀 찾아볼 수 없다. 동등한 입장에서 서로 공격하고 비웃으며 여자 요괴와도 함께 시시덕거리는 그들은 속세의 퇴폐와 쾌락을 거리낌 없이 만끽한다. 이런 그들의 성격은 소설의 첫 부분부터 확연히 드러난다.

"오공아, 배가 고프니 먹을 것 좀 구해오너라." 현장이 돌 위에 거드름을 피우며 앉아 말했다.
"나는 바빠요. 알아서 구해오면 안 돼요? (…) 다리가 없는 것도 아니고." 손오공은 여의봉을 짚고서 말했다.
"바빠? 뭐가 바쁜데?"
"저 저녁놀이 아름답지 않나요?" 손오공은 하늘 가장자리를 바라보며 말했다.
"나는 저 광경을 봐야 매일 꾸역꾸역 서천으로 갈 수 있다고요."

"보면서 구해오면 되잖아. 나무에 부딪치지만 않으면 되지."

"나는 저녁놀을 볼 때는 아무 일도 안 한다고요!"

"손오공, 그러지 마. 그렇게 대머리를 업신여기면 안 되지. 너 때문에 대머리가 굶어죽으면 우리는 서천도 못 찾아가고 몸에 걸린 저주도 영원히 못 푼다고." 저팔계가 말했다.

"쳇, 언제 돼지 머리가 말할 차례가 됐지?"

"뭐라고 그랬어? 누구 보고 돼지래?"

"돼지가 아니고 돼지 머리! 흥, 흥, 흥……." 손오공은 이를 악물고 코웃음을 쳤다.

"다시 한 번 말해보시지!" 저팔계는 쇠스랑을 치켜들고 위로 찌르려 했다.

"왜 이렇게 시끄러운 거야, 막 잠이 들려는 참인데! 싸우려면 좀 멀리 가서 싸우라고!" 사오정이 크게 소리를 질렀다. 세 악당은 눈을 부릅뜨고 서로를 보았다.

"싸워, 싸우라고. 싸우다가 죽어서 하나가 줄어들게 말이야." 현장 법사가 몸을 일으켰다. "너희가 어르신이니 내가 가서 먹을 것을 구해와야 되지 않겠어? 내가 요괴에게 잡아먹히는 게 제일 좋겠지. 그때 울어달라고."

"빨리 가 봐요, 거기서 여자 요괴가 스님을 기다리고 있을 테니까." 손오공이 소리쳤다.

"흥, 흥, 흥, 흥!" 세 괴물은 함께 코웃음을 쳤다.

이 부분에서 작가 진허짜이는 손오공, 저팔계와 사오정에게 '악당'과 '괴물'이라는 호칭을 사용한다. 그들은 사부인 현장을 전혀 존중하지 않고 '대머리'라고 부르며 서로 사형제 사이인데도 우애를 보이기는커녕 걸핏하면 눈을 부라리고 맞선다. 이 네 명의 사제들에게서는 불경을 구하기 위해 목숨조차 버릴 수 있는 의지나 사명감이 보이지 않는다. 그저 속세에 대한 미련과 상호 암투가 있을 뿐이다. 이것은 원전 『서유기』의 인물 캐릭터와는 당연히 판이하게 다르다. 또한 『오공전』의 손오공은 현대적인 숙명 의식을 드러낸다. 삶의 자유의지를 추구하고 위계질서가 엄격한 신들의 세계에서 고군분투했지만 일시적인 승리로는 실패의 운명을 바꿀 수 없었다. 실패의 굴욕은 그가 "나는 원래 (…) 어떤 일들은 힘으로 바꿀 수 있다고 생각했는데 나중에야 반항은 헛되이 고통을 보탤 뿐이라는 것을 깨달았어."라고 성찰하게 만든다.

그리고 현장은 천양天楊과 불법을 논하는 경쟁에서 승리해 명성을 떨친 후 스승인 법명法明으로부터 의발을 계승하라는 명을 받는다.

"현장아, 너는 매우 총명하고 슬기로우니 앞으로 내 곁에서 수행해라. 내가 평생 배운 것을 다 전수해주마." 법명이 말했다. 현장은 민머리를 만지며 말했다.
"사실 (…) 저는 예전처럼 집사당에 있는 게 낫겠습니다. 시간 있을 때 꽃이나 키우고 하늘이나 보고 말이죠. 저는 저 불경들을 외울 수가 없습니다."
"네가 애써 배우지 않으면 어떻게 내 의발을 얻을 수 있겠느냐?"
옆에 있던 중들은 눈이 붉어져서 이야기를 듣고 있었다. 그 말은 주지의 자리를 물려주겠다는 것이나 다름없었다.
그러나 현장은 말했다.
"사실 사부님은 제가 배우려는 것을 가르쳐주실 수 없습니다."
중들은 모두 놀라 소리를 질렀다. 법명도 몸이 흔들리는 것을 주체 못해 겨우 똑바로 자세를 가다듬었다.
"네가 배우고 싶은 것이 무엇이냐?" 법명은 화를 누르며 물었다. 현장은 고개를 들고 하늘의 구름이 변화하는 것을 보며 말했다.
"저는 저 하늘이 더는 제 눈을 가리지 않기를 바라고, 저 땅이 더는 제 마음을 묻을 수 없기를 바라고, 저 중생이 다 제 뜻을 이해하기를 바라고, 저 부처들이 다 연기처럼 사라지기를 바랍니다!"
이 말이 떨어지자마자 마치 맑은 하늘에 벼락이 치는 것 같았다!
서천 무극세계의 석가여래가 홀연히 눈을 뜨고 놀라 소리쳤다. 큰일이
로다!
관음보살이 바삐 다가와 여쭈었다. "무슨 까닭으로 그러십니까?"
여래는 말했다. "그다. 그가 또 돌아왔다."

여기에서 현장은 자기주장이 확고하여 스승의 명령이라고 해서 무조건 복종하지 않는다. 이것 역시 현장의 전통적인 캐릭터와는 일치하지 않는다. 고결하고 탈속적인 고승의 캐릭터가 세속적이면서도 인간적으로 바뀐 것이다. 이런 탈신성화의 묘사는 오히려 현장의 캐릭터를 더 입체적이고 매력적인 것으로 만든다.

고전의 주제와 인물을 차용해 의도적으로 비틀고 현대적인 색채를 부여하는 『오공전』의 패러디 수법은 엘리트문학에 근접할 만큼 뛰어난 미적 감각을 보임으로써 일반 인터넷문학의 기대지평을 뛰어넘는다고 평가된다. 『서유기』의 신화화된 인물들을 오늘날의 다양한 군상으로 그려내어 마치 거울처럼 현대 사회의 온갖 삶의 형상을 비추었다는 것이다. 바로 이런 점을 높이 평가받아 『오공전』은 중국 인터넷문학의 '고전'이 되어 계속 학계의 연구 대상이 되고 있다.

(2) 릴레이소설

인터넷 릴레이소설接龍小說은 온라인상에서 벌어지는 일종의 집단 창작물이다. 몇 명의 작가들이 손을 잡고서 첫 번째 사람이 글을 시작하면 그 다음 사람들이 각기 생각나는 대로 글을 이어간다. 혹은 여러 사람이 동시에 글을 이어 쓸 수도 있어서 나중에는 한 편의 작

품이 여러 가지 줄거리와 결말을 갖기도 한다. 심지어 많은 사람들이 끝도 없이 이어 쓰는 경우도 있다. 집단 이벤트의 성격이 강한 이 인터넷소설 양식은 장르가 따로 정해져 있지 않아서 일반소설이든 로맨스든 탐정물이든 모두 가능하다. 글과 글 사이의 이음새만 매끄러우면 된다.

원래 인터넷문학 초기부터 각종 BBS에는 보통 '소설 이어쓰기'小說接龍란이 개설되어 있었다. 그만큼 릴레이소설은 개방성, 즉흥성, 쌍방향성이 특징인 인터넷 공간에서 처음부터 사람들의 관심을 끈 글쓰기 양식이었다. 예를 들어 초기 인터넷 월간 웹진 '신위쓰'新語絲에서 진행했던 정기 이메일 통신에서 1996년 초 『홍루몽 별전』紅樓別傳 몇 회분을 몇 사람이 릴레이로 쓴 적이 있다. 이어 1999년 1월에는 포털사이트 신랑이 '중화공상시보'中華工商時報와 손을 잡고 1년 기한으로 소설 이어쓰기 이벤트를 개최했다. 소설의 제목은 『인터넷에서 얼룩개가 달려간다』網上跑過斑點狗였으며 그 첫 부분은 몇 명의 젊은 작가들이 완성하고 나머지 부분은 네티즌 독자들이 함께 이어 쓰게 했다. 이 소설은 인터넷이 인류에게 미치는 영향력과 문제점을 시사하고 가상 사회와 현실 사회의 모순 및 충돌을 드러내고자 했다. 그러나 이 이벤트는 나중에 네티즌의 참여도가 떨어지는 등 몇 가지 원인으로 인해 중단되었다. 그리고 2010년에는 성다문학의 제안으로 베이징과 상하이의 대표 작가 5명이 참여하는 '베이징-상하이 소설 이어쓰기'雙城記-京滬小說接龍 이벤트가 치뎬중원넷, 룽수샤 등 여러 문학사이트에서 전개되었다. 베이징과 상하이의 각기 다른 문화 특색을 보여준 이 행사는 최근 몇 년간 진행된 가장 큰 규모의 소설 이어쓰기 이벤트였다.

인터넷 릴레이소설은 동료 작가들 사이의 기획으로 만들어지기도 하지만 더 많은 경우는 작가와 독자들의 상호 커뮤니케이션을 통해 써진다. 그것은 즉흥적일 수도 있고 계획적일 수도 있다. 인터넷작가 펑중메이구이風中玫瑰는 자신의 출세작인 릴레이소설『바람 속의 장미』風中玫瑰의 창작 과정에 대해 말하길, "처음 나는 이 이야기를 연재소설처럼 천천히 쓸 생각을 한 적이 없다. 나중에 나를 지지하고 계속 쓰라고 격려해주는 네티즌이 계속 생겨서 이 이야기는 책처럼 천천히 펼쳐져나갔다."라고 했다. 혼외정사를 소재로 한 이 작품은 열렬한 독자들이 연재 과정에서 댓글로 다음 스토리를 올리고 작가가 그 중 좋은 것을 뽑아 덧붙이는 식으로 완성되었다. 사전 기획 없이 작가와 독자가 우연히 의기투합하여 만든 릴레이소설의 전형적인 예로서 이 작품은 2000년도의 가장 인기 있는 인터넷소설이 되었다.

반면에 샤오즈小墊의『채팅방 이야기』聊天室的故事는 작가의 기획에 의해 지어진 릴레이소설이다. 그는 소설을 대부분 완성한 후 네티즌들에게 결말을 써달라고 요청했다. 그래서 많은 네티즌이 앞 다퉈 나름대로 결말을 써서 게시판에 올렸고 그 결과 이 소설은 샤오즈 자신이 쓴 결말을 포함하여 여러 가지 결말을 가진 작품이 되었다. 한 편의 문학작품이 사람들에게 동등한 창작의 기회를 부여하고 모두가 완전히 자유로우면서도 자발적으로 '글쓰기 놀이'에 참여한 것이다.

사실 많은 인터넷문학 작품이 작가가 연재를 하는 중에 독자들이 격려를 하거나 아이디어를 제공하고 심지어 집필에 참여하는 과정을 거쳐 완성된다. 즉 온라인 연재가 특징인 인터넷문학 작품은 많든 적든 어느 정도 집단 창작의 성격을 띠게 마련인 것이다. 인터넷 릴레이소설은 이런 집단 창작의 형식 중 가장 극단적인 형태다. 과거 순문학에서도 집단 창작물이 전혀 없었던 것은 아니지만 그래도 인터넷 릴레이소설이 훨씬 더 자유롭고 융통성이 있는 것은 아무래도 인터넷에 편집, 심사 제도가 없고 진입 장벽이 낮으며 작가와 독자 간의 한계가 뚜렷하지 않기 때문이다. 그래서 인터넷 릴레이소설은 전통적인 의미의 문학 창작이 오직 개인 행위를 뜻했던 것과 다르게 그것이 모두가 참여하는 대중 문학 이벤트일 수 있음을 증명했다.

릴레이소설은 창작 과정에서 여러 명의 착상과 상상력이 꼬리에 꼬리를 물고 이어지기 때문에 텍스트 곳곳에 기발한 아이디어가 번 뜩이고 예상치 못한 효과가 발생한다. 그리고 다수의 각기 다른 문체가 교차하기 때문에 자연스럽게 '다성적 소설'Polyphonic novel을 이루게 된다. 글쓰기의 참여자들은 보통 하나의 주제, 하나의 중심 사건을 놓고 플롯을 조직하며 인물의 조형에서도 상대적 통일성을 유지해야 하지만, 글 속에 각자의 개성이 녹아드는 것은 어쩔 수 없다. 그래서 작품 속에 다양한 목소리가 존재하게 되는 것이다. 예를 들어 인터 넷포털 왕이의 '닷컴 문학'.COM文學 란에 '사랑은 여인의 강호'愛情是女人的江湖라는 제목으로 '90분 온라인 릴레이 글쓰기' 이벤트가 열리고 인터 넷작가 헤이커커黑可可와 라라拉啦가 함께 글을 완성한 적이 있었다. 그 들의 글쓰기는 2001년 4월 20일 15시 21분에 시작되어 당일 17시 에 끝났고 13단락 분량의 이야기를 두 사람이 한 단락씩 이어 썼다. 세상의 양쪽 끝에서 떨어져 사는 남녀가 과거의 연인으로서 애증의 목소리로 지난날을 술회하는 이야기다. 두 작가의 문체는 작품 안에 서 뚜렷한 대비를 이룬다. 남녀 주인공이 각기 마지막 만남을 추억하 는 내용의 네 번째 단락과 다섯 번째 단락을 살펴보자.

글쓴이: 라라   응답일시: 2001. 4. 20 15:43:42

일 년 전.

하늘은 그토록 파랬다.

그때 그녀는 산 위에서 나를 기다렸다. 늘어뜨린 긴 머리가 조금 서늘한 느낌이었다. 그녀 머리의 나비 모양 핀이 차가운 빛을 반짝이고 있었다.

그녀가 나를 기다린 것은 더는 나를 사랑하지 않겠다는 결심을 알려주기 위해서였다. 그녀는 지쳤다. 매일 꿈속에서 내가 다른 여자들과 사랑을 나누는 것을 보았다. 그 여자들 속에 그녀는 없었다. 그녀는 말했다. 내게 버림받느니 먼저 나를 버리는 것이 낫겠다고.

나는 말했다. 그건 세상에서 유행하는 말과 똑같지 않아?

그날 이후로 나는 무정한 사람이 되는 편이 안전하다고 생각한다.

글쓴이: 헤이커커   응답일시: 2001. 4. 20. 15:54:23

무정한 사람이 되면 정말 안전하다.

온유함 속에서 이리저리 방황하고 좌절할 필요가 없으니까. 그것은 원래 가장 마음 아픈 일이다.

그래서 나는 시집을 갔다.

마지막으로 산 위에서 만났을 때 그는 내게 물었다. 너, 그 사람을 사랑하느냐고.

그가 묻고 있을 때 하늘은 파랬고 구름은 엷은 흰색이었고 산과 들에는 나비가 가득했다.

왜 사랑에 관한 이야기는 늘 봄에 생겨날까.

사랑하고 사랑하지 않는 것을 또 어떻게 할 수 있단 말인가.

사랑하면, 영원히 저버리지 않을 수 있을까?

사랑하지 않으면, 그저 아름답고 고요하게 살아갈 수 있을까?

사랑과 사랑하지 않는 것은 모두 쓰디쓴 약

나를 용서해줘

그렇게 여러 해를 떨어져 살면서도

여전히 나는 정에 얽매여 마음속으로

끊임없이 중얼거리곤 해

네 번째 단락은 남자의 시각으로 마지막 만남을 추억한 것이어서 객관적 묘사에 치중하고 묘사 속에 감정이 숨어 있다. "늘어뜨린 긴 머리가 조금 서늘한 느낌이었다. 그녀 머리의 나비 모양 핀이 차가운 빛을 반짝이고 있었다."같은 구절이 그것이다. '서늘한 느낌'과 '차가운 빛'이 서술자의 감정 상태를 암시한다. 반대로 다섯 번째 단락은 여자의 시각으로 그 만남을 추억한 것인데, 시 같은 줄글 형식의 고백으로 주관적 감정을 토로하는 데 치중한다. 정경을 구성하고 있는 단어들은 "하늘은 파랬고 구름은 엷은 흰색이었고 산과 들에는 나비가 가득했다."에서 보이듯이 화려하면서도 동적인 이미지로 여자의 슬픔과 고통을 표현한다. 이 두 단락을 대조해 보면 이야기 속 두 주인공의 감정의 차이가 보일 뿐더러 두 작가의 서로 다른 문체도 느낄 수 있다. 그래서 두 단락에서 반복되는 "무정한 사람이 되는 것이 안전하다."라는 말도 각 단락에서 상이한 의미를 전달한다.

인터넷 릴레이소설의 위와 같은 글쓰기 방식은 참여자가 많으면 많을수록 다수의 욕망과 개성이 공존하는 다성적 소설의 성격을 띠게 되고 창작자와 감상자 사이의 경계가 모호해진다. 특히 독자들이 읽기의 권리뿐만 아니라 비평과 재창작의 권리까지 갖고서 계속 비판적 의견을 개진하며 끊임없이 작품을 업그레이드한다는 것이 중요하다. 창작 과정에서 창작 주체 간의 지속적인 상호관계가 애초에 불가능한 기존 종이매체의 집단 창작물과 비교하면 작품의 완성도를 높이기에 훨씬 유리한 조건인 것이다.

(3) SMS소설

SMS소설短信小說은 휴대폰소설手機小說, 엄지소설拇指小說이라고도 한다. 주로 휴대폰을 글쓰기와 읽기의 매체로 사용하긴 하지만 역시 디지털 통신망을 창작, 전파, 저장, 열람의 기반으로 삼는 문학 양식이므로 인터넷문학의 한 형식으로 볼 수 있다.

SMS소설의 독특하고 실험적인 구조는 창작자의 창의성이 아니라 텍스트의 길이가 선험적으로 정해져 있는 SMS의 기술적 특성에 의해 결정되었다. 편폭이 짧지만 일정한 창작성을 가진 그 구조는 전통적인 콩트와 비슷하게 간결하면서도 가독성 높은 문체를 요구한다. 그리고 내용은 삶의 지혜, 유머, 로맨스 위주이며 SMS 한 통에 70자가 기본이기 때문에 스토리가 극히 압축적이고 풍부한 메시지 전달을 위해 과장, 은유, 몽타주 수법 등이 즐겨 채용된다.

SMS소설이 탄생하게 된 전제는 당연히 중국 내 SMS서비스의 시작이다. 알려진 바에 따르면 세계 최초의 SMS는 1992년 영국 보다폰의 GSM_{Global System for Mobile communication} 망에서 발송에 성공했다고 했다. 하지만 중국에서의 상용화는 1999년부터였고 이후 폭발적인 성장을 거듭해 2006년 전국 SMS 발송 건수는 무려 2177억 6천만 건을 기록했고 수입은 217억 위엔을 넘어섰다. 중국 정보산업부의 통계 발표에 의하면 2004년 중국 휴대폰 사용자는 3억 3천 4백만 명, 2005년에는 3억 9천 340만 명, 그리고 2006년에는 4억 8천만 명이었다. 매년 적게는 5~6천만 명, 많게는 8천만 명 이상 사용자가 급속히 늘어나고 있는 것이다. 이처럼 방대한 중국 휴대폰 사용자 집단이 SMS소설의 잠재적 소비시장이다.

문학 취향을 지닌 네티즌의 자발적 참여로 촉발된 여타 인터넷문학 분야와 달리 SMS소설은 기민한 통신 관련 업체들의 상업적 기획에 의해 시작되었다. SMS소설의 상업적 가치를 알아본 그들은 신속하게 투자를 감행하여 2002년 초부터 SMS소설 공모와 유통을 담당하는 전문 기구를 마련했다. 서우후, 신랑 등 포털 사이트들도 전문 작가들을 초빙해 SMS소설 창작을 맡겼다. 그래서 2003년 링캉여우凌康有가 최초의 SMS소설 『휴대폰 문자의 인연』短信情緣이 출시되어 흥미로운 로맨스로 젊은 독자들을 매료시켰고 같은 해 10월에는 다이펑페이戴鵬飛가 중국 최초의 개인 창작 SMS소설집 『너는 아직 믿지 않는다』你還不信를 종이책으로 출간했다.

2004년에는 SMS소설이 본격적으로 유행하기 시작하여 많은 인터넷작가들이 속속 SMS소설 창작에 뛰어들어 작품을 양산하기 시작했다. 타이완 출신의 황쉬엔黃玄, 광둥문학원廣東文學院 2기 계약작가 첸푸창千夫長, 다이펑페이, 진룬허金潤河, 왕다하오王大豪 등이 대표적인데, 특히 첸푸창의 대표작이자 중국 최초의 SMS 연재소설인 『성 밖』城外은 화여우전신공사華友電信公司로부터 18만위엔이라는 거액의 고료를 받았고 다이펑페이의 『누가 네게 양파를 사랑하게 했는가』誰讓你愛上洋蔥的도 적지 않은 시장 점유율을 기록했다. 이와 동시에 2004년에는 일반인에게 SMS소설의 존재를 널리 알리는 대형 이벤트도 진행되었다. 잡지 『톈야』와 톈야 사이트 등 여러 업체가 연합하여 'SMS문학 공모전'을, 룽수샤 사이트가 '제1회 휴대폰 SMS문학 공모전'과 '제1회 중국 휴대폰 스토리 공모전'을 개최하였다. 이로써 SMS소설은 인터넷문학의 강력한 지류로서 세간의 화제가 되었다.

　그런데 SMS소설의 유행과 함께 SMS소설의 정체성에 대한 논쟁이 계속 이어졌다. 논쟁의 초점은 주로 SMS소설이 과연 문학이냐 아니냐는 데 모아졌다. 부정적인 쪽은 당연히 SMS소설이 '문학'을 표방하기에는 부족하다는 입장을 밝혔다. 우선 비평가 장닝張檸은 "SMS문학은 근본적으로 성립이 되지 못한다. 나는 그것을 문학 영역의 문제로 논하지 않을 것이다."라고 전적인 부정을 표명했다. 『시간』詩刊의 부편집장 예옌빈葉延濱도 "휴대폰에 문학 작품이 출현하고 휴대폰이 문학 작품을 전파하는 것은 새로운 현상이다. 그러나 나는 SMS문학이라고 불러서는 안 된다고 생각한다. 어떤 문학 양식들이 휴대폰을 통해 전파될 수 있을 뿐이다."라고 했다. SMS를 기존 문학 양식을 전파하는 매체로만 인정할 뿐 SMS를 이용한 창작물을 '문학'으로 보지 않은 것이다. 작가 샤오푸싱肖複興의 견해도 비슷하다. 그는 "문학의 각도에서 말하면 SMS는 문학과 아직 일정한 거리가 있다. 문학의 민감성, 독특성을 유희 속에 녹여 넣어 문학과 더욱 멀어졌다. (…) SMS를 문학의 새로운 종류로 치장해서는 안 된다. 일부 잘 씌어진 SMS가 있더라도 전체적으로 볼 때 SMS는 문학의 영역에 들어가지 못한다. 우리는 진정한 의미의 작품이나 문학 현상을 대표할 수 있는 것이 존재하는 것을 보지 못했다. 그것은 새로운 문학 양식이 될 수 없다."고 하여 당시 발표된 SMS소설들이 일종의 언어유희일 뿐이지 문학 작품으로서의 독특한 개성을 구현하지는 못했다고 평가 절하했다.

　그러나 작가 쟝쯔단蔣子丹의 입장은 미묘하게 다르다.

SMS는 현대 미디어의 담지체일 뿐이며 문학의 전파에 참여할 뿐, 결코 본질적으로 문학의 표현에 개조를 가하지는 않는다. 따라서 나는 그것이 아직은 문학의 어떤 새로운 형태로 불릴 수 있을 것 같지는 않으며 문학의 새로운 전파 수단으로 부르는 것이 더 타당하다고 본다. (…) 천박함으로 흐르는 것은 결코 SMS문학 창작 자체의 생래적이며 극복할 수 없는 결함은 아니다. 반대로 그 편폭의 한계로 인해 작가는 글의 정련과 표현 능력에 있어 더 엄격한 요구를 받는다. 특히 소설과 산문 작가에 대해서는 그 난이도가 더 크고 도전적이다. 하지만 작품의 깊이는 담지체에 의해 결정되는 것이 아니라 작가의 수준이나 적응도에 달려 있다.

SMS가 텍스트의 담시체에 불과하고 현 단계의 SMS소실이 독자적인 문학 양식이 되기에는 부족하다는 점은 샤오푸싱의 견해와 일치한다. 그러나 장쯔단은 'SMS문학'의 미래에 대해서는 판단을 유보한다. 그가 보기에 '편폭의 한계'로 작가, 특히 소설과 산문 작가에게 '글의 정련'과 '표현 능력의 엄격한 요구'를 부여하는 SMS문학은 새로운 문학 양식이 될 가능성이 없지 않기 때문이다. 나아가 문자 유희의 성격 때문에 '천박함'으로 흐르곤 하는 SMS문학의 단점도 극복 불가능한 것으로 보지 않는다. 결국 어떤 텍스트의 문학성을 결정짓는 독립변수는 '작가의 수준'이나, 매체의 형식에 대한 작가의 '적응도'라고 생각하기 때문이다.

유명 작가인 한사오궁韓少功은 위의 견해에서 한 발 더 나아가 적극적으로 SMS문학의 가능성을 긍정한다.

SMS문학은 전통 문학을 대체할 리 없다. 그것은 전통 문학의 파생물이며 문학의 '간식'이다. SMS문학 작품은 인터넷문학이나 일반 문학작품보다 품격이 더 낮거나 활력이 모자랄 리는 없다. 그것은 전통 문학과 똑같은 예술적 힘에 도달할 수 있다. SMS문학은 수백 자 이내의 짧은 편폭으로 분위기를 조성하고 이야기를 펼쳐야 한다. 이를 위해 작가는 상대적으로 뛰어난 통제력을 소유해야 한다. '짧다는 것'은 결코 문학이 아님을 의미하지는 않는다. 고대 중국의 오언시와 칠언절구는 겨우 수십 자에 불과해도 단 한 수로 천고의 절창을 이루었다. 1980년대 초 몽롱시(朦朧詩)가 유행하던 시대의 「생활」(生活)이라는 시 한 수는 내용이 겨우 '망'(網: 그물) 한 글자였다. 제목보다 한 글자가 모자랄 정도로 짧았다. 지극히 짧은 이런 문학은 어떠한 시대에도 출현할 수 있다. 단지 휴대폰이 널리 보급되었다는 조건이 이런 문학에 더 빠르고 편리한 전파 수단을 제공했을 따름이다.

SMS문학이 다른 인터넷문학, 심지어 일반 문학 작품 못지않은 '예술적 힘'을 가질 수 있다는 주장이다. 그 근거는 역시 '수백 자 이내의 짧은 편폭으로 분위기를 조성하고 이야기를 펼쳐야 하는' SMS문학 특유의 형식이다. 혹자는 SMS문학의 글자 제한을 한계라고 보지만 한사오궁은 거꾸로 그것을 오언시와 칠언절구의 절제된 미학적 형식과 동등하게 평가하고 있는 것이다. 몽롱시의 대표자 베이다오北島의 대표작인 연작시 「태양도시의 메모」太陽城劄記의 한 연을 모범적인 예로 제시하는 것도 같은 논리선상에 있다. 한사오궁은 기술적 한계로 인해 불가피하게 정해진 SMS문학의 틀을 오히려 고전적 절제미 구현을 위한 최적의 조건으로 보고 있다.

위의 찬반의 입장 중 어느 쪽이 더 옳은지는 실제 SMS소설의 특징을 관찰하며 추정해보기로 하자. 아래 작품은 2005년 '중국 제2회 취엔치우퉁全球通 SMS문학 공모전'에 출품된 작자 미상의 SMS소설 「공익광고」公益廣告이다.

거리에서 높은 곳에 걸려 있던 커다란 광고판이 쿵 하고 떨어졌는데 불행히도 지나가던 한 사람이 밑에 깔렸다. 행인들은 힘을 합쳐 광고판을 치우고 다친 사람을 구해냈다. 다행히 크게 불편한 데는 없었다. 그리고 광고판을 보니 거기에는 크게 여덟 글자가 뚜렷하게 적혀 있었다.

'안전제일, 품질기본'

SMS소설의 독자들은 농담 위주의 가볍고 유머러스한 주제와, 단순하고 평이한 문체, 바쁜 생활 속에서 짬짬이 머리를 식히는 기능을 선호한다. 그런 작품이 독자들이 서로 전송하고 공유하기에 적합하기도 하다. 위의 작품은 이런 SMS소설의 전형적인 형태다. 통속적인 문체로 한 편의 재미있는 이야기를 압축적으로 전달한다. 하지만 짧은 편폭으로도 적절히 긴장감과 자극을 조성해 독자의 눈을 집중시키며 제법 풍부한 함의까지 담고 있다.

이번에는 유머나 풍자보다는 독자에게 감동과 사색을 유발하는 예를 들어보자. 아래의 두 작품은 2006년 제2회 SMS문학 공모전에서 동상을 수상한 쥐즈푸鞠志福의 「시리얼」麥片과, 2004년 중국 제1회 취엔치우퉁 SMS문학 공모전에 출품된 장파홍章法洪의 「행상인과 거지」販與乞다.

아들이 대학을 졸업하고 어머니에게 시리얼 두 봉지를 가져다 드렸다. 한 달 후 집에 돌아온 아들은 시리얼이 그대로 있는 것을 보고 이유를 물었다. 어머니는 한 봉지를 먹어봤는데 맛이 별로여서 더 건드리지 않았다고 말했다. 아들은 이상해서 자세히 보았지만 시리얼은 한 봉지도 줄지 않고 그대로였다. 알고 보니 어머니가 먹은 것은 방부제 봉지였던 것이다! 아들은 문득 마음이 아파 눈물을 흘렸다. 어머니는 시리얼을 본 적조차 없었던 것이다.

장애인 소년이 거리에서 구걸을 하는데 돌아보는 사람이 전혀 없었다. 얼핏 대추 행상을 하는 아주머니가 지나가다가 짐을 내려놓고 두 손 수북이 대추를 담아 소년에게 찔러주는 것을 보았다. 그녀는 웃으면서 "아줌마는 돈이 없단다."라고 말했다. 이것을 보고 나는 사흘 동안 밥맛을 잃었다.

이는 수십 자 길이의 콩트 안에서 풍부한 스토리와 선명한 인물 형상으로 진한 혈육의 정과 저잣거리의 미담을 묘사하여 많은 독자들을 감동시킨 작품들이다. 한편 저우톈신周新天의 「리코더」豎笛 같은 작품은 아이러니의 수법으로 적나라하게 세태를 풍자한다.

새 학기에 시 전체의 초등학교, 중고등학교 학생들에게 1인당 한 자루씩 리코더를 지급하고 교육국이 돈을 거두기로 했다. 선생들은 화가 나서 이견을 내놓았다. 소질 교육은 다양해야 하는데 왜 획일적으로 모두가 리코더를 배워야 하는가? 속사정을 아는 사람이 비밀을 폭로했다. 바로 교육국장의 사위가 리코더 생산자라는 것이었다. 선생들은 불만이 높아졌지만 교장은 잘된 일이라고 기뻐했다. 생각해보라, 만약 그 사위라는 자가 피아노 만드는 사람이었으면 어쩔 뻔했는가!

짧지만 대중의 공감을 불러일으킬 수 있는 내용이다. 중국인의 일상생활과 그 안의 가장 큰 폐해인 관료주의를 소재로 삼았기 때문이다. 구어적 단어 구사, 재담식의 리듬, 그리고 웃음을 자아내는 풍자는 곧 중국 인민의 대화 방식이자 삶의 방식인 동시에 바로 SMS소설의 존재 방식이기도 하다.

위의 작품들은 모두 콩트 혹은 '손바닥소설'에 해당하며 이것이 SMS소설의 주요 장르이기는 하지만 비교적 많은 분량의 연재소설도 시도된 바 있다. 그 최초의 시도는 첸푸창이 2004년 7월 10일에 기자회견을 갖고 연재를 시작한 4,200자 분량의『성 밖』이다. 이 작품은 유부남, 유부녀의 불륜이라는 자극적인 소재를 다루었고 각 편 70자_{문장 부호 포함}, 모두 60편으로 구성되었다. 첸푸창은 본래 6만 자 분량이었던 자신의 인터넷소설『허무해지도록 너를 사랑해』愛你到虛無縹緲를 개작해 이 작품을 완성했다. 인터넷문학의 범람으로『허무해지도록 너를 사랑해』가 인기를 끌지 못할 것 같아 방향을 SMS소설로 바꾸었다고 한다. SMS는 1통에 70자에 불과하기 때문에 일반소설에서 1만 자에 해당하는 내용을 수십 자로 압축해야만 한다. 그래서 천푸창은 자세한 배경묘사와 심리묘사를 줄이고 스토리를 부각시켰으며 서술의 편의성을 위해 3인칭을 버리고 1인칭을 택했다고 말했다.

18만위엔에『성 밖』의 저작권을 구입한 화여우통신공사는 기발한 서비스 방식으로 엄청난 수익을 거둬들였다. 이 업체는『성 밖』을 SMS, WAP_{모바일 인터넷}, IVR_{음성 서비스} 세 가지 방식으로 서비스했다. 수많은 젊은이들이 휴대폰으로 소설을 보고 듣는 이 새로운 열람 방식에 열광했다. 화여우통신공사는『성 밖』의 SMS 과금을 건당 0.3위엔으로 정하고 매일 2건씩 한 달에 완결하는 방식을 택했고 그 결과 1년 동안 80여만 명이 열람하여 최종 수익이 1천만위엔에 이르렀다.

그러나 SMS 연재소설은 태생적인 한계가 있을 수밖에 없다. 일정한 시간, 일정한 날짜 간격으로 발송되기 때문에 독자들의 휴대폰 메시지 창에서 순차적으로 배열되지 못할 가능성이 크며 어떤 사람은 확인 즉시 삭제하곤 한다. 즉 연재 중이든 완결 후이든 전체 작품이 완결된 형태로 휴대폰에 저장될 가능성이 적으므로 독자들은 종이책 소설을 읽을 때처럼 안정적으로 의미의 연속성을 확보하기가 힘들다. 이런 이유로 SMS 연재소설을 쓰는 작가는 가능한 한 SMS

하나하나를 독립적인 서사단위로 구성해야 한다. 그래서 독자들이 낱낱의 단위들을 통해서도 문학적 함의와 감동을 얻을 수 있게 해야 한다. 하지만 그래도 본질은 역시 '연재소설'이기에 SMS들에 일정한 연속성을 부여하여 소설 전체가 단순히 단락들의 의미 없는 집적물에 그치지 않게 해야 한다. 아마도 이러한 어려움 때문인지 SMS 연재소설은 『성 밖』이후로는 눈에 띄는 화제작을 낳지 못했다.

지금까지의 서술에서 보이듯이 SMS소설은 인터넷문학의 다른 어떤 분야보다도 기술의 발전과 상업주의적 기획에 의존한다. 따라서 신기술이 도입되고 이윤 창출력이 떨어지면 도태될 위험성이 커질 수밖에 없다. 이 점에 대해 인터넷문학 연구자 어우양원펑歐陽文風은 다음과 같이 우려를 표시했다.

우리는 한 걸음 더 나아가 SMS문학이 미래 사회의 발전에 적응할 것인가를 물어야 한다. 미래 사회가 어떤 상황일지는 과학기술이 급속히 발전하는 시대에서 정확히 예측하기 어렵다. (…) 현재 스마트폰에 탑재된 CPU의 속도가 나날이 빨라지고 메모리 용량도 커지고 있다. 또 입력 방식도 빠르고 간편해지며 조작 시스템의 성능과 기능도 좋아지고 있다. 휴대폰의 성능과 기능이 갈수록 PC에 가까워지고 있는 것이다.

확실히 스마트폰의 등장과 모바일 인터넷의 발달은 당장 SMS소설의 존립을 위협하기에 이르렀다. 어우양원펑은 2006년 3월 28일, '취엔치우퉁 SMS문학 공모전'에서 이름을 바꾼 제3회 'e엄지-휴대폰문학 창작 쟁탈전'이 열렸을 때 그 조짐을 감지했다. 중국이동통신이 주관한 이 대회는 218일간 93,436건의 참가작을 접수하고 스톄성史鐵生, 류신우劉心武, 베이다오, 우량吳亮, 천란陳染 등 저명 작가들이 심사위원단에 참여했으며 심사위원단 평가와 수십만 독자들의 투표를 종합해 모두 287명의 수상자를 선정했다. SMS소설 역사상 최대의, 그리고 최후의 대형 이벤트였다. 어우양원펑은 이 대회를 참관한 뒤 "이 대회에서 SMS문학의 창작과 열람 방식은 이미 변화가 일어나기 시작했다. 본래의 70자 SMS는 예전과는 상황이 달라졌다. MMS와 모바일 인터넷으로 글을 쓰고 열람하는 참가자가 반수 이상이었다." 라고 토로했다.

멀티미디어 메시징 서비스, 즉 MMS가 출현한 뒤로 SMS는 더 이상 휴대폰의 지배적 텍스트 발송 방식으로서 사용자의 주익를 '문학'에 집중시키지 못하게 되었다. 나아가 모바일 인터넷을 통한 문학 사이트 접속, 인터넷서점 및 문학사이트 애플리케이션의 이용, 그리고 중국이동통신 등 통신업체들의 휴대폰열람 서비스 제공은 순식간에 SMS소설을 후진적인 문학 양식으로 만들어버렸다. 2003년 모바일 시대의 새로운 문학 양식으로 주목받으며 혜성처럼 출현한 SMS소설은 이렇게 단 3년 만에 퇴조의 운명을 맞고 말았다. SMS소설은 2007년 이후 대형 이벤트가 거의 중지되었다. 2010년 선전深圳에서 SMS문학 공모전이 열린 적이 있고 『이린』意林 같은 잡지에서 간헐적으로 SMS소설 투고 이벤트를 벌이고 있기도 하지만 그 규모와 주목도는 과거에 한참 못 미친다. 아마도 SMS소설은 인터넷문학사에서 짧은 전성기를 누리고 사라진 불운했던 문학 양식으로 기록될 가능성이 크다.

과거에 중국 작가들이 문단에 진입하는 방식은 단 한 가지였다. 먼저 문학잡지에 연이어 작품을 발표하고 일정한 영향력을 얻고 나서 그 작품들을 엮어 책을 출간하는 것이었다. 장편소설 역시 먼저 문학잡지에 연재된 뒤, 단행본으로 출간되었다. 1970년대 생 작가들을 포함하는 거의 모든 작가들이 이러한 경로로 문단에 진입하였다. 그런데 21세기에 들어와서 문단 진입의 두 가지 다른 경로가 출현했다. 하나는 출판산업의 상업화로 인해 일부 작가들이 출판사의 효과적인 기획과 마케팅에 힘입어 문학잡지 연재를 뛰어넘어 직접 책을 내는 경로이다. 궈징밍(郭敬明), 한한(韓寒), 장위에란(張悅然) 등 이미 잘 알려진 80년대 생 청춘소설 작가들이 대표적인 사례다. 또 하나는 인터넷 문학사이트에서 자유롭게 작품을 발표하여 대중의 인기를 얻고 작가로 인정받는 경로이다.

물론 위의 두 가지 경로로 진입하는 '문단'은 이른바 제도화된 '기성문단'은 아니다. 그러나 순문학의 영향력이 극도로 약화된 오늘날, 문학잡지 연재라는 경로를 통과한 작가와 작품만을 공식적으로 인정하는 기성문단의 상징권력은 대다수의 독자들에게 별다른 효력을 발휘하지 못한다. 특히 독자들의 '클릭'과 '추천'을 유일하면서도 가장 권위 있는 인정으로 받아들이는 인터넷작가들에게 문단이란 곧 수많은 네티즌 독자와 인터넷작가, 그리고 인터넷 문학매체 관계자들이 참여하는 연재 게시판, 독자 커뮤니티, 실시간 베스트셀러 게시란 등의 집합체를 뜻한다.

그런데 비록 대중적 영향력이 감소되긴 했지만 순문학 진영은 여전히 사회주의 중국의 국가 이념 전파의 중요한 고리로서 인터넷문학이라는 신흥 문단을 공식 문학담론의 체제 안에 편입시키는 책무를 갖고 있다. 그래서 각종 제도를 마련해 인터넷문학의 주체들을 체제화하거나 관영 문학상의 문호를 인터넷문학에 열어주는 등 훈육과 포용적 성격의 조치를 취하고 있다.

중국 인터넷 문학과 순문학의 관계

순문학 진영의 인터넷문학 체제화는 기존의 공식 제도들, 즉 관영 문학상과 중국작가협회, 편집자, 작가 양성 시스템 등을 활용하는 방식으로 진행되고 있다. 이런 움직임의 구체적인 내역과 효과를 살펴보기로 하자.

1) 관영 문학상과 중국작가협회의 인터넷문학 수용

2008년 10월 25일, 추리소설가 마이쟈麥家의 장편소설 『암산』暗算이 제7회 마오둔문학상茅盾文學獎 수상작으로 결정, 공표되었다. 이것은 순문학 진영이 작품의 대중적 영향력, 즉 베스트셀러이냐 아니냐를 문학적 기준으로 택하여 장르소설을 관영 문학상 수상작으로 선정한 최초의 사건이었다. 당시 평가위원회의 일원이었던 베이징대학 교수 천샤오밍陳曉明은 아래와 같이 『암산』의 문학적 가치를 평가했다.

> 마이쟈의 글쓰기는 오늘날 중국 문단에서 의심할 여지없이 고유성을 갖고 있다. 『암산』은 특수한 능력을 갖춘 인물의 운명과 처지를 이야기하고 폐쇄적인 암흑의 공간에 처한 개인의 신비로운 행동에 관해 서술했다. 암호를 푸는 이야기는 전기적이고 곡절이 많으며 서스펜스와 신비감이 가득하다. 이와 동시에 인물의 내면세계 역시 풍부하면서도 세밀하게 재현되었다. 마이쟈의 소설에는 기이한 상상력이 있으며 구상이 독특하고 정교하며 기괴하면서도 다채롭다. 그의 문학은 힘이 있고 간결하며 마치 고통이 가득 스민 문자처럼 알 수 없는 골짜기와 무한히 넓은 세계로 인도한다. 그의 글쓰기는 일종의 비밀, 행복, 그리고 의외의 기쁨을 홀로 향유한다.

위의 인용문은 『암산』이 마오둔문학상을 수상하게 된 주요 미덕으로 '전기적이고', '곡절이 많으며', '서스펜스'와 '신비감'이 가득한 스토리와 '기이한 상상력'을 지목한다. 이것은 지금껏 관영 문학상들이 중시하고 작품 선정에 적용해온 문학적 기준과는 사뭇 거리가 있다. 오히려 장르소설을 평가하는 일반적 기준에 훨씬 더 가깝다고 볼 수 있다.

마이쟈는 인터넷작가가 아니라 종이책 위주의 대중문학계의 인물이지만 장르소설인 추리, 미스터리 계열의 작가인 점에서 장르소설이 주류인 인터넷문학과 접점이 있다. 즉 관영 문학상이 장르소설에 문호를 열었다는 것은 곧 인터넷문학도 관영문학상의 수상 대상이 될 가능성이 생겼음을 의미한다.

그 가능성은 마오둔문학상과 함께 중국을 대표하는 루쉰문학상이 2010년 제5회 행사를 앞두고 작품 모집 범위에 인터넷문학을 포함시키겠다고 발표하면서 실현되었다. 루쉰문학상을 주최하는 중국작가협회는 '루쉰문학상 심사조례'의 규정을 수정하여, 국가로부터 '인터넷 출판허가증'을 발부받은 문학사이트를 대상으로 해당 연도에 그 사이트와 저작권 계약을 맺고 발표한 중단편소설, 르포문학, 시, 산문, 평론, 번역 등의 작품을 사이트별로 5편씩 추천 받겠다고 하였다. 중국작가협회 대변인 천치룽陳崎嶸은 이 조치에 관해 설명하기를 "이것은 인터넷문학에 대한 주류문학의 인정과 수용의 표시로 '얼음을 깨는'破冰 여정에 해당한다. 인터넷문학은 표현 방법과 사상 내용에 있어 루쉰문학상과는 일정한 거리가 있어 심사 시 그 특성을 적절히 고려할 것이다. 하지만 '사상성과 예술성의 완벽한 통일'이라는 원칙은 변함이 없으므로 심사 기준은 과거와 동일하게 유지될 것이다.”라고 하였다.

　중국의 관방 담론체계에서 ‘얼음을 깬다’라는 용어는 기본적으로 모종의 경직된 ‘철의 제도’가 융통성을 발휘하기 시작했음을 암시한다. 따라서 천치룽의 이런 발언은 중국작가협회가 대표하는 순문학 진영이 인터넷문학에 대해 그간의 관망과 경계의 태도를 완화하고 본격적으로 교류와 수용을 시도하기 시작했음을 의미한다. 물론 심사 기준이 과거와 동일하게 유지된다는 말에서 인터넷문학에 대해 문호는 개방하되 미학적 기준은 양보할 의도가 없다는 여전히 비타협적인 태도도 엿보인다.

　어쨌든 위의 발표에 따라 루쉰문학상 측에 자체 계약 작가의 작품을 추천한 문학사이트는 약 백여 곳이었고 성다문학의 CEO 허우샤오챵侯小强 같은 사람은 이번 조치가 지난 10여 년 간의 중국 인터넷문학의 발전을 중국작가협회가 포용한 결과로서 그 의미가 크다고 호평했지만 정작 인터넷작가들의 반응은 별로 신통치 않았다. 사회 전반에 걸친 인터넷문학의 활황에 따라 중국작가협회가 어쩔 수 없이 ‘생색내기용’으로 내린 결정에 불과하다며 설사 몇몇 인터넷문학 작품이 수상 후보에 들더라도 공정한 평가를 기대하기 어렵다는 것이 대체적인 예상이었다.

　이 예상은 거의 맞아떨어졌다. 같은 해 9월 루쉰문학상 심사위원회는 몇 차례의 무기명 투표를 통해 130편의 후보작을 선정, 공표하였지만 인터넷문학 작품은 중편소설 부문의 「인터넷에서의 죽음」網逝이 유일했다. 진쟝위엔촹넷의 계약작가 원위文雨가 쓴 이 작품은 물론 최종 수상작이 되지 못했다. 130편의 후보작 중 인터넷문학 작품이 겨우 1편에 불과한 것에 대해 중국작가협회는 대단히 궁색한 해명을 내놓았다. 인터넷문학은 순문학과 달리 분량이 너무 많아서 루쉰문학상의 기준에서 벗어나는 관계로 일부 우수한 작품들을 제외할 수밖에 없었다는 것이다. 예컨대 중편소설만 놓고 보아도 루쉰문학상의 기준은 13만 자 이하인데 어떤 인터넷문학 작품은 60만 자가 넘었다고 했다. 그러나 일부 투고작의 분량이 너무 많다는 이유만으로는 전체 130편의 후보작 중 인터넷문학 작품이 겨우 1편밖에 들지 못한 사실을 설명하기는 어렵다.

위의 결과는 역시 루쉰문학상 심사위원회가 순문학 작품과 인터넷문학 작품에 공히 '사상성과 예술성의 완벽한 통일'이라는 기존 심사기준을 적용했기에 빚어진 결과라고 봐야할 것이다. 여기에서 이 심사기준에 관한 루쉰문학상의 좀 더 자세한 규정을 살펴보기로 하자.

> 사상성과 예술성의 완벽한 통일의 원칙을 견지하고, 선정 작품은 애국주의, 집단주의, 사회주의의 사상과 정신을 창도하고 개혁개방과 현대화 건설의 사상과 정신을 창도하며 민족 단결, 사회 진보, 인민의 행복의 사상과 정신을 창도하는 동시에 성실한 노동으로 아름다운 삶을 쟁취하는 사상과 정신을 창도하는 데 유리해야 한다. 또한 시대정신과 역사 발전의 추세를 구현하고 현실 생활을 반영하며 사회주의의 새로운 인간형을 빚어내는, 사람들을 전진시키고 격려하는 우수한 작품을 특히 주목한다. 제재, 주제, 스타일의 다양화를 두루 고려해야 한다.

'사상성과 예술성의 통일'이라고는 하지만 위의 규정은 '사상성'을 과도하게 강조하고 있다. 위의 예술성이란 민족, 애국, 개혁개방, 사회 진보 같은 사회주의 중국의 국가 이데올로기를 구성하는 추상적 가치들을 효과적으로 담아내기 위한 틀에 불과하다. 따라서 루쉰문학상의 심사 원칙은 오락성과 대중과의 소통을 추종하는 인터넷문학을 그 테두리 안에 끌어들이기에는 근본적으로 지나치게 엄숙하고 보수적인 것이다. 인터넷문학으로서 유일하게 후보작으로 뽑힌 원위 「인터넷에서의 죽음」 역시 개인의 운명을 파국으로 모는 인터넷 언론의 선정성을 소재로 다루지 않았다면, 즉 그 리얼리즘적인 사회비판의 주제가 순문학의 스펙트럼에 비교적 가깝지 않았다면 결코 후보작이 되지 못했을 것이다. 결론적으로 순문학 진영은 루쉰문학상을 통해 관영 문학상 최초로 인터넷문학에 문호를 개방했지만 그 모험적인 조치는 끝내 '철의 제도'의 한계와 경직성만 확인한 채 실패로 돌아가고 말았다.

인터넷문학에 대한 관영 문학상의 유화적인 태도는 2011년에도 계속 이어졌다. 이번에는 제8회 마오둔문학상까지 인터넷문학에 문호를 개방하겠다고 천명한 것이다. 소설 분야에서 단편소설과 중편소설에만 상을 주는 루쉰문학상과는 달리 마오둔문학상은 13만 자 이상의 장편소설만 대상으로 삼는다. 따라서 본래 장편소설 위주인 인터넷문학 투고작들을 평가하면서 최소한 분량을 문제 삼지는 못할 것이다.

순문학 진영의 인터넷문학에 대한 체제화 작업은 다른 형태로도 진행되었다. 역시 2011년에 중국작가협회는 18명의 유명 작가와 평론가를 묶어 18명의 인터넷작가와 '자매결연' 이벤트를 벌이는 한편, 중점 작품 지원사업 안에 파격적으로 인터넷문학 관련 사업을 3건이나 포함시켰다. 더욱이 중국작가협회 제8차 전국대표대회에서 인터넷작가 탕쟈싼사오와 당녠밍위에를 전국위원회 위원으로 선출하여 중국작가협회의 주요 의결 과정에 참여할 자격을 준 것은 중국 주류 문학 영토의 일부를 인터넷문학에 떼어준 것이나 다름없었다.

이것은 중국 순문학 진영이 현재 인터넷문학의 존재를 얼마나 중대하게 의식하고 주류 문학 담론 안으로 끌어들이려 노력하고 있는지 알려주는 상징적 사건이었다.

그러나 국가 문예정책과 검열시스템 밖에서 자유로운 창작 활동을 영위해온 인터넷작가들이 얼마나 전통적인 문학 체제에 편입되기를 바랄지는 미지수다. 예를 들어 '주류 문단'에 접근하기 위해 중국작가협회 입회를 원하느냐는 질문에 1세대 인터넷작가 무룽쉬에춘은 단호히 부정의 뜻을 표했다.

입회요? 나는 그럴 리 없습니다! 나는 자유롭고 산만한 것이 습관이 되어서 어떠한 체제의 구속도 견디지 못합니다. 누가 나를 끌어들이고 싶어 해도 가지 않을 겁니다. 생각해 보세요. 작가협회에 가입한다면 나는 틀림없이 어떠한 공헌도 못할 겁니다. 작가협회에서 지급하는 월급은 납세자의 돈을 낭비하는 꼴이 되겠지요. (…) 나는 독립적인 신분과 사고를 더 중시합니다.

중국작가협회 회원이 됨과 동시에 뒤따르는 국가 공무원 신분과 명예, 작가 급수에 따라 제공되는 복지 혜택은 사실 많은 유명 인터넷작가들을 체제화할 수 있는 유인요소이다. 하지만 그것에 대한 반대급부로 '독립적인 신분과 사고'를 포기해야 한다면, 그것은 독자들의 수요와 취향의 추세를 기민하게 포착해 상업주의적 글쓰기를 전개하는 대다수 인터넷작가들로서는 받아들이기 힘든 일이다.

2) 인터넷작가, 편집자 연수제도 수립

중국작가협회는 전통 출판산업의 검열시스템을 디지털출판산업
에까지 확장하려는 신문출판총서의 방침에 발맞춰 인터넷작가와 편
집자 연수제도를 수립하였다. 이 일은 중국작가협회 직속의 작가,
평론가, 문학편집자 및 번역가 전문연수기관인 루쉰문학원魯迅文學院이
전담하여, 2009년 7월에 인터넷문학작가연수반을, 그리고 2010년
7월에는 인터넷문학편집자연수반을 개설하여 모두 열흘에서 2주 과
정으로 최근까지 연 1~2회씩 운영해오고 있다.

인터넷문학작가연수반에서는 순문학 진영의 저명 작가와 평론가
를 교수진으로 배치하고 20~30명에 달하는 인터넷작가들을 대상
으로 문학 창작의 조류와 기본 이론 등을 가르치고 있다. 예를 들어
2009년 7월 과정의 교수진은 중국공산당 중앙당교中央黨校 문사부文史部
부주임 저우시밍周熙明, 중국작가협회 부주석 천젠궁陳建功, 소설가 쟝쯔
룽蔣子龍, 문학잡지『장편소설선간』편집부 주임 마지, 평론가 후핑胡平
이었고 연수생인 인터넷작가들은 탕쟈싼샤오, 런위엔任怨, 츄위엔항
秋遠航, 장샤오화張小花 등이었다. 이때 루쉰문학원 원장 장젠張健은 현재
여론이 인터넷문학의 가치를 인정하고 있기는 하지만 인터넷문학이
봉착한 현실 제재의 부족, 언어적 세련미의 부족 등의 문제에 관해
의문을 제시하고 있다고 우려했다. 그러면서 바로 이 때문에 '현재
문화건설이 처한 문제', '이동 문화와 도시문학', '소설 창작담', '현대
사회와 문학의 서정과 서사' 등 일련의 전문 강좌를 인터넷문학작가
연수반 안에 개설하여 인터넷작가들을 교육하게 되었다고 말했다.

한편 인터넷문학편집자연수반에서는 전국의 대표적인 문학사이

트 소속 편집자 30~40명을 대상으로 '국정과 시정', '인터넷문학의 현상과 추세', '편집자의 지식과 소양', '문학 창작의 지식과 기교' 등의 전문 강좌를 진행한다. 2010년 7월 과정의 참가자들은 성다문학, 신랑, 왕이, 중원온라인과 일부 성 작가협회 33개 사이트 소속의 인터넷문학 편집자 41명이었다. 이때의 개강 기념사에서 장젠 "인터넷문학 편집자의 소질과 수준은 전체 인터넷문학의 발전, 흥성, 번영과 직접적으로 관련이 있습니다. 따라서 정치적으로 자격에 부합하며 업무에 우수한 인터넷문학 편집자를 길러내고 인터넷문학 편집진 구축을 강화하는 것은 틀림없이 인터넷문학의 건강한 발전을 위해 적극적인 작용을 할 것입니다. (…) 인터넷 보급의 확대에 따라 인터넷문학도 새로운 발전기에 처했으며 그 안에서 인터넷문학 편집자의 기능도 한층 중요해 보입니다. 편집자의 책임은 바로 시대를 위해 노래하고 인민을 위해 노래하는 우수한 작품을 위해 길을 깔고 다리를 놓는 것입니다."라고 주장했다.

문학평론가 푸수화傅書華는 한 신문 칼럼을 통해 위의 인터넷문학 작가연수반 운영의 오류를 완곡하게 꼬집어 말했다.

유명 작가 리페이푸(李佩甫)는 "인터넷 글쓰기는 창작이라고 할 수 없으며 기껏해야 용속화의 범람을 낳을 뿐이다."라고 하였다. 이런 비판적인 의견들은 모두 대단히 적확하며 인터넷문학이 발전 속에서 스스로를 건전화하는 데 도움이 된다고 말해야 하겠다. 그러나 다른 한편으로, 어떻게 인터넷문학을 정확히 인도해야 하는지 아직까지 경험이 부족하다는 것을 우리는 보곤 한다. 이번 루쉰문학원의 인터넷문학작가연수반이 여전히 전통적인 사회적 실천 방식을 채택한 것만 봐도 금세 알 수 있다.

푸수화는 '인터넷 글쓰기는 창작이라고 할 수 없으며 기껏해야 용속화의 범람을 낳을 뿐'이라는 의견이 대단히 적확하다고 보는 입장이어서 인터넷문학에 '건전화'와 '정확한 인도'가 필요하다고 본다. 하지만 인터넷문학작가연수반 같은 제도는 '정확한 인도'가 될 수 없는 '전통적인 사회적 실천 방식'이라고 평가절하하고 있다. 그의 말대로 이미 창작의 활력이 떨어진 노작가와 순문학 평론가 몇 명이 젊은 인터넷작가 몇 명을 모아놓고 현대사회에서의 문학의 사명이나 순문학 창작의 원칙 따위를 1~2주 가르친다고 가시적인 효과가 나타나리라고는 기대하기 힘들다.

인터넷문학편집자연수반도 비슷한 맥락에서 효율성이 의문시된다. 문학사이트에서 편집자의 역할은 출판사의 그것에 비해 대단히 제한적이다. 꼼꼼한 교열로 원고의 질을 향상시킬 여유도 없고 작가와 교류하며 올바른 창작의 방향을 제시하는 것은 더더욱 불가능할 뿐만 아니라 문학사이트의 운영에도 도움이 되지 않는다. 그런데도 편집자들을 모아놓고 편집자의 소양이나 문학 창작의 기교에 대해 운운하는 것은 아직도 의식화 교육을 통해 교육 대상의 체제화가 가능하다고 보는 관료주의적 발상의 소산일 뿐이다. 오늘날 인터넷문학의 발전은 순문학의 하위에 복속될 정도로 일시적인 소규모 추세가 아니다. 오히려 순문학을 능가하는 장점을 발휘하며 중국 문학콘텐츠 시장에서 빠르게 비중을 확대해가고 있다.

순문학의 시장은 종이책을 매개로 하는 출판 시장, 그리고 인터넷문학의 시장은 유료열람 서비스를 제공하는 문학사이트와 휴대폰이었던 상황은 인터넷문학이 출판 시장의 총아로 떠오르면서 무너져버렸다. 게다가 영상물로 각색되는 문학 텍스트까지 인터넷문학 작품이 주류를 이루게 되면서 인터넷문학은 적어도 문학콘텐츠 소비자의 저변에 있어서는 순문학보다 우세한 입지를 차지하였다. 이에 대해 중국작가협회 주석 톄닝鐵凝은 2009년 당대문학 관련 간담회에서 순문학이 갖고 있던 담론의 헤게모니를 인터넷문학이 전복시켰다고 인정하지 않을 수 없었다.

1) 출판시장의 잠식

최근 중국 출판시장의 문학베스트셀러 동향을 보면 텍스트 자체의 미학적 힘보다는, 대중매체의 영향 하에 있는 독자들의 집단적 선택에 의해 베스트셀러가 되는 책들이 대다수임을 확인할 수 있다. 문학평론가 한한韓晗은 2003년부터 2008년까지의 문학 베스트셀러 분석을 통해 다음과 같은 두 가지 독특한 현상을 발견했다.

하나는 예전의 전통 작가들이 베스트셀러에 오르는 경우가 드물거나, 혹은 오랫동안 베스트셀러 앞 순위를 차지하고 베스트셀러에 새로 진입하는 작가들 대다수가 '청춘작가' 혹은 '인터넷작가'라는 것이다. 또 다른 문제는 곧 체제의 단일화다. 베스트셀러에 오른 작품들은 기본적으로 소설, 회고록 같은 '서사문학'이 주를 이룬다.

위의 인용문에서 '청춘작가'란 이른바 '바링허우'[80後] 작가라 불리는 한한, 궈징밍, 장위에란, 춘수[春樹], 리사사[李傻傻], 이무[易木] 등을 말한다. 모두 1980년 이후에 태어났고 2003년 전후에 첫 작품을 발표한 이들은 "인터넷을 주된 창작의 매개로 삼고 상업적 이익을 주요 목적으로 하며 작품의 분위기와 내포 의미에 있어서는 도시가 배경이고 청춘이 주제인 청년 작가군"이라는 공통점을 기반으로 '청춘작가'라고 불리고 있다. 이들은 상하이시 작가협회와 잡지 『멍야』[萌芽]가 주최한 '신개념작문대회'[新槪念作文大賽]의 전국적 광풍과 대형출판사들의 상업주의적 마케팅에 힘입어 혜성처럼 나타난 '스타 작가'들로서 2000년 한한의 『삼중문』[三重門], 2003년 궈징밍의 『환성』[幻城]과 춘수의 『베이징와와』[北京娃娃]와 장위에란의 『1890년, 해바라기의 실종』[葵花走失於1890], 그리고 2004년 궈징밍의 『꿈속의 꽃들은 얼마나 떨어졌을까』[夢裏花落知多少] 등의 청춘소설이 공전의 판매부수를 기록하면서 그 존재를 인정받았다. 그러나 이들은 청춘소설의 유행이 지나고 제재의 빈곤함이 드러나면서 한한, 궈징밍, 장위에란 등 몇 명을 제외하고는 대부분 작가의 길을 포기했고 2007년을 기점으로 인터넷작가들에게 베스트셀러 작가의 지위를 넘겨주었다.

2007년과 2008년 중국 출판시장에서 가장 화제가 된 작품은 단연 톈샤바창의 『고스트램프』, 난파이싼수의 『도묘필기』, 허마[何馬]의 『티베트코드』[藏地密碼]였다. 각기 8권, 9권, 10권의 방대한 시리즈물인 이 인터넷소설들은 먼저 치뎬중원넷과 신랑 독서채널을 통해 네티즌의 눈을 사로잡은 후 곧바로 책으로 출간되어 2007년 이후 지속적으로 베스트셀러 순위에 이름을 올리면서 일련의 모방작 출간 붐까지 일으켰다.

중국 출판시장에서의 이와 같은 인터넷문학의 영향력 증가에 대해 문학평론가 마지는 다음과 같이 정리해 말했다.

인터넷문학은 전 국민이 참여함으로써 짧은 10년 사이에 글자 수로 계산하든 편수로 계산하든, 그 창작 작품이 이미 당대문학 60년 동안 종이매체에 발표된 작품의 총합을 훨씬 넘어섰습니다. 2000년 이후 인터넷문학의 출판량(총 인쇄부수)은 매년 약 25%의 속도로 점증해왔고 전국 대부분의 서점에 인터넷문학 전용 서가가 마련되었습니다. 서적 외에도 인터넷 창작 소설은 텔레비전, 영화, 게임, 애니메이션 등 기타 양식의 문화상품을 파생시킵니다.

위의 발언에서 보듯이 인터넷문학은 단지 인터넷 공간에서뿐만 아니라 출판시장에서도 순문학이 오랫동안 유지해왔던 독점적 지위를 무너뜨리고 새로운 강자로 떠오른 지 이미 오래이다. 또한 이보다 훨씬 더 인터넷문학이 순문학을 능가하는 부분은 바로 텍스트의 영상화이다.

2) 영상물로의 전환

최근 중국 비평계에서는 20세기 말부터 현재까지 작가와 대중매체의 연합으로 빚어진 이미지 중심의 심미 취향에 주목해 '독도讀圖 시대'라는 개념으로 오늘날의 독서 문화를 해석하고 있다. 인간은 어떤 정보를 흡수할 때 문자보다는 이미지를 더 빨리, 더 직관적으로 받아들인다. 이 점은 지금과 같은 정보화 사회에서 이익과 효율성의 관점에서 더욱 더 중시되고 있다. 문학도 이제 단순히 문자 텍

스트로만 존재하지 않는다. 드라마, 영화로 전환되거나 심지어 화보
와 결합하여 독자들의 심미 취향에 직접적으로 작용하게 되었다. 특
히 소설은 영화와 드라마와 마찬가지로 서사예술이어서 문학의 여러
가지 양식 중 '독도 시대'의 총아로 가장 큰 환영을 받고 있다. 그러
나 이런 현상은 오늘날 단독으로 생존하기 어려운 문학의 곤란한 상
황에 대한 반증일 수도 있다.

많은 영상물이 소설을 각색한 극본으로 성공을 거두는 현상에 대
해 장예모장이머우, 張藝謀는 다음과 같이 말했다.

나는 진작부터 이 점을 알고 있었다. 그래서 우선 문학가들에게 감사를
표하고, 또 그들이 다양한 풍격과 깊은 함의의 훌륭한 작품을 써내는 것에
대해 감사를 표한다. 나는 줄곧 중국 영화가 중국 문학을 멀리할 수 없다고
생각해왔다. 최근 몇 년 사이 중국 영화의 발전을 자세히 살펴보라. 모든 우
수 영화들이 거의 소설 각색을 바탕으로 만들어졌음을 깨닫게 될 것이다.
(…) 오늘날 중국 영화를 연구하려면 우선 오늘날 중국 문학을 연구해야 한
다. 왜냐하면 중국 영화는 영원히 문학이라는 이 지팡이를 손에서 놓을 수
없기 때문이다. 중국 영화가 번영하느냐 않느냐를 보려면 우선 중국 문학이
번영하느냐 않느냐를 보아야 한다. 중국에 좋은 영화가 있는 것에 관하여 우
선 작가들의 좋은 소설이 영화를 위해 재창조의 가능성을 제공하는 것에 대
해 감사해야 한다. 이 소설들을 버린다면 중국 영화의 대부분은 존재하지 못
할 것이다. (…) 이것은 내 개인적인 생각이며 결코 영화 시나리오 작가들의
공로를 부정하려는 것이 아니다. 시나리오 작가들 스스로 창작한 시나리오
로 만들어진 영화도 적지 않다. 단지 그 성과가 아주 좋지는 않은 편이다. 나
개인적으로는 소설을 멀리할 수 없다.

순문학 작가들 중 영화나 드라마로 작품이 각색된 유명 작가로는 모옌莫言, 왕쉬, 쑤퉁蘇童, 츠리池莉, 톄닝, 왕멍, 류헝劉恒 등이 있다. 이들의 작품을 각색해 만들어진 영상물은 대부분 큰 호응을 얻었다.

그러나 순문학 작가들 중 다수는 영상물에 대해 줄곧 냉담하고 고답적인 자세를 유지해왔다. 소설은 고급예술이지만 영화, 드라마는 속된 오락물이라는 관점이 지배적이었다. 〈집결 신호〉集結號, 〈서초패왕〉西楚霸王, 〈수다쟁이 장다민의 행복한 생활〉貧嘴張大民的幸福生活, 〈예쁜 엄마〉漂亮媽媽 등 십 수 편의 영화, 드라마 극본을 써서 극작가로도 입지를 굳힌 류헝조차 "나는 소설을 쓰는 것만큼 극본을 쓰는 것을 좋아하지는 않는다. 만약 내게 뭔가를 포기하라고 하면 다른 것은 다 포기해도 마지막에는 소설이 남을 것이다."라고 하여 소설가로서의 정체성에 더 애착을 가졌다.

쑤퉁의 발언은 좀 더 노골적인데, "나는 보통 극본을 쓰지 않는다. 이 드라마라는 것은 임시로 하는 것이어서 많이 쓰다 보면 손을 망치게 된다. 이것은 나 혼자만의 생각은 아니다. 한 작가의 문단에서의 지명도는 그의 사회적 지명도와는 다르다. 작가라면 역시 순문학 진영을 굳게 지켜야 한다. 정확히 자신을 대하고 그런 명성의 복잡한 성분을 똑바로 봐야 한다."라고 했다. 실제로 쑤퉁은 「홍분」紅粉이 드라마화되고, 「처첩성군」妻妾成群이 장예모에 의해 영화화되고, 또 장예모의 부탁으로 영화 저본底本을 목표로 삼아 장편 『측천무후』武則天을 쓰는 등 줄곧 영상업계와 긴밀한 관계에 있었지만 끝까지 극본에는 손을 대지 않았다. 자신의 작품이 영상물로 각색되어 저작권료를 받는 것은 꺼리지 않으면서도 극본을 쓰면 "손을 망친다."고까지 극언을 하여 소설文學에 비해 영상물을 낮게 평가했다.

반면에 일찍부터 영상물에 호감을 나타낸 작가도 소수이지만 없지는 않았다. 그 대표자인 왕숴는 '독서'讀書에서 '독도'讀圖로 옮겨가는 이 시대의 문화적 추세를 이미 1994년에 아래와 같이 포착했다.

나는 갈수록 어떤 것이 바뀌어야 한다는 생각이 든다. 그것은 바로 사상과 감정의 전달이 단지 글을 쓰는 방식, 문자의 형식만이 아니고 다른 형식, 예를 들어 시청각의 형식도 매우 효과적이라는 것이다. 좋은 영화는 결코 좋은 소설보다 못하지 않고 나쁜 소설은 나쁜 영화보다 더 봐주기 힘들 것이다. 여기에서는 좋고 나쁜 것이 중요하지 형식이 무엇인가는 별 게 아니다. 발전의 시각으로 볼 때, 나는 문자의 작용이 갈수록 줄어들 것이라고 생각한다. 한 시대에는 그 시대의 가장 유력한 목소리가 있으니 이 시대에 그것은 바로 영상물이다.

영상물에 대한 이런 개방적인 태도로 인해 왕숴는 『동물은 난폭하다』動物凶猛, 『갈망』渴望, 『편집부 이야기』編輯部的故事 등 자신의 수많은 작품을 영상물로 각색시켰을 뿐만 아니라 명감독 펑샤오강馮小剛과 합작으로 「탄식 소리」一聲歎息를 비롯해 모두 세 편의 시나리오를 집필했다.

이상과 같이 영상물에 대한 작가들의 태도는 크게 갈리지만 어쨌든 순문학은 줄곧 영화, 드라마를 위한, 유력한 콘텐츠 제공처였다. 그러나 20세기 말 인터넷문학이 출현하여 다수의 히트작을 내면서부터 상황이 달라지기 시작했다. 인터넷문학 영상화의 최초의 화제작은, 1998년 처음으로 인터넷문학의 대중화 시대를 연 차이즈헝의 『첫 번째 친밀한 접촉』이었다. 진궈자오金國釗가 감독한 동명의 영화가 타이완에서 2000년 11월 25일에, 베이징에서는 이듬해 2월 9일에 상영되었다. 2004년에는 추이중崔鍾이 연출한 동명의 22부작 드라마가 절찬리에 방영되었다. 2002년 매일 수백만의 조회 수를 기록한 무룽쉬에춘의 『청두여, 오늘 밤 나를 잊어다오』도 2006년에는 24부작 동명의 드라마로, 2007년에는 〈나를 잊어줘〉請將我遺忘라는 제목의 영화로 상영되었다. 이밖에 2004년 인터넷 청춘문학 대상 수상작인 허샤오톈何小天의 『누가 청춘이 틀려서는 안 된다고 하는가』誰說靑春不能錯가 2008년에, 인터넷 미스터리소설의 대표 주자였던 차이쥔의 『저주』詛咒, 『황량한 마을』荒村, 『지옥의 19층』地獄的第十九層이 각기 2004년, 2006년, 2007년에, 두량都梁의 『빛나는 검』亮劍과 류류의 『양면테이프』가 2005년과 2007년에 각기 영화와 드라마로 공개되었다.

인터넷문학의 영상화는 최근에 와서 더욱 더 활발해지고 있다. 성다문학 한 곳만 보아도 2011년 한 해에만 무려 50여 종에 이르는 인터넷문학 작품의 영상 판권을 판매했다. 그리고 2011년 전국 동시간대 시청률 1위를 기록한 드라마 『보보경심』과 같은 해 전국 박스오피스 1위를 차지한 영화 『실연 33일』失戀33天, 그리고 준비 중인 드라마 『명나라 시대로 돌아가 왕이 되다』回到明朝當王爺, 『만년을 경축하다』, 『제금』帝錦 등 수많은 화제작이 모두 인터넷문학 원작이다. 본래 인터넷문학에서는 로맨스소설, 미스터리소설, 전쟁소설 같은 비교적 현실적인 작품들이 영상화되어왔지만 최근에는 타임 슬립류의 판타지소설도 영상화가 시도되고 있다. 최근 인터넷문학에서의 판타지류의 인기가 반영된 결과일 것이다.

이처럼 영상 각색 분야에서 인터넷문학이 점점 더 각광을 받는 것과 반비례하여 순문학은 뚜렷한 성과를 못 낸 채 밀려나고 있다. 이것은 아무래도 인터넷문학의 문학적 특성과 높아진 인기에 그 원인이 있다고 본다. 본래 대중예술인 영화와 드라마는 사람들의 미적 취미와 심리적 수용력을 최우선적으로 고려해 각색할 문학 작품을 고른다. 사람들은 보통 영상물을 통해 유행과 세태를 읽으려 하기 때문에 각색할 문학 작품은 그 내용과 스타일이 반드시 대중의 구미에 부합해야 한다. 따라서 좀 더 교훈적이거나 미학적인 순문학보다는 주로 젊은이들의 삶과 의식을 반영하고 유행에 민감하며 스토리가 통속적인 인터넷문학이 유리할 수밖에 없다. 사실 인터넷작가들은 다양한 배경을 가진 아마추어 창작자들이어서 현실 제재를 다룰 때는 전통적인 엘리트 작가들에 비해 훨씬 삶에 밀착된 글쓰기를 보이고, 초현실적 제재를 다룰 때는 통속적이고 유형화된 스타일을 사용하면서도 때때로 신선하고 기발한 상상력을 표출한다. 또한 네티즌 독자와의 끊임없는 커뮤니케이션 속에서 글을 쓰기 때문에 아주 자연스럽게 작품과 대중의 공감대가 마련된다.

인터넷작가 류류를 예로 들면, 그녀는 자신이 작가가 아니라 글쟁이일 뿐이며 자신의 창작은 수많은 네티즌 독자들의 지지와 불가분의 관계라면서 "나는 MS워드에서 글을 쓰는 습관이 없어 반드시 인터넷 게시판을 열고 채팅하듯 이야기를 풀고 계속 댓글을 달아주는 사람이 있어야 한다. 나의 가장 큰 특징은 겸손하다는 것이다. 누가 칭찬을 해주면 더욱 분발하고 누가 비판을 하면 애써 고치려고 한다."라고 말했다. 2005년 신랑에 연재되어 '결혼의 교과서'라는 호평을 받은 그녀 소설 『양면테이프』도 이처럼 '채팅하듯 이야기를 풀고 계속 댓글을 달아주는 사람이 있는' 글쓰기 환경에서 탄생했다. 실제 주부인 그녀의 체험과 네티즌 독자들의 조언이 당연히 그 안에 녹아들었다. 『양면테이프』는 특히 고부 관계를 리얼하게 묘사하여 온라인상에서 도시 가정의 윤리를 둘러싼 대논쟁을 불러일으켰다.

신랑 독서채널의 게시판에 올라온 관련 글만 3만 개에 이르렀고 전국의 매체 20여 곳에 작품이 전재轉載되었다. 이처럼 『양면테이프』의 인기가 최고조에 달했을 때, 한꺼번에 백여 곳에 달하는 영상물 관련 투자회사들이 원작자 류류에게 합작을 제안했다고 한다. 우리는 바로 여기에서 영상물 기획자들이 인터넷문학에 주목하는 두 번째 원인을 알게 된다. 그것은 곧 원작의 지명도이다.

영상물은 그 기획 단계에서 보다 많은 사람들에게 주목을 받기 위하여 필수적으로 원작의 지명도를 고려한다. 그런데 인기 있는 인터넷소설은 조회 수가 수백만 회에 달하고 그 작가도 상당한 사회적 인지도를 갖고 있다. 그런 작품을 영상물로 각색한다면 작품과 작가의 이름만으로 영화, 드라마의 예매율과 시청률을 일정 부분 높일 수 있다. 이것은 인기가 퇴조하고 있는 순문학 작품으로는 좀처럼 기대하기 힘든 효과이다. 이처럼 인터넷에서의 인기를 스크린과 브라운관으로 옮겨오려는 시도는 비교적 좋은 반응을 얻은 경우가 많다. 드라마 〈빛나는 검〉과 〈양면테이프〉 등이 대표적인 예다.

그러나 인기 인터넷문학을 각색한 영상물이 모두 성공을 거둔 것은 아니다. 영화 〈첫 번째 친밀한 접촉〉, 〈19층 공간〉, 〈나를 잊어 줘〉는 원작 소설이 누린 인기의 덕을 전혀 보지 못했다. 그 원인은 각색자, 마케팅, 투자 환경 등 여러 가지 요소와 관련이 있을 것이므로 쉽게 단정하기는 힘들다. 소설과 영상물이라는 서로 다른 두 예술 양식의 구조적 차이도 문제가 될 것이다. 실제로 최고 인기 인터넷문학 작품인 『고스트램프』는 바로 이 문제로 인해 오래 전에 영화 판권이 팔렸는데도 계속 크랭크인이 미뤄지고 있다. 다른 대부분의 대형 판타지소설과 비슷하게 이 작품은 연재 과정에서 불필요하게 분량이 많아지면서 플롯이 치밀하지 못하고 뒷부분으로 갈수록 이야기의 긴장감이 떨어진다. 이런 소설은 시나리오로 전환하기가 극히 어렵다. 시나리오는 100여 개의 씬 안에 스토리 전체를 압축해 담아야하기 때문이다.

위와 같은 두 가지 원인, 즉 통속적이며 유행에 민감한 내용과 대중적 인지도로 인해 인터넷문학은 앞으로도 순문학을 제치고 영상물 제작의 주요 콘텐츠 공급원 역할을 할 것으로 보인다. 이에 공급 주체인 문학사이트 업계도 적극적인 자세를 보이고 있다. 일례로 문학사이트들이 주도한 '2006~2007 중국 인터넷문학제'에서는 수상 부문 중에 '영상 극본' 파트를 따로 마련하여 인터넷작가들이 곧바로 영화, 드라마 극본을 쓰도록 유도했다. 그리고 2008년 '신랑 제5회 창작문학 공모전'에서는 '문학과 영상의 결합을 촉진하고 문학 산업 연쇄의 개발을 모색하며 문화 산업 발전을 인도해 대중문화 수요를 만족시키는 것'을 종지로 삼아서 수상작을 단순히 출판해줄 뿐만 아니라 각 메이저 영화사와 드라마 제작사에 추천해 영상화하는 것을 꾀했다.

이 공모전이 끝난 후 실제로 수상자 챠오추翘楚는 드라마 제작사에 영상 판권을 판매했다. 한편 인터넷작가들은 대부분 20~30대의 젊은이들로서 어려서부터 국내외 드라마와 영화를 보고 자란 영상 세대이기 때문에 애초에 작품의 영상물 각색을 위한 선험적 바탕을 갖고 있는 셈이다. 초기 인터넷문학임에도 차이즈형의 『첫 번째 친밀한 접촉』이 영화 〈타이타닉〉의 내적 구조와 유사성이 있고 차이쥔의 소설에서 〈링〉, 〈샤이닝〉 같은 외국 공포영화의 흔적이 많이 발견되는 것만 봐도 인터넷작가와 영상물 사이의 근본적인 친화성을 확인할 수 있다.

인터넷문학은 줄곧 순문학 진영으로부터 문학성이 높지 않고 우수한 작품이 부재하다는 이유로 비난을 받아왔다. 이러한 차별은 영상 예술도 일찍이 경험한 바 있지만 백여 년간 대중화된 오락문화의 양식으로 생존해오며 장족의 발전을 이룩했고 고급예술의 자격도 일부 획득했다. 이와 비슷하게 중국 인터넷문학도 지난 이십여 년간의 모색을 통해 규모와 다양성, 작품성 면에서 모두 수준이 높아졌으며 오늘날 문학콘텐츠시장 최대의 통속문학 장르로 성장했다. 따라서 오늘날 인터넷문학과 영화, 드라마의 결합은 인터넷문학의 위상 제고에 크게 이바지하는 동시에 향후 발전 과정에서 새로운 비전을 제시해줄 수 있을 것이다.

중국작가협회의 대표 평론가인 바이예白燁는 최근 10년 사이, 인터넷과 출판산업의 발전 및 변혁으로 인해 중국 문단에 정립鼎立과 다원적 공생의 체제가 성립되었다고 말했다. 그가 보기에 정립을 이루는 한쪽은 전통 문학잡지를 핵심으로 하는 전통 문단, 또 한쪽은 베스트셀러를 핵심으로 하는 대중문학 문단, 마지막은 자유 창작을 핵심으로 하는 인터넷 문단이다. 이 새로운 체제는 정보화 시대의 심화로 인터넷 문단의 영향력이 커지고 이에 반비례해 전통 문단과 대중문학 문단의 영향력이 줄어드는 추세이며 그 과정에서 각 문단의 상호소통 현상이 벌어지고 있다.

아마도 대중문학과 인터넷문학의 소통은 따로 깊게 논의할 필요가 없을 것이다. 왜냐하면 현재 중국 대중문학 자체가 주요 창작 장르판타지, 로맨스; 청춘문학 등와 인터넷 매체의 활용 면에서 인터넷문학과 많은 부분을 공유하고 있기 때문이다. 예컨대 중국 대중문학의 총아인 궈징밍은 처음에 잡지『멍야』와 춘펑문예출판사의 마케팅 합작에 힘입어 판타지소설『환성』과 로맨스소설『꿈속의 꽃들은 얼마나 떨어졌을까』를 출판해 히트시켜 명성을 얻었지만 그 과정에서 인터넷이 결정적인 작용을 했다. 그와 그의 작품에 대해 강단 평론가들이 냉담하기 그지없는 태도를 보일 때 인터넷 공간에서 네티즌이 폭발적인 반응을 보여 그의 인기와 작품 판매부수, 그리고 대중적 영향력을 급상승시킨 것이다. 이에 궈징밍 본인도 인터넷 매체를 적극적으로 활용했다. 개인 블로그를 열어 독자들과 활발히 소통하면서 더 많은 팬들을 양산하고 자신의 지명도를 확대했다.

이처럼 대부분의 대중문학 작가들은 근본적으로 인터넷과 긴밀한 관계를 유지하고 있다. 만약 그들이 현재 전적으로 의존하고 있는 상업출판사와 대중문학 잡지의 힘이 약화된다면 그들은 언제든 문학 사이트와 포털사이트 독서채널로 본거지를 옮겨 인터넷작가 대열에 합류할 것이다.

따라서 주의 깊게 살펴봐야 할 것은 역시 순문학과 인터넷문학의 소통 부분인데, 순문학은 '인터넷문학'보다는 먼저 '인터넷'을 접했다. 인터넷을 문학 전파의 새로운 매체로 인정하고 문학잡지의 홈페이지를 개설한 것이다. 1997년 쟝쑤성의 문학잡지 『위화』雨花의 홈페이지 개설은 중국 순문학잡지의 인터넷 진출 붐을 이끄는 신호탄이 되었다. 그리고 2000년에는 잡지 『톈야』天涯가 인터넷 논단 '톈야종횡'天涯縱橫을 열고 유명 문학가 리퉈李陀, 우훙썬吳洪森에게 관리를 맡겨서 작가들의 동참을 유도했다. 그 결과 같은 해 말에 이르러서는 이미 사이트 회원으로 등록한 『톈야』의 수많은 독자들과 작가들이 다양한 토론을 벌이고 우수한 시, 소설을 발표하여 중국 사상 논단의 중심으로 각광을 받게 되었다.

이어 2000년 9월에 순문학과 인터넷 문학의 첫 만남이 이뤄진다. 저명한 순문학 잡지 『작가』作家, 『다쟈』大家, 『중산』鍾山, 『산화』山花가 신예 작가를 양성하기 위해 만든 '온라인사중주'聯網四重奏 문학상에서 인터넷문학 분야를 별도로 개설하고 일련의 이벤트를 벌이자는 계획을 수립한 것이다. 그 이듬해에 잠재력과 영향력을 겸비한 인터넷작가 6명을 선별, 네 잡지에 1만 자 전후의 단편소설을 게재하게 하고 그 작품들을 작가, 비평가의 평론과 함께 인터넷에 발표한 뒤

연말에 시상식을 갖는다는 내용이었다. 이 이벤트는 겨우 2년 만에 중단되긴 했지만 순문학이 본격적으로 인터넷문학에 문호를 연 최초의 사례로서 의미를 갖는다. 이밖에 2005년 우한武漢의 문학잡지『팡차오』芳草의 인터넷문학 중심 웹진『팡차오』창간과 '인터넷문학논단' 개최매년 1회, 그리고 2007년 청소년문학잡지『중국캠퍼스문학』中國校園文學의 인터넷문학 독후감 공모전 개최 등도 주목할 만하다.

하지만 순문학과 인터넷문학의 전면적이면서도 대등한 교류는 2008년에야 비로소 실현되었다. 그해 10월 28일, 중국작가협회 산하의『장편소설선간』은 중원온라인 산하의 17K문학넷과 제휴하여 '인터넷문학 10년 결산 이벤트'를 열었다. 이 이벤트에서는 인터넷문학사의 회고, 순문학 작가들과 인터넷작가들의 창작 경험 교류, 학자 방문, 인터넷작가 방문, 인터넷문학 최고 인기작 투표 등이 진행되었다. 인터넷문학의 달라진 위상과 이에 대한 순문학 진영의 태도 변화를 확인할 수 있는 자리였다.

이상과 같은 순문학과 인터넷문학의 소통은 인터넷문학에 대한 순문학의 일방적인 접근과 포용의 성격이 짙었다. 순문학은 줄곧 중국 문학권력의 중심부에 위치해 있었기 때문이다. 그런데 인터넷 보급이 확대되고 문학 감상의 매체로 인터넷을 이용하는 독자들도 갈수록 늘어나면서 한때 두 문학이 인터넷 공간에서 대등하게 소통, 공존하는 조짐이 나타난 적이 있었다. 이와 관련해 신랑 독서채널에 게재되었던「홍슈톈샹: 문학사이트, 인터넷문학에 이별을 고하다」紅袖添香: 文學網站告別網絡文學라는 글을 살펴보자. 이 글은 2004년 8월 21일 대형 문학사이트 홍슈톈샹이 전국 각지의 유명 작가, 학자, 평론가 등을 모아 인터넷문학의 개념이 무엇인지에 관하여 벌인 토론회의 결론이다. 당시 주최 측이었던 홍슈텐샹은 아래와 같은 의견을 개진했다.

> 이미 점점 더 많은 전통 작가들이 작품을 갖고 문학사이트에 가입하고 있다. 본 주최 측이 개설한 지 반 년 남짓 된 장편소설 란에는 이미 많은 전통문학 작가와 작가협회 회원들이 명성에 이끌려와 자신들의 작품을 발표했다. 마찬가지로 본 사이트의 일부 우수 작가들은 인터넷이라는 이 매체의 문학 창작자들이면서 동시에 자신들의 문학적 재능으로 전통 매체에서도 인정을 받았다. 그들은 문학사이트에서 일정한 지명도가 있을 뿐만 아니라 잡지와 정기간행물에 적지 않은 작품을 발표하기도 했으며 몇몇 작가들의 작품은 벌써 편집, 출판되었다. 이밖에 많은 잡지와 정기간행물 편집자들이 장기간 본 사이트에 머무르며 원고를 선발하고 있다. 원고 선발과 관련해 본 사이트에 등록한 매체는 벌써 백여 곳에 달하며 그 중에는 순문학 정기간행물도 있다. 이를 통해서 볼 때, 이른바 '인터넷문학'과 순문학의 경계가 모호해지고 점차 사라지고 있음을 알 수 있다. 사실상 순문학 작가와 문학 창작집단은 인터넷이라는 매체를 통해 수용자와 독자층을 확대하기를 희망하고 있으며 수많은 문학 애호가들도 인터넷을 통해 오늘날 문학의 다양한 스타일의 작품들과 접촉하기를 갈망한다.

이 글이 발표된 연도는 2004년으로서 그때는 문학사이트의 상업적 운영이 막 시작되었고 인터넷문학의 색깔이 지금처럼 장르소설 일색이 아니었다. 다시 말해, 지금처럼 각 장르소설의 인기 순위와 신작 업데이트 상황이 온통 첫 화면을 어지럽게 장식하지 않았으며 순문학 취향 네티즌의 습작도 장르소설과 나란히 게시판에 올라와 독자들의 눈에 띌 수 있었다. 그래서 순문학잡지의 편집자와 대중문학 출판사의 편집자가 함께 각 게시판에서 가능성 있는 원고를 고르는 장면이 연출되었다. 그렇다면 지금도 이런 일이 벌어지고 있을까? 문학사이트 안에서 인터넷문학과 순문학이 소통하며 공존하고 있을까?

　오늘날에는 상황이 많이 바뀌었다. 각 문학사이트는 VIP요금제를 통해 완전히 상업화되었다. 많은 조회 수를 기록해 유료서비스 목록에 진입하거나 진입 후에도 더 많은 조회 수로 돈을 벌려는, 다시 말해 흥미 위주의 장르소설 '프로 작가'의 꿈을 이루려는 수십만의 인터넷작가들만 각 게시판을 장악하고 있다. 이런 상황에서 순문학이 문학사이트에 진입해 인터넷문학과 어깨를 나란히 하고 소통을 도모하는 것은 거의 불가능한 일이다. 따라서 사이트 안에서 순문학과 인터넷문학이 공존하며 서로 간의 경계가 점차 사라지고 있다던, 그리고 문학 애호가들이 '인터넷을 통해 오늘날 문학의 다양한 스타일의 작품들과 접촉하기를 갈망한다'던 홍슈텐샹의 진단은 무의미해져 버렸다. 순문학과 인터넷문학의 소통은 여전히 순문학의 인터넷문학에 대한 일방적이며 '시혜적'인 제스처일 뿐 두 문학의 대등한 교류나 공존, 나아가 경계의 해소는 대단히 요원해 보인다.

　여기에서 인터넷문학에 줄곧 주목해온 순문학 작가 천춘陳村의 전망을 참고해보자. 기존 작가와 인터넷의 관계를 논하면서 그는 앞으로 거의 모든 문학이 '인터넷문학'이 될 것이라고 전망했다. 왜냐하면 순문학이든 인터넷문학이든 모두 인터넷에서 발표되는 시대가 다가오고 있기 때문이라는 것이다. 천춘은 종이책이 종말을 맞고 모든 문학 텍스트가 인터넷 공간에 비트 형태로 존재하는 미래를 상상하고 있다. 그가 말하는 '인터넷문학'은 '인터넷에 존재하는 문학', 즉 매체의 특성에 따른 문학 개념일 뿐이다. 그러나 엄밀히 말해 오늘날의 인터넷문학은 인터넷 공간에 존재하고 인터넷을 전파의 매개체로 삼을 뿐만 아니라 '그 창작과 수용이 쌍방향성과 온라인적 성격을 갖는 문학 양식'을 뜻한다.

만약 미래에 정말로 종이책의 종말이 온다면 순문학도 이 인터넷 문학의 범위 안에 수렴될 수 있을까? 천춘의 '인터넷문학'이라면 모를까 오늘날의 인터넷문학이라면 아마 수렴되기 힘들 것이다. 왜냐하면 순문학과 인터넷문학은 현재 순문학과 대중문학이라는 이원대립 관계에 고착되어 있고 그 사이에 넘어설 수 없는 장벽이 놓여 있기 때문이다. 이 장벽은 대중문학에 대한 순문학의 뿌리 깊은 멸시로만 형성된 것이 아니다. 오늘날에는 그 반대 방향의 멸시도 존재한다. 대중문학과 인터넷문학 사이에서 활동해온 작가 쉬둬위는 대중문학 작가 한한의 말을 인용하면서 순문학의 보수적인 문단을 겨냥해 다음과 같이 독설을 날렸다.

> 한한은 문단이 하찮은 존재이며 기껏해야 넓두리에 불과하다고 말했습니다. 내가 보기에 문단은 하찮을 뿐만 아니라 정말로 누가 때마다 나서서 허세나 부리는 곳입니다.

이런 노골적인 발언의 배후에는 오랫동안 인터넷문학과 대중문학의 문제점을 공격하고 '문학'으로서의 자격조차 부정해온 순문학 진영에 대한 불만이 자리 잡고 있다. 그렇다면 인터넷문학은 과연 어떤 문제점으로 인해 혹독한 비판의 대상이 된 것일까?

지난 20여 년 간 순문학 진영은 인터넷문학의 발전을 예의 주시해왔고 주로 비판적 입장을 견지했다. 하지만 그들의 비판은 논리적 모순을 안고 있다. 처음에 그들은 이 '새로운' 문학의 출현에 기대를 걸었지만 그 '새로움'이 자신들의 기대 수준에 미치지 못한다는 것을 알고 실망했다. 그리고 나중에 그 '새로움'이 예상 밖의 속도로 변질되어 전혀 낯선 '새로움'이 되자, 이번에는 자신들의 기대 지평을 벗어났다는 이유로 비판하기 시작했다. 순문학 진영이 바랐던 인터넷문학의 상$_像$은 그들이 이해하고 포용할 수 있고 길들일 수 있는 것이어야 했다.

1) 문제와 비판

2000년 포털사이트 왕이가 주최한 인터넷문학상에 심사위원으로 참가한 장캉캉$_{張抗抗}$은, 인터넷의 새로운 문학 양식을 본다는 기대감을 안고 심사에 들어갔다가 그만 실망하고 말았다.

인터넷 글쓰기의 자유분방함을 기대했지만 다수의 텍스트가 신중하고 규범적이었고, 인터넷 글쓰기의 인터넷문화의 특성을 기대했지만 실제로는 바다와 강에 그물이 다 잠겨버린 꼴이었으며, 인터넷 글쓰기의 극단적으로 개인화된 감정 세계를 기대했지만 많은 텍스트가 여전히 현실 생활에 대한 주목과 사회적 관심에 기울어져 있었다. 또한 인터넷 세계의 특정한 현대적, 혹은 후현대적 담론체계를 기대했지만 시야에 들어온 서술 언어는 고전과 현대, 그리고 가상과 실재가 뒤섞이고 함께 어우러진 것이었다. 일차 심사에서 추려낸 30편의 작품은 인터넷문학이나 인터넷 글쓰기의 특징에 대한 내 기존의 가설들을 바로잡았다. 그것들은 내가 상상한 것보다 온화하고 이성적이었다.

2000년은 인터넷문학 초기로서 아직 문학사이트의 상업화 운영이 시작되지 않고 장르소설 중심의 구조 재편도 이뤄지지 않은 시기였다. 막 인터넷에 익숙해진 아마추어 문학 애호가들이 작가의 꿈을 품고 앞 다퉈 작품을 발표했지만 장캉캉의 말대로 문학 양식, 서술 언어, 감정 세계 등 어떤 측면에서도 순문학과 완전히 차별화된 면모는 보이지 못했다. 순문학의 글쓰기를 뛰어넘는 파격과 개인의 극단적인 감정 세계, 그리고 전위적인 언어를 예상했던 장캉캉의 기대에는 수준이 한참 못 미쳤다. 결국 기성 작가의 눈에 비친 인터넷문학의 첫 인상은 아마추어 문인들의 미숙한 글쓰기에 불과했다.

그런데 인터넷 유료열람 제도가 2005년부터 자리를 잡으면서 인터넷문학 전체의 형질이 바뀌었다. 주관적 감흥을 담은 수필, 도시적 서정과 유행을 묘사한 단편소설, 로맨스와 유머가 어우러진 콩트 등이 주류를 이뤘던 인터넷문단에 장르소설의 파고가 밀려왔다. 그래서 지난 10년 사이 로맨스와 판타지 성격의 장편소설들이 인터넷문학 시장의 90% 이상을 차지하게 되었다. 상업사회, 소비사회의 유행 문학으로서 자유로운 장르 혼성과 패턴화된 글쓰기로 독자들의 오락 욕구를 충족시키는 이 소설들은, 문학의 교훈적, 미학적 기능을 중시하는 순문학의 입장에서는 상당히 낯선 문학 양식이었다. 그러나 이 '낯섦'은 순문학 진영이 포용할 만한 '새로움'은 아니었다. 이와 관련해 문학 평론가 관닝의 비판을 살펴보기로 하자.

현재 인터넷문학은 번창하고 있기는 하지만 작품의 제재가 단일하고 격조가 높지 않은 현상도 비교적 두드러진다. 구체적으로 본다면 인터넷문학과 휴대폰문학은 대부분 로맨스와 판타지가 마구 뒤섞인 형태이며 예술적인 수준도 일정치 않다. 일부 인터넷문학은 조회 수와 다운로드 양을 위해 과도하게 스토리와 통속성을 강조하고 일부 휴대폰문학은 기술적 제한 때문에 과도하게 간결성을 추구하여 '문학성'이 해소되고 있다. 또한 강력한 기술 수단이 문학 생산과 전파를 가속화시키고 동시에 거대한 경제적 힘이 문학 작가들을 매수하고 농락한다. 기술과 경제의 이런 이중 작용은 문학에 대한 압제와 배척이 되었고 새로운 매체의 다원적인 표상 밑에는 일원적인 경향이 감춰져 있다. 그리고 문학의 교육적, 심미적 기능은 일정 정도 상품 기능으로 대체되었으며 감정을 도야하고 영혼을 정화하는 문학의 기능은 시장 법칙의 왜곡 아래 변질되곤 한다.

순문학의 관점에서 인터넷문학은 지금까지 출현했던 어떤 문학 양식보다 이질적이다. 관닝의 말대로 강력한 기술에 힘입어 작품의 생산과 전파가 놀라울 정도로 빠르게 이뤄지고 전통적인 문학의 교육적, 심미적 기능을 도외시한 채 스스로 문화 상품으로서의 기능에만 충실하여 제재의 다양성이나 격조 같은 예술적 품위보다는 스토리와 통속성에 주력한다. 이 모든 것들이 새롭긴 하되 순문학의 오랜 기준에 비춰볼 때는 비판받아야 마땅한 특징이다. 한편 문학평론가 마지는 좀 더 구체적으로 인터넷문학의 낮은 예술적 수준을 비판한다.

인터넷문학의 패스트푸드화는 창작 주체의 소실을 초래했고 사상적 깊이도 하향 균일화되었으며 텍스트 구조의 단순화, 창작 기법과 격조의 저급화, 대중영합주의 등의 수많은 문제들도 예술적 수준면에서 인터넷문학 작품이 전통 문학 작품과 비교적 큰 차이가 나게 만들었다. 상업모델의 추진 하에서 인터넷 글쓰기의 '블렌딩 현상'이 나날이 심각해지고 있다. 초기 인터넷 작품인 『오공전』, 『이곳의 소년』처럼 인터넷문학의 특징을 드러내면서도 매우 신중하게 쓴 작품들은 갈수록 줄어들고 2~3백만 자에 달하는 장편소설들이 판을 치고 있으니 틀림없이 작가들의 재능을 금세 소진시켜 버릴 것이다.

위의 두 인용문은 오늘날 거론되고 있는 인터넷문학의 문제점을 대부분 포괄하고 있는데, 모든 문제점을 낳은 가장 근본적인 원인은 바로 인터넷문학의 과도한 상업주의다. 바로 여기에서 통속적 주제, 단순한 구조, 대중 영합적 글쓰기 등 인터넷문학의 구조적이며 세부적인 문제들이 전부 비롯되었다. 그런데 과도한 상업주의의 가장 큰 폐해는 인터넷문학 평론가 마오샤오충_{毛小蟲}의 「인터넷작가: '지식자본가의 끄나풀'이 되는가?」_{網絡作家: 做 "知本家的反走狗"?}라는 제목의 글에서 발견된다.

인터넷문학 창작은 원래 자발적이며 우표수집 같은 성질이 있었다. 그런데 일단 지식자본가들이 조직한 공모전 이벤트가 생기자, 또 인터넷 글쟁이가 인터넷작가가 되고 온라인상의 글자들이 인쇄물로 변해 길거리에 놓이면서 지식자본가들이 명성과 이익으로 짜놓은 그물은 갈수록 조여들었고 인터넷작가들이 투항하는 시대가 왔다. (…) 이른바 지식자본가들의 개입 때문에, 이른바 상업모델과 상업기술의 운용 때문에 소규모 집단의, 자기만족적으로 이뤄지던 인터넷에서의 문학 창작은 그 전파의 경로가 조직적, 계획적으로 수백, 수천 배로 확충되고 수용자의 규모도 처음보다 N배가 되었다. 좋은 것을 더 많은 사람이, 더 빨리 나눠 즐기자던 인터넷의 기본 정신은 뜻밖에 저속한 머니게임(또는 상업계획) 속에서 열반에 이르고 다시 재현되었다.

처음 인터넷문학이 출현했을 때 모든 사람이 주목하고 기대한 것은 '문학의 민주화'였다. 누구든 문학에 관심 있는 네티즌이라면 '자발적으로', 그리고 '자기만족적으로' 인터넷 공간에 '자유로운 자아 표현'의 작품을 발표하고 공유하며 작가로 인정받을 수 있다는 것은 초기 인터넷문학의 공통된 이상이었다. 그러나 이 꿈은 '지식자본가'知本家들이 조종하는 문학사이트의 개입으로 인해 변질되었다.

여전히 누구나 작가가 될 수 있긴 하지만 '자기만족적인 자유로운 자아 표현'만으로는 작가가 되기 힘들다. 유료열람을 제도화한 후 문학사이트들은 인터넷문학 시장에서 경쟁력을 갖추기 위하여 '팔리는 작품'위주로 유료연재 원고를 선별하기 시작했고, 인터넷작가들은 돈이 벌리는 유료연재 작가 대열에 끼기 위해 다분히 전략적인 글쓰기를 택해야 했다. 그래서 오늘날 인터넷문학의 글쓰기는 서사와 상상력 모두 고도로 문화산업과 연계되어 있다. 조회 수를 늘리고 수익을 최대화하기 위해 독자에게 영합하고 천편일률적인 창작모델을 반복하면서 지극히 부실한 작품을 양산하고 있다.

추리소설 작가 마이쟈는 2010년 화어문학미디어대상華語文學傳媒大獎의 문학이벤트 자리에서 "내 생각에 현재 대부분의 인터넷문학은 99%가 쓰레기이고 1%의 좋은 작품은 바다에서 바늘을 건지는 것만큼 찾기 힘들므로 역시 저절로 사라질 것이다."라고 했다.

그래서 인터넷문학의 문제점은 첫 번째 과도한 상업주의에서 곧장 두 번째인 저급한 작품 수준으로 연결된다. 인터넷문학의 상업화, 산업화는 위에서 언급한 것처럼 인터넷작가의 창작 환경을 완전히 바꿔놓았다. 과거에는 단순히 독자들의 선호도를 의미했던 작품 조회 수가 현재 문학사이트에서는 경제적 이익과 연계된다. 즉, '유료열람'_{付費閱讀}에 의해 작가와 독자 사이에 직접적인 수익 관계가 설정되어 있다. 이런 유료 열람 방식은 인터넷문학 작품의 분량과 내용에 큰 변화를 가져왔다. 분량은 길면 길수록 좋으며 내용도 선정적이고 긴장감이 있어야 독자들이 계속 읽게 만들 수 있다. 이것은 인터넷 글쓰기를 타자 속도와 글의 길이에서 성패가 판가름 나는, 일종의 체력 노동으로 만들어 버렸다.

유료연재에 속한 인터넷작가들은 거의 매일 글을 업데이트하고 한 회에 올리는 분량도 많으면 1~2만 자에 달한다. 예를 들어 최근 치뎬중원넷에서 연재되고 있는 가상소설 『시간의 마음』_{時光之心}은 19만 자까지 진도가 나갔고 총 조회수는 360만 회이며 작가 Absolut는 이미 최소 10만위엔의 수입을 거뒀다. 그런데 독자들의 댓글의 대부분은 이튿날에도 최소 2천 자는 꼭 업데이트해달라는 독촉의 메시지다. 만약 이런 독자들의 구미를 맞추고 조회 수도 높은 작가라면 연봉 1백만위엔에도 불가능한 일이 아닐 것이다.

본래 문학적 소양을 쌓은 적이 없는, 아마추어 네티즌이 대부분인 인터넷작가들이 이처럼 특수한 창작 환경에서 좋은 작가로 성장하고 우수한 작품을 쓰기란 쉬운 일이 아니다. 독자들의 취향과 요구가 주의해야 할 첫 번째 요소이므로 작품의 양식은 무협, 로맨스, 판타지 같은, 유사 패턴을 반복하는 장르소설이어야 하고, 동료 작가들과 비교해 높은 조회 수와 선호율을 유지하려면 쉬지 않고 업데이트를 하며 창조력을 소진시켜야 한다. 이것은 엄청난 생존경쟁이다. 한 인터넷작가가 어느 문학사이트에서 계속 살아남을 수 있느냐 없느냐는 전적으로 독자들의 반응에 달려 있고 작품의 가치는 조회 수로만 평가된다. 이와 관련해 문학연구자 마룽첸_{馬龍潛}은 "인터넷 창작문학계에는 영웅만 있지 명사가 없다. 성공한 인터넷작가는 모두 온갖 노고를 들여야 위기를 돌파하고, 그 다음에는 또 곧바로 다른 위기에 빠진다. 이것은 실로 영원히 끝나지 않는 전쟁이라고 할 수 있다."라고 적절히 논평하였다.

영웅은 시대가 낳지만 명사는 오랜 수양과 성찰의 산물이다. 정교한 구상과 세심한 퇴고 없이 한 달에 책 한 권 분량을 쏟아내는 글쓰기로는 유행을 틈타 영웅, 즉 스타 작가는 될 수 있겠지만 명사, 즉 문호는 될 수 없다. 만약 작가로서 계속 성장하여 어떤 예술적 경지에 이를 수 있다는 야심을 갖지 못한다면 그 작가는 직업으로서의 작가일 수는 있어도 작가로서의 자존감은 갖기 힘들 것이다. 바로 이 작가적 자존감의 결여가 인터넷문학의 세 번째 문제점이다.

평론가 예웨이葉煒도 이 세 번째 문제점을 지적한 바 있다. 그는 그동안 많은 유명 인터넷작가들이 미련 없이 인터넷 글쓰기를 포기하고 순문학 진영에 '귀순'한 사례를 들어 논리를 전개한다.

대다수 전통 작가들의 눈에는 인터넷작가들의 글쓰기가 그들이 아무리 노력을 하더라도 '경박함'과 '천박함'의 운명을 벗어나기 어렵다는 것을 나는 알고 있다. 이미 인터넷에서 전통 매체로 옮겨가 인기를 누리고 있는 인터넷작가들, 예를 들어 안니바오베이, 리쉰환, 차이즈헝 같은 저명 인터넷작가들의 작품에 대해서도 전통 작가들의 평가는 그리 높지 않다. 아마도 이것이 최근 몇몇 인터넷작가들이 약속이나 한 듯 자신들의 '인터넷' 신분을 부인하고 인터넷작가라는 칭호를 대수롭지 않게 여기는 이유일 것이다.

예웨이가 사례로 든 세 작가, 즉 안니바오베이와 리쉰환, 그리고 차이즈헝은 1세대 인터넷작가들이다. 오늘날 활동하는 2세대 인터넷작가들과는 출신 배경과 창작 환경이 모두 달랐다. 그들은 2세대에 비하면 그나마 문학적 소양이 있고 순문학의 글쓰기와 친화성이 있었음에도 불구하고 역시 인터넷작가로서의 자존감을 갖지 못했다. 그래서 결국 적당한 시기에 유명세를 이용해 순문학으로 '귀순'해 버렸다. 예웨이는 이런 현상을 초래한 가장 큰 원인으로, 인터넷 글쓰기에는 진정으로 이 글쓰기의 이상을 굳건히 지킬 핵심 작가와 중견 작가가 모자라다는 점을 꼽았다. 그리고 인터넷의 신속한 발전에 힘입어 탄생한, 이른바 인터넷작가들에게는 근본적으로 인터넷문학의 대가大家가 될 만한 성의와 능력이 없으며 일단 전통적 글쓰기로 전향할 기회만 생기면 주저 없이 자발적으로 몸을 의탁할 것이라고 예상했다.

이런 판단에 기초하여 예웨이는 '인터넷의 터전'을 지킬 수 있는 대표 작가들의 결여가 현재 인터넷 글쓰기가 전통적 글쓰기에 필적하기 어려운 중요 원인이라고 단언했다. 즉 예웨이의 논리대로라면 인터넷문학은 경박하고 천박한 문학으로 치부되는 탓에 인터넷작가들이 자존감을 얻지 못하고 기회만 생기면 순문학 쪽으로 자리를 옮기며, 그래서 필연적으로 중견 작가나 대표 작가들이 형성될 수 없으므로 인터넷문학은 결국 순문학을 따라잡지 못할 운명이라는 것이다.

2) 비판의 분석과 해소

위에서 정리한 과도한 상업주의, 저급한 문학적 수준, 작가적 자존감의 결여는 확실히 인터넷문학의 미래를 불투명하게 만드는 치명적인 문제점으로 보인다. 하지만 그럼에도 불구하고 인터넷문학의 미래를 밝게 전망하는 의견도 없지는 않다. 그런 의견의 대표자는 마지다. 중국 문학의 컨트롤타워 중국작가협회의 공식 평론가답게 그는 인터넷문학에 대한 관용적 태도의 필요성을 강조한다.

전통 작가들이 일종의 답보 상태에 일정 정도 들어선 지금, 인터넷문학은 21세기 중국문학의 희망이다. 그런데 아직 시험기에 있는 인터넷 글쓰기에 너무 많은 규범을 확정해 부여하는 것은 옳지 못하다. 시공초월 소설, 게임소설 등 여러 문학 양식들이 예전에 없었던 것인데다가 객관적으로 보면 그것들도 기본적으로는 문학의 규범에 부합되기 때문이다. 요컨대 우리는 인터넷문학에 관용적인 환경을 조성해야 한다. (…) 중국의 장르소설 글쓰기는 초보 단계에 처해 있어 아마도 아직 미성숙하고 상업화의 흔적도 비교적 심하지만 이런 것들은 중요하지 않다. 중요한 것은 중국문학이 이를 통해 성장하고 문학의 '춘추전국'을 계속 이어나가 문학 자원의 새로운 정합을 완성하는 것이다. 이토록 많은 사람들이 글을 쓰고, 또 이토록 많은 사람들이 주목하고 있는 상황은 이미 20세기 80년대의 문학의 '황금시대'를 능가하였다.

마지는 인터넷문학의 낮은 문학적 수준도, 상업주의도 크게 개의치 않는다. 인터넷문학의 문학양식들이 예전에는 없었던 것이고 기본적으로는 '문학'으로 분류될 수 있으므로 너무 많은 규범을 부여해 옭아매서는 안 된다고도 말한다. 이런 관용적인 태도를 보이면서까지 그가 인터넷문학을 포용하는 것은 역시 인터넷문학의 '문학의 민주화' 속성 때문이다. 상업화로 인해 인터넷문학이 아무리 선정적이고 조잡한 글쓰기를 보인다 해도 어쨌든 수천만의 네티즌 독자를 문학 독서의 장에 참여시키고 있지 않은가. 또한 문학의 정의를 완화하여 "사람들이 스트레스를 풀고 환상을 즐기게 하거나, 반대로 사색하고 인격을 도야하게 할 수만 있다면, 어떤 글이라도 문학 작품이 될 수 있다."는 태도를 취한다면 인터넷문학을 상업주의적인 비非

문학으로 매도할 이유도 없다.

나아가 '문학의 민주화'는 장차 인터넷문학의 수준도 향상시킬 것이다. 인터넷문학은 수많은 네티즌의 참여로 인해 오늘날에도 시시각각 변화하는 가장 역동적인 문학이다. 현재의 문학적 수준이 고착화될 리는 없다. 클레이 셔키는 '문화 민주주의'의 효과를 논하면서 예술적 자유의 증가와 함께 쏟아져 나오게 마련인 질 낮은 작품들은 실험을 수반하게 마련이며, 그 실험 끝에 결국 높은 수준의 작품이 출현한다고 말했다. "작품의 풍부함은 평균적인 질의 급속한 하락을 초래하지만, 시간이 지나면 실험의 성과가 나타나고, 다양성이 가능성의 범위를 확대시킨다. 그 결과 최고의 작품은 이전 작품보다 질이 훨씬 우수하다." 문학평론가 시윈수席雲舒도 「인터넷의 흥기와 문학의 해체」網絡的崛起與文學的潰散에서 문학사적 관점에 입각해 인터넷문학의 질적 향상을 예언했다.

> 문학 발전의 규칙을 보면 모든 문학 부류는 맨 처음 대중 창작, 민간 창작이었다가 문인 창작으로 나아가면서 성숙해진다. 비록 지금 인터넷문학이 대중 창작 단계에 머물고 있기는 하지만, 시간이 가면서 전통 작가들이 한층 인터넷에 녹아들고 인터넷도 자체 작가들을 생산하여 새로운 규범이 발생하면 인터넷문학은 반드시 더욱 더 성숙할 것이다.

어떠한 대중문학 장르도 오랜 세월에 걸쳐 수많은 사람들이 창작과 감상에 참여하고 작품을 양산하게 되면 정예 작가가 등장하면서 장르의 문법이 갈수록 정교해지고 일정한 예술적 성취를 획득해 그 성숙도를 공인받는다. 근대 소설과 영화도 일찍이 이런 과정을 거쳐 서사 예술의 위치에 올랐다. 이런 의미에서 중국 인터넷문학은 기본적으로 높은 예술적 수준의 작품을 탄생시킬 잠재력이 있으며, 오히려 어떤 면에서는 현재 인터넷문학의 문학적 수준을 끌어내리는 원인으로 지목되는 특징들이 장차 높은 문학적 평가를 이끄는 변수가 될 수도 있다. 그것들은 바로 인터넷문학에서 보이는 인터넷 언어와, 창작모델의 패턴화다.

인터넷문학의 언어에 관해서 인터넷 문학평론가 화젠커_{花間客}는 "인터넷 작품이 표현하는 것이 대부분 상대적으로 특수한 정경이고 그 안에 부호와 인터넷 어휘, 채팅방에서 유행하는 구_句 형식의 말이 섞여 있기 때문에 전통 작품에 익숙한 독자들은 확실히 단조롭고 불편하며 난해하다는 느낌을 받는다."라고 말한 바 있다.

실제로 인터넷의 보급은 네티즌의 사유뿐만 아니라 언어까지 기존 질서의 틀을 넘어서게 했다. 즉 기존의 담화 규칙, 문법, 그리고 사회적으로 약속된 낡은 규범으로부터 일정 정도 언어를 해방시키는 작용을 했다. 즉흥적이며 상호소통적인 인터넷 공간이 필연적으로 그에 상응하는 언어 표현을 탄생시킨 것이다. 예를 든다면 '妹妹'를 'MM', '我知道了'를 'IC'로 표현하는, 사용 빈도가 높은 단어들의 축약 현상이 있다. 그리고 일련의 사회적 사건들이 인터넷 공간을 들썩일 때마다 탄생하는 유행어들도 있다. '很黃很暴力', '打醬油', '做人不要太CNN', '範跑跑'등이 대표적이다. 이처럼 특수한 표현과 단어들이 넘쳐나는 인터넷 언어는 일종의 새로운 사회적 방언으로서 최신 유행과 네티즌과의 긴밀한 소통을 지향하는 인터넷문학의 글쓰기에도 널리 활용된다.

정규적인 훈련을 통해 전통적인 언어 규범 안에서 글을 쓰는 작가들은 대부분 인터넷 언어를 저급한 것으로 치부한다. 모국어의 순정성純正性을 저해하는 요소로 간주하는 것이다. 그러나 인터넷 언어의 독특한 매력을 이해하고 매료되는 기성 작가도 없는 것은 아니다. 그 대표적인 예가 소설가 쉬쿤徐坤이다. 중국의 1960년대 생 여성 작가로서 루쉰문학상, 충칭문학상重慶文學獎 등 다수의 유명 문학상 수상자이자 문학박사인 그녀는 소설집『선봉』先鋒,『부엌』廚房 등을 통해 탄탄하고 섬세하며 유머러스한 문체의 구사자로 인정받아 왔다. 그런데 이처럼 순문학의 글쓰기를 대표하는 작가가 인터넷 언어를 경험한 후 뜻밖에도 자신의 기존 글쓰기에 대해 염증을 토로할 줄은 누구도 예상치 못했을 것이다.

> 인터넷 온라인 글쓰기는 간결할수록 좋으며 허를 찌를수록 좋다. 또한 글을 써내면 이치에 어긋날수록 더 좋다. 한동안 인터넷에서 채팅을 즐긴 후, 나는 불현듯 전통적인 글쓰기에 염증을 느꼈다. 그 관습적이고 틀에 박힌 문법과 심혈을 기울여 구사하는 단어 및 문장, 그리고 그것들의 번거롭고 무미건조하며 표준적인 특성이 싫어졌다. 중국어에 대한 모든 느낌이 뒤틀려 버렸다. 나는 내 일상 업무에서 반드시 적용해야 하는 기성의 이론과 글쓰기 모델을 어떻게든 전복하고 뜯어고치고 싶으며 그것들을 양쪽이 척 보면 이해가 되는, 문장마다 기껏해야 10자를 넘지 않는 인터넷 언어로 죄다 바꾸고 싶어 미칠 지경이다.

순문학의 글쓰기 규칙에 가장 정통하고 충실했던 작가가 그 규칙의 '번거롭고 무미건조하며 표준적인 특성'에 염증을 느끼고 '간결하고 허를 찌르며 양쪽이 척 보면 이해가 가는' 인터넷 글쓰기에 이토록 경도되고 자신의 글쓰기에 도입하고픈 욕망을 느꼈다는 것은 시사하는 바가 크다. 적어도 전통적인 글쓰기와 인터넷 글쓰기의 언어를 우열관계로 보는 닫힌 시각에서 벗어나, 두 가지가 서로 다른 차원의 언어일 뿐이라는 깨달음에 이르게 해준다. 따라서 순문학의 기준으로 인터넷문학의 언어를 비판하는 것은 전통적인 문학담론 안에서만 제한적 의의가 있을 뿐이다. 인터넷문학의 언어는 그 자체로 동시대 언중言衆의 의식과 언어의 변화를 실시간으로 반영하며 창조적으로 진화해가는, 기성 작가조차 매료시킬 정도로 활력이 넘치는 '문학 언어'이다.

한편 창작모델의 패턴화도 인터넷 언어와 함께 인터넷문학의 낮은 문학적 수준에 대한 비판의 초점이다. 예컨대 평론가 후핑胡平은 순문학이 창조성을 강조하는 것과는 상대적으로 인터넷문학의 수많은 장르소설들이 내용, 구조, 구성요소에 있어 중복 현상을 보인다고 지적했다. 후핑의 말대로 인물의 캐릭터, 인물 간의 관계, 플롯까지 인터넷문학은 그 하위 장르마다 각각 특유의 모델이 확립되어 패턴화 현상을 보인다. 무협과 로맨스의 남녀 주인공이 고전적인 선남선녀 모델을 무한 복제하고 거의 모든 장르의 스토리가 해피엔드의 대단원 구조를 지향하는 것 등을 예로 들 수 있다. 특히 어떤 특이한 작품이 히트를 기록하면 그것을 흉내 낸 모방작이 줄을 이어 새로운 모델을 형성하고 그 모델의 참신함을 짧은 시간 안에 소진시키는 것은 인터넷 문학의 전형적인 문학 현상이다.

차이쯔헝의 『첫 번째 친밀한 접촉』의 경우를 예로 들면, 닝차이선의 『두 번째 친밀한 접촉』第二次親密接觸과 『무수한 친밀한 접촉』無數次親密接觸, 리쉰환의 『인터넷과 현실 사이에서 사라진 사랑』迷失在網絡與現實之間的愛情과 샤오즈의 『채팅방 이야기』, 리쟝옌위漓江煙雨의 『내 사랑은 천천히 너의 네트워크로 날아가고』我的愛慢慢飄過你的網 같은 모방작이 쏟아져 나옴으로써 청춘 남녀의 사이버 연애가 현실의 사랑으로 발전해가는 스토리 구조가 '모델'이 되고 역시 무한 복제되었다. 심지어 차이쯔형 자신조차 후속작인 『비옷』雨衣, 『4시 55분』4 : 55, 『낙신의 홍차』洛神紅茶, 『목도리』圍巾, 『뤼다오의 소야곡』綠島小夜曲에서 이 모델을 자기 복제했다.

그러나 인터넷문학의 이와 같은 창작모델의 패턴화 현상을 후핑처럼 꼭 '전통 문학이 창조성을 강조하는 것'과 대조되는, 비창조적인 문학 현상으로 몰아붙여야만 하는가? 인터넷문학에 속하는 여러 장르소설들은 현실성의 많고 적음을 떠나 모두 인간의 기본적인 문제와 연관이 있다. 사랑의 욕구는 로맨스소설을, 자기계발의 욕구는 직장소설을, 그리고 무미건조한 일상의 탈출 욕구는 무협소설과 판타지소설을 낳고 필요로 한다. 각 장르마다 존재하는 특정 창작모델에 따라 쓰이는 작품들은 창조성은 부족해도 독자들의 수요와 심리에 정확히 부합한다. 더욱이 그 창작모델들은 순문학 작가와 비평가들이 생각하듯 고정불변의 것이 아니며 똑같은 복제품만을 낳지도 않는다.

후핑은 현재 독자들의 취향이 분화되고 다원화되어 각 독자군마다 특정한 미적 취향을 갖고 있으므로 장르소설의 창작 수준이 부단히 높아져야 하고 반드시 새로운 장르와 모델을 창조해내야 독자들의 흥미를 지속시킬 수 있다면서 그 대안으로 순문학에서 영양을 흡수해야 할 것이라고 충고했다. "새로운 장르와 모델을 창조해내야 독자들의 흥미를 지속시킬 수 있다."는 후핑의 조언은 적절하다. 하지만 그러기 위해서 인터넷문학은 꼭 순문학의 도움을 빌릴 필요는 없었다.

제4장 2절의 두 번째 소절 '장르소설의 서사적 특성'에서 이미 언급했듯이 인터넷문학의 창작모델들은 상호 혼성화의 서사전략을 통

해 스스로 새로운 장르와 모델을 창조해나가고 있다. 즉 인터넷문학은 자기증식을 한다. 최근에 형성된 몇몇 하위 장르들이 그 결과이다. 선협소설은 무협소설과 판타지소설의 변종이고, 시공초월소설은 로맨스소설과 판타지소설의 변종이다. 그리고 도굴소설은 판타지소설과 추리소설, 그리고 괴기소설이 합쳐진 결과다. 인터넷문학은 장르 간의 경계에 구애받지 않고 자유롭게 창작모델을 결합해 끊임없이 새로운 장르를 탄생시키고 있는 것이다.

한편 쉬엔위의 『소병전기』를 보면 주인공 샤오빙은 인격을 가진 메인컴퓨터에게 사랑을 받고 외딴 행성의 로봇 교관들로부터 디지털 게임을 통해 군사 훈련을 받은 후 우주전쟁에서 혁혁한 공을 세우며 전쟁 영웅으로 성장한다. SF이지만 하드보일드 SF와는 거리가 멀고 전쟁소설 같지만 리얼리티보다는 판타지적 상상력이 앞선다. 게다가 작품 전체가 포복절도할 에피소드의 집합체라고 할 수 있을 만큼 유머러스하다. 이것은 단순히 여러 창작모델이 결합된 결과라고만 말할 수 없다. 창작모델의 일종의 '변용'이 개재되었다.

장르소설의 창작모델은 일종의 문학적 '스테레오타입'Stereotype으로서 독자들의 집단적 수요와 작가들의 상상력이 만나 가장 효과적으로 인간의 정념을 자극하는 요소들로 조직해낸 관념의 구성체다. 어쩌면 이것의 기원은 고대의 영웅 신화와 낭만적인 전설에까지 거슬러 올라간다. 그 원형Archetype으로서의 주제와 모티프가 오랜 세월 구전과 문자를 통해 중복되면서도 지금에 이른 것이다. 대중예술의 핵심인 스테레오타입은 아무리 복제, 재생산되어도 결코 완전히 소진되지 않는다. 그리고 그 비결은 바로 끊임없는 변용에 있다. 대중은 언제나 스테레오타입의 단순 구조 안에서 욕망의 가상적 만족을 이루지만 염증을 피하고 새로운 만족을 이루기 위해 또 언제나 스테레오타입의 변용을 갈구한다. 물론 구조의 근본적인 변화는 원치 않는다. 스테레오타입의 힘은 곧 그 구조 자체이기 때문이다.

순문학 진영이 그토록 혹독하게 비판해온 인터넷문학의 창작모델의 패턴화도 실은 스테레오타입이 변용되는 과정이다. 따라서 인터넷문학의 중추가 장르소설인 한, 인터넷문학에 창작모델을 폐기하라는 요구는 곧 문학적 존재 기반을 포기하라는 것이나 다름없다. 인터넷작가를 향한 창조성의 요구 역시 창작모델의 결합과 변용으로밖에 응답받지 못할 것이다. 결국 순문학과 인터넷문학은 서로 다른 차원의, 질적으로 상이한 문학 형태다. 서로 교류는 있을지언정 한쪽이 다른 한쪽을 대체하거나 양자가 완전히 융합되는 일은 없을 것이다. 간헐적으로 융합에 성공하는 '경계문학'이 있기도 하겠지만 그것은 어느 쪽에서도 주류가 못 되고 소수 독자들의 전유물이 될 것이다.

위의 서술에 의하여 인터넷문학 혹은 장르소설 발전의 대안으로 순문학 작가들의 참여를 제시한 몇몇 비평가들의 의견은 의미를 잃게 된다. 평론가 우빙계吳秉傑는 서양의 장르소설이 로빈 쿡, 존 그리샴, 댄 브라운 등 우수한 지식인 작가들 덕분에 높은 수준을 자랑하는 반면, 그렇지 못한 중국의 장르소설은 깊이가 얕거나 인간성의 깊이가 떨어지며 혹은 상상력 결핍 때문에 독자들을 감동시키는 예술적 힘이 부족하다고 했다. 후핑도 일부 순문학 작가들이 장르소설 창작에 뛰어드는 것을 찬성했다. 그들의 수준이 더 높기 때문에 장르소설을 더 크게 진전시킬 수 있다고 보았기 때문이다. 하지만 이 두 사람은 모두 순문학의 기준으로 인터넷문학을 평가하였기에, 즉 순문학과 인터넷문학을 같은 차원에 놓고 비교하였기에 이런 의견을 도출하였다.

인터넷문학은 문학적 깊이가 아니라 욕망의 해소를 추구하며, 독자들을 감동시키기보다는 즐거움을 주는 쪽으로 상상력을 발휘한다. 그리고 순문학 작가들은 '수준이 더 높기 때문에 장르소설을 크게 진전시킬 수' 있는 것이 아니라 아예 장르소설을 쓸 능력이 없다. 장르소설을 쓰는 인터넷작가들과는 전혀 다른 글쓰기의 아비투스habitus, 즉 미학적 행동도식을 체화한 상태이기 때문이다. 순문학 작가들은 깊고 감동적이며 '높은 수준의' 작품을 쓸 수 있을 뿐이다.

이어서 마지막으로 인터넷작가들의 작가적 자존감의 결여에 대한 순문학 진영의 지적을 검토해보자. 확실히 리쉰환, 안니바오베이, 차이즈형 같은 1세대 인터넷작가들이 인터넷 글쓰기를 포기하고 종이책 출판으로 선회해 몇몇 비평가들의 주장대로 '순문학에의 귀순'을 실행한 것이 맞다. 그러나 1세대 인터넷작가들은 원래 대부분 순문학도 출신이었고 인터넷문학의 본격적인 장르소설화에 적응하지 못해 인터넷을 떠난 것이므로 그것은 귀순이 아니라 '귀환'이라고 봐야 옳다. 본래 인터넷작가로서의 정체성이 미약했으므로 작가적 자존감을 거론할 여지조차 없는 것이다. 따라서 장르소설가인 2세대 인터넷작가들만 문제가 되는데, 이들에게는 순문학 진영에서 말하는 작가적 자존감이라는 것이 단지 결여된 정도를 넘어 아예 존재하지 않는다. 왜냐하면 이들은 스스로 작가임을 부정하기 때문이다.

앞에서 살펴보았듯이 『명나라 이야기』의 당녠밍위에는 "작가라는 직함은 정말 감당이 안 된다."라고 했고 『광신』의 탕쟈싼사오도 자신은 '작가'가 아니고 기껏해야 인터넷 '작자'作者일 뿐이라고 했다. 중국 문단의 '바링허우'80後 개념의 창시자이자 2004년 톈야커뮤니티

에 자전적 성장소설 『도망칠 곳은 없다』無處可逃를 연재해 센세이션을
불러일으킨 궁샤오빙恭小兵 역시 "나는 자신이 작가라고 생각한 적도
없고 작가가 되기를 원하지도 않았습니다."라고 말한 바 있다.

그렇다면 이들은 정말 작가적 자존감도, 인터넷작가로서의 정체
성도 전무한 것일까? 그렇지 않다. 다만 독자들과 전혀 다른 존재로
서 자신만의 닫힌 세계를 구축하고 고유한 시각과 문체의 작품을 생
산하며 형이상학적이거나 이념적인 문학의 사명과 의의를 추구하는,
전통적인 의미의 작가로서의 정체성과 자존감이 없을 뿐이다. 그 대
신 인터넷작가, 달리 말해 '인터넷 글쟁이'網絡寫手로서의 정체성과 자
존감은 존재한다. 이들은 "나의 글쟁이로서의 사명은 사람들을 즐겁
게 하는 것일 뿐이다."탕쟈싼사오라고 하기도 하고, "나는 무료해서 글을
좀 쓴 것뿐이다."당녠밍위에, "나는 마음속에 맺힌 어떤 것들을 표현하고
전달하고자 합니다. 나는 그것들을 말하고 써내야만 의미 있게 살
수 있습니다."궁샤오빙라고 밝히기도 했다.

비록 지극히 평범하고 순진한 아마추어적인 발언이지만 이들의 글
쓰기의 동기와 사명, 의의만큼은 모두 분명하게 드러나 있다. 지극히
자연발생적으로 온라인 글쓰기를 시작했고 사람들을 즐겁게 해야 한
다는 사명감을 가진 채 내면에 떠오르는 이야기를 써내는 것으로 자
신의 존재 의미를 확인하는 것, 이것이 인터넷작가의 정체성이며 작
가적 자존감의 바탕이다. 역시 순문학 작가들과는 상이한 차원의 것
들이므로 순문학의 기준으로 재단하고 평가내릴 수는 없다고 본다.

사실 향후 중국 인터넷문학이 활력을 잃고 소멸될 것이라고 예상하는 순문학 작가나 평론가는 거의 없다. 아무리 비판의 목소리를 높이더라도 오늘날 중국의 온, 오프라인에 걸친 인터넷문학의 거칠 것 없는 세력 확장 앞에서 쉽게 비관적인 전망을 내놓기는 힘든 것이다. 그러나 반대로 거시적이고 합리적인 견해를 바탕으로 낙관적인 전망을 설파하는 사람도 그리 눈에 띄지 않는다. 그만큼 중국 인터넷문학의 미래를 예상하기란 쉬운 일이 아니다. 이 문제는 인터넷문학의 내적 특성, 순문학과 인터넷문학의 역학 관계, 중국 정부의 문예정책 등 중국 문학의 장場. field 내의 변수뿐만 아니라 전통 출판산업과 디지털출판산업의 향방 같은 산업적인 변수와도 깊은 관련이 있기 때문이다. 특히 불안한 종이책의 운명과 아직 예상만큼 활성화되지 않고 있는 이북의 잠재력이 인터넷문학의 미래를 내다보는 시각을 어지럽힌다.

그래도 우선 몇 가지 참고할 만한 의견을 살펴보자. 평론가 예웨이는 개방성, 쌍방향성, 즉시성, 초시공성, 다원성, 임의성의 장점을 지닌 인터넷문학이 '활기와 생명력이 가득한' 글쓰기 방식으로서 전통적인 글쓰기 밖에 독립적으로 존재할 만한 가치가 있다고 하여 인터넷문학의 존재 가치를 긍정했다. 그리고 시원수는 "발산과 오락의 창작 목적으로부터 기인하여 인터넷문학 작품에는 개인의 경험을 표현하는 내용이 많은 부분을 차지한다. 순문학에서의, 시대와 사회정신을 표현하는 사상적 제재가 폐기되고 문학의 깊이가 해체되었다.

대신 인터넷문학은 폭이 넓어지는 경향을 선명하게 드러낸다."고 하였다. 문학의 목적과 제재의 측면에서 인터넷문학을 순문학과 구분하는 한편, 인터넷문학의 '폭이 넓어지는 경향'을 정확히 포착했다.

인터넷문학은 디지털화의 거대한 물결 속에서 자기증식을 계속해 나갈 것이다. 몇 가지 단순한 스테레오타입이 시기마다 유행하는 제재와 결합해 도굴소설, 후궁소설, 게임소설 같은 변종 장르들을 낳고 또 그 장르들이 상호 결합해 제3, 제4의 장르들을 탄생시킬 것이다. 이 일련의 과정은 점점 더 속도와 생산성이 높아지리라고 예상하는데, 그것은 역시 디지털화의 확산 때문이다. 이미 데이터, 텍스트, 영상, 음향 같은 모든 차원의 메시지가 디지털화된 지금, 네티즌은 아예 처음부터 디지털 방식으로 콘텐츠를 직접 생산하는 경향이 강해지고 있다. 향후에는 단지 PC뿐만 아니라 휴대폰, 태블릿, 이북 단말기 등 인터넷에 접속 가능한 모든 단말기가 자동화된 정보 처리 도구로서 인터넷작가들의 충실한 펜과 종이 역할을 해줄 것이다. 물론 이런 글쓰기의 편의성뿐만 아니라 독자들의 읽기의 편의성도 함께 개선되어 인터넷문학의 확산에 기여하리라고 본다.

아직 논란의 여지가 있기는 하지만 종이책 출판의 퇴조와 디지털출판의 발전도 인터넷문학에 거대한 가능성을 부여할 것이다. 물론 일부 독자들과 작가들 사이에 여전히 디지털출판에 대한 거부감이 존재하는 것도 사실이다. 장르소설 전문잡지 『금고전기』今古傳奇와 『무협고사』武俠故事, 『신무협』新武俠 등에서 활동해온 여류 무협, 판타지 작가 부페이옌步非煙의 2010년 인터뷰에서 그 실상을 관찰할 수 있다. 그녀는 이북인터넷, 휴대폰 유료연재 포함과 종이책의 관계에 대하여 양쪽 매체를 다 이용하는 작가로서 아래와 같이 자신의 입장을 밝혔다.

우선 이북의 유행은 문자 전파의 한 진보라고 생각합니다. 문자매체 방식의 업그레이드는 모두 문화의 번영을 가져올 수 있습니다. 과거에 옵셋 인쇄가 컴퓨터 조판으로 바뀐 것처럼 말이죠. 하지만 전통 출판은 대체 불가능한 매력이 있다고 생각합니다. 손에 책을 쥐고 햇빛 아래에서 펼친 뒤 종이 위에 문자 하나하나가 천천히 떠오르는 느낌은 절대 컴퓨터 화면에서 반짝이는 부호로는 대체할 수 없지요. 그래서 나는 디지털출판이 종이책 출판의 일종의 보충이라고 생각합니다. 누가 누구를 대신하는 것이 아니란 말이지요. 나는 또 나의 독자들이 내 이북도, 내 종이책도 지지해주기를 바랍니다. 종이책을 손에 들었을 때의 느낌은 독자와 작가의 한층 진실한 교류이며 책은 독자와 작가 사이의 매개이기 때문입니다.

텍스트에 대한 이런 아날로그적 감성은 아직까지 유효하다고 본다. 그러나 '디지털출판이 종이책 출판의 일종의 보충'이라는 그녀의 생각은 단지 한시적인 바람일 뿐이라고 판단된다. 디지털출판이 종이책 출판을 보충하는 것을 넘어 거의 대체하리라는 것은 이미 전 지구적 추세로 굳어지고 있기 때문이다. 잠시 산업적인 측면을 본다면, 우선 2009년 OECD는 출판, 인쇄 산업을 화학 산업과 철강 산업에 뒤이은 온실가스 배출량 3위의 산업군으로 지목했다. 펄프 원료 조달을 위한 벌목 과정에서의 자연파괴, 종이 쓰레기 처리 등의 문제가 전통 출판산업을 후진적 사양 산업으로 낙인찍은 것이다. 그리고 이와 동시에 전 세계 디지털출판산업은 2012년까지 연 평균 28.8%로 급성장할 것으로 전망되고, 2012년에는 총 매출 111억 9,100만 달러 규모로 2010년 대비 4배 이상 성장이 기대된다.

이런 폭발적인 성장은 곧 전통 출판산업의 규모 축소를 의미하기도 한다. 디지털출판은 이처럼 기존 출판시장을 잠식하는 동시에 새로운 출판시장을 형성해가고 있으며 당장 성장률 하락과 수익 악화에 직면한 전통 출판사들은 이북으로의 전환이 불가피하다는 데에 인식을 함께하고 있다. 결국 그 시기가 언제일지는 예측하기 어렵지만 디지털텍스트가 종이책을 거의 대체하게 될 것이고 종이책은 마치 오늘날의 LP판처럼 소수 마니아들의 아날로그적 향수와 소장 욕구를 달래주는 용도로 살아남으리라고 본다.

그렇다면 이런 디지털출판의 시대에 인터넷문학은 어떤 생존 양식을 보일 것이며 인터넷문학과 순문학의 관계는 또 어떻게 새롭게 설정될 것인가. 아마도 디지털출판 시대의 인터넷문학은 오늘날의 인터넷문학과는 개념이 다를 것이다. 특정 시대의 특정한 문학 양식이 아니라 모든 시대의 모든 문학 양식이 인터넷문학이 될 것이다. 즉, 이때의 인터넷문학은 인터넷을 매체로 이용해 창작과 발표와 감상이 이뤄지는 문학 일체를 뜻한다. 그리고 오늘날의 인터넷문학은, 어떻게 새롭게 명명될지는 모르지만 장르문학 혹은 대중문학의 성격을 갖고서 순문학과 나란히 인터넷 공간에서 공존을 도모해갈 것이다. 물론 어느 한쪽이 다른 한쪽을 일방적으로 대체하는 일은 벌어지지 않으리라고 본다. 앞에서 말한 대로 인터넷문학과 순문학은 문학적 기능과 글쓰기의 목적과 작가의 정체성이 전혀 다른, 근본적으로 상이한 차원의 문학이기 때문이다.

하지만 그렇게 되기까지 두 문학 진영은 지금처럼 상호 대립구도 속에서 끊임없이 발전의 길을 모색할 것이다. 이와 관련해 인터넷작가 장우지는 "인터넷문학이 더 훌륭하게 발전하려면 반드시 작가들 자신으로부터 착수해야 합니다. 상당한 수량과 상당한 질의 작품들이 세상에 나와야 합니다. 그때가 되면 누군가에 의해 주관적으로 인터넷문학과 순문학이 구분되지 않을 것이며 노골적으로 양자의 질적 차이를 오해하는 일도 없을 겁니다.”라고 말했다. 장우지의 말처럼 인터넷문학은 앞으로 ‘상당한 수량과 상당한 질의 작품들’을 꾸준히 세상에 내놓아야 한다. 그리고 스스로를 체계화하고 대변할 수 있는 우수한 평론가들을 양성하고, 아마도 대중성의 극대화에 관한 기술적 체계가 되기 쉽겠지만 어쨌든 고유한 미학체계를 고안해내야 한다. 그래야만 제도적, 이념적 우위에 있는 순문학 진영의 비판에 반박하고 문학 외적 요인에 의한 왜곡으로부터 안정적인 발전의 길을 확보하여 새로운 대중예술의 지위를 획득할 수 있을 것이다. 만약 그런 날이 온다면, 아마도 우리는 어떤 인터넷작가가 다음과 같은 말을 한다고 해서 의아해하지 않을 것이다.

> 이 시대에 대하여 나는 치유할 방법이 없는 일종의 비관적인 전망을 갖고 있습니다. 우리가 지금 살고 있는 이 시대는 소극적인 시대이며 쾌락이 극에 달하고 엄청난 부를 이룬 뒤 그 끝을 알 수 없는 시대입니다. 문학은 세상에 대해 도대체 얼마만한 영향력이 있을까요? 지금 누가 아직도 퇴근 후에 문학 작품을 읽고 저 『폭풍의 언덕』이나 톨스토이를 감상할까요? 그러면 어떡해야 할까요? 나도 어떡해야 할지 모르겠습니다. 나는 글을 써서 자신만의 돌파구를 찾았습니다. 그래서 나는 흔들리지 않습니다. 하지만 나는 다른 사람이 어떻게 해야 할지는 모르겠습니다. 나는 작가들이 당연히 이 위기가 중첩한 시대의 포위 속에서 사람들을 인도할 능력이 있는 사람이기를 바라마지 않습니다.

순문학 작가의 발언이라고 해도 의심하지 않을 만한 위 글의 주인공은 인터넷작가 궁샤오빙이다. 고등학교 중퇴에 아는 한자가 3천 자밖에 안 된다고 하는 그는 돈이 떨어지면 막노동이든 편집 일이든 닥치는 대로 일을 해서 돈을 벌고, 돈이 생기면 다시 컴퓨터 앞으로

돌아와 내키는 대로 소설을 써서 인터넷에 올리는 생활을 계속해왔
다. 이처럼 가장 전형적인 인터넷작가의 유형인데도 그가 희구하는
작가관은 범상치 않다. 작가들이 팔리는 글을 쓰고 독자들을 즐겁게
하고 개인적인 만족에 머무는 사람이 아니라 이 위기의 시대에서 '사
람들을 인도할 능력이 있는' 사람이기를 바라고 있다.

　물론 궁샤오빙은 자신이 작가라는 것조차 부정하는 인물이고 오
늘날의 인터넷작가들 중에도 그런 작가가 있는지는 회의적이다. 단
지 『폭풍의 언덕』도, 톨스토이도 읽어본 적이 없는, 즉 순문학의 세
례를 전혀 받은 적이 없는 한 인터넷작가가 자연발생서으로 이런 작
가상을 희구한다는 것 자체가 중요하다. 그렇다면 미래의 인터넷문
학에서는 이런 작가가 나오는 것이 가능할까? 순문학의 소양과 무관
하게 독자들을 즐겁게 하고 욕망을 발산시키는 글을 쓰면서도 그들
을 위기의 시대의 포위망으로부터 벗어나게 인도하는, 그런 인터넷작
가가 출현할 수 있을까? 그런 인터넷작가의 '명작 인터넷문학'이 탄
생할 수 있을까? 이 의문들에 긍정적으로 답할 수 있을 때, 비로소 중
국 인터넷문학의 이상적인 미래는 실현될 것이다.

에필로그

6

　　인터넷의 대중 보급과 디지털 기술의 발전은 오늘날 중국의 출판산업과 문학계에 격변을 불러왔다. 1994년 처음 인터넷이 도입된 중국은 유, 무선 인터넷 서비스가 지속적으로 확대되고 각종 단말기 소유자도 늘어나면서 2010년 6월 30일 현재, 네티즌 규모가 4.2억 명, 인터넷 보급률은 31.8%이며 모바일인터넷 사용자는 무려 2억 7700만 명에 달한다. 중국의 인구와 경제발전 속도를 감안하면 이 수치는 훨씬 더 높아질 잠재력이 있다. 한편 지난 20여 년에 걸친 인터넷 사용의 역사 속에서 탄생한 '스크린 리딩 세대'는 더 이상 종이책을 정보의 유일한 원천으로 여기지 않는다. 접속만 하면 자유롭게 원하는 정보를 검색하고 즐길 수 있는 웹 세계의 디지털 콘텐츠를 선호하고 그것에 시간과 정력을 투여한다. 단방향 매체인 종이책과 대조되는 인터넷의 쌍방향 커뮤니케이션 작용이 이를 더욱 부채질한다. 그 결과, 출판 영역에서는 이북과 인터넷 유료연재를 대표로 하는 디지털출판산업이, 문학 영역에서는 아마추어 네티즌 작가들의 온라인 글쓰기로 이뤄진 인터넷문학이 기존 출판과 문학의 패러다임을 바꿀 강자로 떠올랐다.

　　대규모 투자와 많은 고급 인재, 즉 IT기술과 출판 기획력을 겸비한 융합형 인재가 필요한 디지털출판산업에 진출하기 위해 중국의 출판사들은 이미 중국 정부의 지원 아래 추진해왔던 기업화, 시장화, 그룹화의 개혁에 더욱 박차를 가했다. 원래 이 개혁은 민영출판기업에 비해 대중도서 출판 능력이 부족한 출판사들의 시장경쟁력을 키우기 위해 시작되었다. 출판사의 정부 사업단위적 성격을 없애기 위해 현대적 기업제도를 도입하는 기업화와, 출판사가 정부로부터 독립적인 경제 주체가 되어 신규 사업에 보유 자산을 적극 활용하고 민간 자본을 유치할 수 있게 하는 시장화, 그리고 규모의 경제면에서 절대적인 우세와 경쟁력을 갖춘 대형 출판그룹을 조직해 출판업계의 발전을 이끌어나가게 하는 그룹화가 그 핵심 방향이 되었다.

그러나 중국 출판산업 개혁의 노정은 아직 관료주의로부터 자유롭지 못하며 3심제와 심독제로 대변되는 검열시스템을 금역으로 남겨두고 있다. 검열시스템은 원활한 출판 기획에 장애가 되고 민영출판기업 성장을 막는 비효율적 제도인데도 중국 정부는 이 제도로써 모든 출판 콘텐츠의 국가 이데올로기와의 동조화를 꾀하고 있는 것이다. 나아가 급속히 성장하는 디지털출판산업 영역에서까지 중국 정부는 엄격한 허가제를 통해 이북의 출판, 복제, 유통, 수출입에 종사할 수 있는 업체를 선정, 제한하는 방식으로 국가의 통제력을 높이고 있다. 실제로 2010년 이북사업 종사자격을 획득한 30개 업체는 대부분 국영출판사의 이북 관련 자회사나 한왕, 팡정, 성다처럼 이미 공신력과 기술력을 갖춘 대형 기술업체였다.

중국 정부가 부쩍 주목하고 관련 법규 마련을 서두를 만큼 디지털출판산업은 놀라운 속도로 성장하고 있다. 2010년 중국 디지털출판산업의 총생산액은 750억위엔을 넘어서서 600억위엔에 그친 전통 출판산업의 총생산액을 최초로 추월하였다. 그리고 디지털출판산업의 핵심 분야 중 하나인 인터넷문학의 성장세는 더 두드러져서 2010년 6월의 집계에 따르면 중국 네티즌의 인터넷문학 접촉 비율은 44.8%, 접촉 인원은 무려 1억 8천 8백만 명이었고 각 문학사이트와 계약을 맺고 작품을 발표하는 인터넷작가의 숫자도 백만 명을 넘어섰다. 이것은 인터넷문학이 문학 자체의 영향력을 넘어 주목할 만한 사회문화 현상이 되었음을 보여준다.

중국 인터넷문학은 1991년 재미 중국인 유학생들이 아마추어 문학 동호인 사이트를 꾸리면서 시작되었고 21세기에 들어서기 전까지는 네티즌의 문학에 대한 순수한 취미와 여흥의 산물일 뿐이었다. 아무런 실질적 목적이 없었다. 인터넷문학 관련 사이트와 개인 홈페이지가 우후죽순처럼 설립되기는 했지만 대부분 독서를 좋아하고 문학을 애호하는 네티즌의 개인적인 행위였을 뿐 물질적 동기는 전혀 없었다. 그러다가 1998년 차이즈헝의 『첫 번째 친밀한 접촉』이 인터넷문학 최초로 밀리언셀러를 기록하면서 인터넷문학의 경제적 가치를 인식한 대형 IT업체들이 문학사이트에 자본을 투자하고 2003년 치뎬중원넷이 VIP요금제를 실시하면서 본격적으로 인터넷문학의 상업화와 장르문학으로의 전환이 시작되었다. 2010년 처음 전국 서비스가 시작된 인터넷문학의 모바일 유료열람도 이 흐름의 중요한 부분이다.

그런데 과도한 상업화로 인해 나타난 인터넷문학의 질적 수준 저하, 독자 영합주의, 작품의 실속 없는 대형화 등의 문제점에 대해 우려의 시각이 있기도 하다. 하지만 그런 문제점이 인터넷문학의 고유한 장점과 지금까지의 성과를 다 덮을 수는 없다. 인터넷작가는 쌍방향 소통이라는 인터넷 글쓰기의 특징을 이용해 온라인 연재 과정에서 네티즌 독자들과 실시간으로 교류하며 글을 쓴다. 네티즌 독자는 모두 '새로운 미디어 주체'the former audience로서 웹에서 이야기가 펼쳐지는 동시에 반응하고 참여하며 나아가 이야기를 바꾸기까지 하는 적극적인 사람들이다. 이런 까닭에 인터넷문학은 동태적이며 개방적인 예술구조를 가졌다. 독자들의 반응에 따라 얼마든지 텍스트를 변경, 삭제, 첨가할 수 있기 때문이다. 여기에 인터넷의 하이퍼텍스트 기능을 응용하기도 한다. 그래서 인터넷문학은 순문학에서는 근본적으로 불가능한 릴레이소설이나 멀티미디어소설 등의 형식적 실험을 감행할 수 있다.

그리고 인터넷문학의 가장 큰 장점으로 꼽히는 것은 역시 자유로운 시민문학의 특성이다. 정규적인 글쓰기 훈련과정과 권위적인 심사기제를 거치지 않고도 누구나 자유롭게 작품을 발표하고 재능을 발휘해 작가의 신분을 획득할 수 있으며 이런 점은 색다른 작가와 작품이 출현할 수 있는 조건을 제공한다. 물론 인터넷문학의 이런 자유는 절대적이시는 않다. 특히 인터넷문학이 본격적으로 산업화되어 조회 수가 곧 경제적 수익을 의미하게 된 후로 인터넷작가들은 스스로 "많이 읽히기 위한" 상업적 글쓰기의 기준에 얽매여 어느 정도는 스스로 자유를 포기하고 있다.

한편 제도적, 이데올로기적 우위에 있으면서도 대중적 영향력이 점차 감소하고 있는 순문학 진영은, 대중적 인기를 누리고 있는 인터넷문학을 공식 문학담론의 체제 안에 편입시키려는 시도를 계속 진행하고 있다. 인터넷 문학작품을 루쉰문학상, 마오둔문학상 등 관영 문학상 후보에 올리는가 하면 중국작가협회 운영위원회에 인터넷작가를 참여시키기도 하고 따로 연수반을 운영해 인터넷작가와 인터넷문학 편집자들의 소양 교육을 실시하고 있다. 그러나 이런 노력들이 순문학 진영의 바람대로 인터넷작가들에게 시대적, 문학적 사명감을 심어주고 인터넷문학의 수준을 향상시킬 수 있을지는 미지수다. 왜냐하면 인터넷문학에 대한 순문학 진영의 인식이 기본적으로 순문학적 기준을 바탕으로 형성된 것이기 때문이다. 오늘날 인터넷문학에서 90% 이상의 비중을 차지하고 있는 무협, 판타지, 로맨스 같은 장르소설은 순문학과는 전혀 다른 차원의 문학 양식이다. 따라서 순문학 진영이 인터넷문학의 문제점으로 지적하여 비판하는 과도한 상업주의, 낮은 문학적 수준, 작가 자존감의 부족 등은 인터넷문학의 관점에서 보면 일방적인 오해에 불과하다. 이것들은 달리 보면 인터넷 문학의 정체성을 형성하는 기본 조건이나 구성 요소이기 때문이다.

인터넷문학의 상업주의는 물론 과도한 측면이 있긴 하지만 수천 만의 네티즌 독자를 문학 독서의 장에 끌어들이고 그들 중 상당수를 인터넷작가로 데뷔시킨 '문학 민주화'의 근본 요인이다. 그리고 인터 넷문학은 수많은 네티즌의 참여로 인해 오늘날에도 시시각각 변화 하는 역동적 문학이다. 지금의 문학적 수준이 그대로 고착되리라는 법은 없다. 오늘날 인터넷문학의 낮은 문학적 수준의 예로 지목하는 인터넷언어와, 창작모델의 반복도 인터넷문학의 개성과 특수성이 반 영된 특징일 뿐이지 절대적으로 부정적인 요소는 아니다. 모국어의 규범을 깨뜨리는 언어로 간주되는 인터넷언어는 오히려 간결하고 위 트가 넘치며 시대적 유행을 가장 잘 반영하는 언어로 인터넷문학 작 품에서 운용되며, 인터넷문학의 각 장르에서 전형적으로 사용되는 창작모델들은 단순히 반복되는 것이 아니라 작품마다 변용되고 서로 결합하여 새로운 혼성 장르를 탄생시킨다. 예를 들어 선협소설은 무 협소설과 판타지소설의, 시공초월소설은 로맨스소설과 판타지소설 의 변종이다.

마지막으로 인터넷작가들이 작가적 자존감이 부족해 일단 인기를 얻으면 순문학 진영으로 귀순한다는 비판은 인터넷문학 초기의 일부 순문학도 출신 작가들의 사례일 뿐이다. 오늘날의 인터넷작가들은 대부분 순수한 네티즌 독자에서 우연히 인터넷작가로 위치를 전환한 이들로서 애초에 순문학적 감성이나 소양과는 거리가 있으며 독자들에게 문학적 감동과 깊이보다는 즐거움을 주는 것을 목표로 한다. 따라서 스스로 전통적 의미의 '작가'인 것도 부정하는 이들에게 작가적 자존감의 유무를 묻는 것은 모순이다. 이들에게는 '인터넷 글쟁이'로서의 자존감이 있을 뿐이다.

중국 인터넷문학의 온라인 글쓰기는 현재 백만 명의 인터넷작가들에 의해 실천되고 있고 이들의 오락적, 유희적인 작품들은 많게는 수천만의 조회 수를 기록하며 네티즌 독자들의 사랑을 받고 있다. 이 활기 넘치는 문학은 앞으로도 지금처럼 참신한 아이디어와 제재로 새로운 장르들을 계속 탄생시키며 네티즌 독자들을 매료시킬 것이다. 그리고 종이책이 주류 매체로서의 지위를 잃고 모든 문학 텍스트가 인터넷 공간에 존재하게 될 어느 날, 중국의 인터넷문학은 대중문학으로서 순문학과 평등한 공존을 도모해나가리라고 본다.

오늘날 한국의 인터넷문학은 중국 인터넷문학에 비해 규모 면에서나 산업화의 정도에 있어서나 전혀 미치지 못한다. 중국 인터넷문학이 2003년 룽수샤의 유료열람 서비스 출시를 기점으로 VIP요금제나 OSMU 같은 다양한 수익모델로 산업화에 성공한 반면, 한국 인터넷문학은 1992년 천리안과 하이텔의 PC통신 서비스가 개시되면서 1993년에 이우혁의 『퇴마록』, 1997년에는 이영도의 『드래곤라자』 등 2000년대 초반까지 수많은 인기작을 탄생시켰지만 그 붐을 산업화로 이행하지는 못했다. 단지 종이책 시장에서 일시적인 장르소설 열풍을 불러일으켰을 뿐이다. 그리고 겨우 최근에 와서야 리디북스, 교보문고, 북큐브, 바로북닷컴 등에서 판타지소설과 무협소설의 인터넷 유료연재를 시작했으나 아직 초기 단계이고 전면적인 마케팅이 뒤따르지 않아 조회 수가 대부분 수백 회에 불과하다. 만약 한국에서도 중국의 성다문학 같은 대규모 업체가 일찍부터 문학사이트를 구축하고 수익모델을 개발해 인터넷작가들을 유인하고 육성했다면 지금과는 상황이 많이 달랐을 것이다. 그러나 한국의 IT 대기업들은 한국 인터넷문학 시장의 잠재력을 간과하고 외면함으로써 능력 있는 인터넷작가들을 '대여점 시장'이라는 기형적인 장르소설 유통 구조 안에 안주하게 만들었다.

지난 십여 년간 불법 타자본과 스캔본의 인터넷 업로드로 인해 대여점 시장까지 쇠퇴한 지금, 한국의 장르소설 작가들은 다시 인터넷 공간으로 본거지를 옮겨야 할 상황에 처했다. 이에 맞춰 위에서 언급한 리디북스 등의 인터넷 유료연재 플랫폼들이 서비스를 개시했지만 아직은 투자 단계이며 그 투자 규모도 미흡하기 그지없다. 수익모델을 다원화하고 안정적인 운영 궤도에 오르려면 갈 길이 요원하다. 필자는 현재 출로를 모색 중인 한국 인터넷 유료연재 플랫폼들이 중국의 사례를 벤치마킹할 필요가 있다고 판단한다. 치롄중원넷의 VIP요금제와 인터넷작가 육성책, 공룡기업 성다문학의 각종 디지털콘텐츠 업체들의 수직계열화, 그리고 모바일 유료열람 서비스까지 중국 인터넷문학산업이 이뤄온 성과들은 곧 한국 인터넷문학이 실현해야 할 미래이다.

참고문헌

1. 연구서

- 중국어

林建法, 徐連源 主編, 中國當代作家面面觀, 春風文藝出版社, 2003.

於洋, 湯愛麗 · 李俊, 文學網景: 網絡文學的自由境界, 中央編譯出版社, 2004.

聶慶璞, 網絡敘事學, 中國文聯出版社, 2004.

楊林, 網絡文學禪意論, 中國文聯出版社, 2004.

何學威, 藍愛國, 網絡文學的民間視野, 中國文聯出版社, 2004.

白燁 主編, 2004年中國文壇紀事, 長江文藝出版社, 2005.

白燁 主編, 2005年中國文壇紀事, 文化藝術出版社, 2006.

白燁 主編, 2006年中國文壇紀事, 文化藝術出版社, 2007.

歐陽友權, 網絡文學概論, 北京大學出版社, 2008.

歐陽友權, 網絡文學的學理形態, 中央文獻出版社, 2008.

歐陽友權 主編, 網絡文學發展史, 中國廣播電視出版社, 2008.

鄒賢堯, 廣場上的狂歡: 當代流行文學藝術研究, 中國社會科學出版社, 2008.

蘇曉芳, 網絡小說論, 中國文史出版社, 2008.

楊雨, 網絡詩歌論, 中國文史出版社, 2008.

陶東風, 和磊, 中國新時期文學30年(1978-2008), 中國社會科學出版社, 2008.

柏定國, 網絡傳播與文學, 中國文史出版社, 2008.

李星輝, 網絡文學語言論, 中國文史出版社, 2008.

楊劍虹, 新生, 新力, 新潮: 關於漢語網絡文學的審視與思考, 河南大學出版社, 2009.

李向明, 轉型期大眾文藝研究, 湖南人民出版社, 2009.

胡野秋, 『作家日』, 海天出版社, 2009

歐陽友權, 比特世界的詩學-網絡文學論稿, 嶽麓書社, 2009.

王文宏, 網絡文化多棱鏡-奇異的賽博空間, 北京郵電大學出版社, 2009.

範國英, 新時期以來文學制度研究-以茅盾文學獎爲中心的考察, 巴蜀書社, 2010.

張春梅, 中國後現代語境下的文學敘事, 黑龍江人民出版社, 2010.

梅紅等 編著, 網絡文學, 西南交通大學出版社, 2010.

周志雄, 網絡空間的文學風景, 人民文學出版社, 2010.

白燁 主編, 2010年中國文壇紀事, 人民文學出版社, 2010.

管寧 主編, 傳媒時代的文學書寫, 江蘇大學出版社, 2010.

楊守森 等著, 數字化時代與文學藝術, 齊魯書社, 2010.

李東來 主編, 數字閱讀: 你不可不知的資訊與技巧, 北京圖書館出版社, 2010.

馬季 主編, 21世紀網絡文學排行榜, 百花洲文藝出版社, 2010.

葉燁, 冷眼看文壇—在學院與媒體之間, 金城出版社, 2010.

初請華, 新時期文學場域研究, 人民出版社, 2010.

蔣述卓, 李鳳亮 主編, 傳媒時代的文學存在方式, 廣西師範大學出版社, 2010.

楊守森, 數字化時代與文學藝術, 齊魯書社, 2010.

管寧 主編, 傳媒時代的文學書寫, 江蘇大學出版社, 2010.

段崇軒, 邊緣的求索: 文壇的態勢及走向, 山西人民出版社發行部, 2010.

蘇曉芳, 網絡與新世紀文學, 中國社會科學出版社, 2011.

歐陽文風, 短信文學論, 中國社會科學出版社, 2011.

聶慶璞 等, 網絡小說史篇解讀, 中國社會科學出版社, 2011.

許多餘, 筆尖的舞蹈: 80後文學見證, 電子工業出版社, 2011.

許多餘, 文學是個什麼玩意兒, 電子工業出版社, 2011.

韓晗, 新文學檔案: 1978-2008, 電子工業出版社, 2011.

馬季, 網絡文學透視與備忘, 中國社會科學出版社, 2011.

湯哲聲 主編, 中國現當代通俗小說賞析, 蘇州大學出版社, 2011.

李玉萍, 網絡穿越小說概論, 南開大學出版社, 2011.

朱凱, 無紙空間的自由書寫: 網絡文學, 華齡, 2005.

丁宗皓 主編, 重估中國當代文學價值, 春風文藝出版社, 2011.

劉克敵 主編, 網絡文學新論, 鳳凰出版社, 2011.

禹建湘, 網絡文學產業論, 中國社會科學出版社, 2011.

黃孝章, 張志林, 陳丹, 數字出版產業發展研究, 知識產權出版社, 2011.

郝振省 主編, 2009-2010 中國數字出版產業年度報告, 中國書籍出版社, 2011.

– 한국어

김욱동, 『대화적 상상력—바흐친의 문학이론』, 문학과지성사, 1988.

대중문학연구회 편, 『대중문학이란 무엇인가?』, 평민사, 1995.

대중문학연구회 편, 『연애소설이란 무엇인가?』, 국학자료원, 1998.

로베르 에스카르피, 민병덕, 『출판문학의 사회학』, 일진사, 1999.

홍성태, 『사이버사회의 문화와 정치』, 문화과학, 2000.

한기호, 『E-북이 아니라 E-콘텐츠다』, 한국출판마케팅연구소, 2000.

한기호, 『우리에게 온라인서점은 과연 무엇인가』, 한국출판마케팅연구소, 2000.

류현주, 『하이퍼텍스트 문학』, 김영사, 2000.

배식한, 『인터넷, 하이퍼텍스트 그리고 책의 종말』, 책세상, 2000.

대중문학연구회, 『무협소설이란 무엇인가』, 예림기획, 2001.

피에르 레비 저, 권수경 역, 『집단지성: 사이버 공간의 인류학을 위하여』, 문학과
　　　　지성사, 2002.

팀 조단 저, 사이버문화연구소 역, 『사이버 파워』, 현실문화연구, 2002.

송태현, 판타지-톨킨, 루이스, 『롤링의 환상 세계와 기독교』, 살림, 2003.

이종관, 『사이버 문화와 예술의 유혹』, 문예출판사, 2003.

안토니오 그람시 저, 박상진 해제, 『대중문학론』, 책세상, 2003.

토마 나르스작 저, 김중현 역, 『추리소설의 논리』, 예림기획, 2003.

셰리 터클 저, 최유식 역, 『스크린 위의 삶: 인터넷과 컴퓨터 시대의 인간』,
　　　　민음사, 2003.

임종기, 『SF 부족들의 새로운 문학 혁명, SF의 탄생과 비상』, 책세상, 2004.

장노현, 『하이퍼텍스트 서사』, 예림기획, 2005.

박근서, 『유령의 윤리 또는 사이버스페이스에 대한 윤리적 개입』, 커뮤니케이션북스,
　　　　2005.

김혜련, 『아름다운 가짜, 대중문화와 센티멘털리즘』, 책세상, 2005.

한림대학교 인문학연구소 저, 『대중문학 주변부의 반란』, 민속원, 2007.

김헌식, 『대중문화 심리 읽기』, 울력, 2007.

수잔 반즈 저, 권상희 역, 『사이버커뮤니케이션이론』, 성균관대학교출판부, 2007.

에스펜 올셋 저, 류현주 역, 『사이버텍스트』, 글누림, 2007.

클레이 셔키 저, 송연석 역, 『끌리고 쏠리고 들끓다』, 갤리온, 2008.

조지 P. 란도 저, 김익현 역, 『하이퍼텍스트3.0: 지구화시대의 비평이론과
　　　　뉴미디어』, 커뮤니케이션북스, 2009.

전경란, 『디지털게임, 게이머, 게임문화』, 커뮤니케이션북스, 2009.

데이비드 볼터 저, 김익현 역, 『글쓰기의 공간: 컴퓨터와 하이퍼텍스트 그리고
　　　　인쇄의 재매개』, 커뮤니케이션북스, 2010.

사사키 도시나오 저, 한석주 역, 『전자책의 충격: 책은 어떻게 붕괴하고 어떻게 부활
　　　　할 것인가』, 커뮤니케이션북스, 2010.

이용준 외, 『전자책 빅뱅: e-북 르네상스』, 이담북스, 2010.
클레이 셔키 저, 이충호 역, 『많아지면 달라진다』, 갤리온, 2011.

2. 논문

- 중국어

1) 소논문

白燁´ 王朔, 選擇的自由與文化態勢, 上海文學, 1994(4).

吳過, 因特網中的文學天空: 網絡原創文學的回顧及展望, 程序員, 2000(01).

李夫生, 網絡對文學本體的挑戰及對策, 理論與創作, 2000(05).

徐坤, 網絡是個什麼東西, 作家, 2000(5).

趙晨鈺, 江舒遠, 網絡文學: 新文明的號角, 還是新瓶裝舊酒?, 語文世界, 2000(02).

吳曉明, 網絡文學創作述論, 湛江師範學院學報, 2000(04).

孫紹先, 網絡文學向何處去?, 中國圖書評論, 2000(10).

程力, 熱中有憂的網絡文學出版潮, 出版參考, 2000(24).

劉熹, 論現階段的網絡原創文學, 當代文壇, 2001(02).

徐文武, 超文本文學及其後現代特性, 當代文壇, 2001(06).

王宏圖, 葛紅兵, 梁寧寧, 聶道先, 王一儂, 滕常偉, 桂曉東, 網絡文學與當代
文學發展筆談, 社會科學, 2001(08).

桑克, 互聯網時代的中文詩歌, 詩探索, 2001(2)

蒙莉莉, 網絡文學: 出版社眼中的 "新寵", 記者觀察, 2001(10).

許列星, 網絡文學及其文化思考, 當代文壇, 2002(3).

黃海蓉, "網絡文學熱"的調查與分析, 廈門大學, 2003(02).

夏青, 網絡文學的唯美主義傾向, 當代文壇, 2003(03).

陳陽, 中文網絡文學的商業化運營初探, 電子出版, 2003(06).

羅立桂, 網絡文學的創作特征及其對傳統文學寫作品格的解構, 西北師範大學, 2004(03).

盛英, 國內網絡與文學研究綜述, 當代文壇, 2004(03).

周芳, 試論網絡文學的語言特點, 重慶社會科學, 2004(Z1).

詹新慧, 許丹丹, 2004年網絡文學狀況及未來發展分析, 出版發行研究, 2005(7).

歐陽友權, 網絡文學審美導向的思考, 江蘇社會科學, 2005(01).

宋瑋, 網絡文學的非線性特征與思維, 當代文壇, 2005(01).

向陽, 與網絡寫手親密接觸, 互聯網天地, 2005(06).

詹新慧, 許丹丹, 2004年網絡文學狀況及未來發展分析, 出版發行研究, 2005(7).

鍾雨, 短信文學: 新技術背景下的文學新族類, 讀寫新空間, 2005(11).

陶東風, 文學活動的去精英化與無聊感的蔓延: 後全權時代的文學觀察(之一), 當代文壇, 2006(01).

熊俊, 析網絡化對文學受眾主體的影響, 貴州大學學報(社會科學版), 2006(01).

關娟, 傳播學視角下的網絡文學, 當代傳播, 2006(03).

陳少鋒, 網絡文學的產生·發展和冷思考, 臨滄教育學院學報, 2006(03).

鄧國軍, 網絡文學的定義及意境生成, 文藝爭鳴, 2006(04).

陶東風, 中國文學已經進入裝神弄鬼時代?: 由 "玄幻小說" 引發的一點聯想, 當代文壇, 2006(05).

潭洪剛, 梁長應·陳功, 探討網絡文學美學特征, 電影評介, 2006(14).

蓋博, 中國玄幻小說熱潮現象的多元解析, 出版科學, 2006(05).

梁婭, 建構中的網絡文學評判機制, 華中師範大學, 2006(09).

單小曦, 電子傳媒時代的文學場裂變: 現代傳媒語境中的文學存在方式, 文藝爭鳴, 2006(04).

張雨, 中外網絡文學比較分析, 陝西師範大學, 2006(10).

劉亞平, 論網絡文學的 "狂歡化" 特色, 吉林大學, 2006(11).

裔豐, 網絡文學簡論, 西北大學, 2006(04).

楊馳原, 張宏宇, 網絡原創文學與出版的熱舞, 出版參考, 2006(34).

高冰鋒, 中國網絡玄幻小說的前世今生: 淺論中國網絡玄幻小說的發展與現狀, 重慶社會科學, 2006(12).

白寅, 數字媒介下文學主體身份的轉型, 河北學刊, 2007(02).

陳旭東, 從網絡文學和傳統文學的關系看網絡文學的基本特征, 山東大學, 2007(03).

張晶, 論網絡文學創作的自由性, 山東大學, 2007(03).

李馥華, 試析網絡文學中的 "挖坑" 現象, 華東師範大學, 2007(03).

鄧時忠, 追求網絡文學與傳統文學的和諧發展: 新世紀網絡文學現狀簡論, 西南民族大學學報, 2007(04).

蔣問津, 新媒體文學與傳統文學的轉換與互動, 東北師範大學, 2007(05).

湯志國, 高峰, 尹秋雯, 文學網站分類體系的現狀與困境, 語文學刊, 2007(08).

陳兆福, 網絡文學對傳統文學的深度影響, 山東文學, 2007(12).

江冰, 網絡文學的傳播優勢與發展障礙, 文藝爭鳴, 2007(12).

袁平夫, 網絡文學的現狀與出路, 名作欣賞, 2007(16).

王莉, 張延松, 新世紀文學之網絡文學研究述評, 沈陽師範大學學報, 2008(02).

劉曉華, 短信寫作的文化功能, 安徽農業大學學報(社會科學版), 2008(04).

陶運宗, "玩文學"的興起: 網絡奇幻文學的遊戲本質淺析, 安徽文學(下半月), 2008(04).

侯小東, 葉根虎, 從 "合力說"看網絡文學的興起, 大眾文藝(理論), 2008(11).

黨聖元, 新世紀文論轉型及其問題域, 北方論叢, 2009(03).

吳子林, 文學: "死亡"抑或 "終結"?, 思想戰線, 2009(04).

索邦理, 論網絡文學的文化價值, 安徽文學(下半月), 2009(05).

馮敏, 淺論網絡時代下文學生產的變化, 安徽文學, 2010(2).

唐美華, 論當代中國文學存在方式的轉型: 基於新媒體時代的思考, 才智, 2011(4).

汪開慶, 借重文學,傳媒合謀-張藝謀電影現象研究之二, 前沿, 2011(10).

2) 석, 박사논문

李支軍, 中文原創網絡文學的文學性與陌生化, 重慶師範大學碩士論文, 2006.

王蘭偉, 欲望的夢境, 華中師範大學碩士論文, 2008.

郝珊珊, 大陸網絡文學的十年發展和現實反思, 福建師範大學碩士論文, 2008.

袁詮, 數字技術與文學的互滲, 華中師範大學碩士論文, 2008.

郭仙, 消費時代的文學場研究, 廣西師範大學碩士論文, 2008.

潘軼群, 現代傳媒語境下文學受眾閱讀範式研究, 廣西師範大學碩士論文, 2008.

朱玲, 大眾文化背景下文學空間的嬗變, 河北大學碩士論文, 2009.

薛梅, 與面具共舞, 河北師範大學碩士論文, 2010.

薑英, 網絡文學的價值, 四川大學博士論文, 2003.

鄭崇選, 鏡中之舞, 華東師範大學博士論文, 2005.

單曉溪, 現代傳媒語境中的文學存在方式研究, 四川大學, 2006.

최재용, 中國網絡文學研究的困境與突破-網絡文學的土著理論與網絡性, 北京大學, 2011.

- 한국어

1) 소논문

전봉관, 「디지털 시대의 문학과 그 정체성 문제」, 『한국현대문학회』, 2000.

김재국, 「디지털시대의 새로운 문학이론에 관한 소론」, 『한국현대문학연구』 제10집, 2001.

황상훈, 「사이버 문학과 판타지」, 『문학과교육』 15, 2001.

이호, 「포스트모더니즘 또는 사이버 문학 시대의 이야기 전략」, 『리토피아』, 2002.

조미숙, 「사이버 소설의 미적 구조 연구」, 『문학한글』 제17호, 2003.

이용욱, 「유목민을 위한, 유목민에 의한, 유목민의 문학: 인터넷 소설의 문학적 성격」, 『내러티브』 제8호, 2004.

최수완, 「열려진 판도라의 상자, 인터넷 소설」, 『문학과사회』, 2004.

정목일, 「인터넷 시대와 수필문학의 변화」, 『수필학』 제12집, 2004.

최혜실, 「디지털 시대 문학의 운명」, 『문학사상』, 2005.

이용욱, 「사이버문학론의 성과와 전망: 통신문학에서 디지털 서사까지」, 『작가와 사회』, 2005.

이보경, 「인터넷과 매체: 중국의 인터넷 문학에 관한 보고」, 『중국현대문학』, 2005.

이보경, 「인터넷과 매체」, 『중국현대문학』 제33호, 2005.

조은하, 「컴퓨터 매개 문학 연구」, 고려대학교 국어국문학 박사논문, 2006.

김예림, 「대중문화산업의 물가에서 첨벙거리는 인터넷소년/소녀 '작가들'」, 『문학판』, 2006.

안지나, 「'판타지' 소설의 이데올로기 연구」, 『대중서사연구』 제17호, 2007.

이용욱, 「디지털서사학의 현황과 전망」, 『비평문학』 제30호, 2008.

예칭저우·강선주, 「중국 인터넷문학의 이정표: 『첫 번째 친밀한 접촉』」, 『기획회의』 통권217호, 2008.

최은정, 「경계 허물기: 중국 신세기문학 소묘」, 『자음과모음』, 2008.

허만욱, 「다매체시대, 수필문학의 장르적 정체성과 발전 방안 연구」, 『우리문학연구』 제26집, 2009.

최재용, 「중국 인터넷 문학 연구에 대한 비판적 검토」, 『중국어문학지』 34권, 2010.

이상옥, 「현대 중국 여성소설의 담론 세계-인터넷 소설의 세 주제를 중심으로」, 『여성문학연구』 24권, 2010.

이승희, 「中國網絡文學的特質, 意義及其走向-在藝術和技術之間」, 『중국어문논총』 45권, 2010.

쩡쥔, 「중국 '신세기 문학'의 뉴미디어적 요소와 그 문제들」, 『외국문학연구』 제41호, 2011.

2) 석, 박사논문

강덕화, 「디지털 서사텍스트의 생성과 소통에 관한 연구」, 동국대학교 국어국문학
　　　박사논문, 2004.
주린린, 「한·중 인터넷 소설 비교 연구」, 한국외국어대학교 석사논문, 2008.

- 영어 소논문

Huang X., To Become Immortal: Chinese Fantasy Literature Online,
Intercultural communication studies v.20 no.2, 2011.
Tse, M.S.C.; Gong, M.Z., Online Communities and Commercialization
of Chinese Internet Literature, Journal of Internet commerce v.11
no.2, 2012.
Ren, Xiang; Montgomery, Lucy., Chinese online literature: creative
consumers and evolving business models, Arts Marketing v.2 no.2,
2012.

3. 신문

《中國圖書商報》,《通信信息報》,《北京晨報》,《北京日報》,《中國青年報》,《信息日報》,
《中華讀書報》,《文學報》,《文彙讀書周報》,《南方都市報》,《南方周末》,《漢網－長江日報》,
《北京晨報》,《光明日報》,《中國文化報》,《武漢晚報》,《中國商報》,《中國社會科學報》,《揚子
晚報》,《南方人物周刊》,《深圳特區報》,《今晚報》

4. 웹사이트

江蘇人民出版社, 中國網, 中國新聞網, 中文研究網, 中國國情, 前瞻網, 中國
文化產業網, 湖北長江出版傳媒網, 百度百科, 中國政府網, 起點中文網, 潮學
網, 語文軒, 西陸網, 中國作家網, 騰訊讀書, 新浪讀書, 人民網, 北緯網, 真
名網

김택규 金宅圭

1971년 인천 출생. 한국외국어대학교 대학원 중어중문과에서 중국 현대문학 박사 졸업. 현재 중국 문학 번역가, 기획가, 한국출판문화산업진흥원 자문위원으로 활동하면서 한국외국어대학교와 숭실대학교에서 번역 강의를 하고 있다. 옮긴 책으로 『죽은 불 다시 살아나』, 『이혼 지침서』, 『사춘기』, 『독종들』, 『이중텐 중국사 01 선조』 등 30여 종이 있다.

중국출판과 인터넷문학

ⓒ 2014 김택규

2014년 10월 20일 초판 1쇄 인쇄
2014년 10월 25일 초판 1쇄 발행

지은이 김택규
펴낸이 이건웅
편 집 권연주
디자인 이주현
마케팅 안우리

펴낸곳 차이나하우스
등 록 제303-2006-00026호
주 소 서울시 영등포구 영등포동 8가 56-2
전 화 02-2636-6271
팩 스 0505-300-6271
이메일 china@chinahousebook.com
홈페이지 www.chinahousebook.com
ISBN 979-11-85882-02-4 93820

값: 15,800원

이 도서의 국립중앙도서관 출판예정도서목록(CIP)은 서지정보유통지원시스템 홈페이지(http://seoji.nl.go.kr)와 국가자료공동목록시스템(http://www.nl.go.kr/kolisnet)에서 이용하실 수 있습니다.
(CIP제어번호: CIP2014029464)